예문관 연애사

藝文館 戀愛史

예문관
연애사 2

초판 1쇄 인쇄 2015년 9월 11일
초판 1쇄 발행 2015년 9월 21일

지은이 신우주
발행인 오영배
기획 박성인
책임편집 이신옥
표지 · 본문 디자인 공간42
제작 조하늬

펴낸곳 (주)삼양출판사 · 단글
주소 서울특별시 강북구 도봉로 173
대표 전화 02-980-2112 **팩스** / 02-983-0660
블로그 blog.naver.com/dan_gul
출판등록 1999년 3월 11일 제9-00046호

ISBN 979-11-313-0440-2 (04810) / 979-11-313-0438-9 (세트)

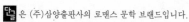 은 (주)삼양출판사의 로맨스 문학 브랜드입니다.

藝文館

예문관
연애사

2

신우주 장편소설

ROMANCE STORY

戀愛中

단글

藝文館 戀愛史

예문관
연애사

| 차 례 |

제1장
여진의 사신

　모처럼 한가로운 오후였다. 담월은 먹을 갈다 말고 고개를 들었다. 파릇파릇한 초목을 살며시 흔든 봄바람이 그녀의 뺨을 부드럽게 스쳤다. 한창때를 맞은 봄꽃과 연못의 물 냄새, 그리고 먹 향이 정자 위에 은은히 퍼졌다. 담월의 앞에선 탄헌군과 세자의 교육을 담당하는 시강원의 강사들이 통감절목사를 놓고 조곤조곤 의견을 주고받는 중이었다.

　듣는 것만으로도 공부가 되었기에 그녀가 가장 좋아하는 세자의 수업 시간이었다. 물론 조회와 달리 기록할 것이 적다는 것도 좋았다. 그것은 그만큼 다른 생각을 할 겨를이 있다는 뜻이었다.

'요새 대군마마를 보기 힘들어졌어. 물론 내가 바빠진 것도 있지만……'

담월은 옆에서 자신의 해석을 강사들에게 얘기하고 있는 탄헌군의 옆모습을 힐끗 보았다. 세자가 예문관의 입시를 허락한 후로 그녀는 무척이나 바빴다. 안 그래도 적은 사관의 수로 수많은 자리에 뛰어다녀야 했으니까. 한 달에 네 번 있는 대 조회는 물론이요, 하루에도 몇 번이고 있는 소 조회, 거기에 지금처럼 세자에게 글을 강론하는 서연에도 따라다녀야 하니 몸이 두 개라도 모자랄 지경이었다.

물론 인생지사 새옹지마라고, 이게 기회가 되기도 했다. 예문관에 사람이 있는 시간이 적다 보니 혼자 있을 때면 그녀는 아버지의 신물을 찾아 예문관 창고며 서재를 뒤질 수 있었다.

'매일 예문관에 틀어박혀 있거나 일을 하다 보니까 깜빡 잊었어. 대군마마를…… 결을 만난 지가 꽤 오래됐다는 걸. 어째서 이제야 알아챈 거지.'

형인 탄헌군을 잘 따르는 이였으니 한 번쯤 얼굴을 볼 만도 한데. 무엇이 그리 바쁜지 모습을 비추지 않아 욱마저 무심코 아우를 본 지 오래되었다며 말을 흘릴 정도였다. 함께 재담꾼의 천막에 가 보기로 한 것은 까맣게 잊으신 걸까. 불현듯 몰아치는 서운함에 저 먼 풍경만 바라보고 있는 담월이 욱의 눈에 띄었다.

"도 검열은 일이 없어 심심한 모양이로군."

질책의 탈을 썼지만 그 목소리는 부드러웠다. 예문관의 입시를 허락한 이후 욱이 담월을 대하는 태도는 사뭇 녹녹하여서 그녀는 첫 만남 때의 매서운 살기를 잊을 정도였다.

그간 담월이 곁에서 쭉 지켜본 바로는, 탄헌은 제 사람에게는 이 봄바람보다도 부드러운 사내였다. 도깨비 같다고 생각한 푸른 눈이 그럴 때면 말간 가을 하늘이요, 시원한 강물처럼 느껴졌다. 욱의 말에 얼을 놓고 있던 담월은 당황하며 대답했다.

"아, 아닙니다! 잠시 바람이 좋아서……."

딴생각을 하던 것을 들켜 버려 부끄러운 마음이 담월의 양 볼을 발갛게 물들였다. 그 모습에 욱은 피식 웃으며 말했다. 이국적인 수려함에 저렇듯 미소까지 곁들일 때면 담월은 저도 모르게 두근거리는 가슴을 어찌할 바를 몰랐다.

"적어라. 세자께서 봄바람에 취해 기록을 소홀히 하던 사관에게 말을 걸었노라고."

"저하, 아무리 상세한 일까지 기록을 하는 것이 제 임무라지만 그런 것까지는……."

그러나 오늘은 두근거림보다는 민망함이 먼저였다. 욱의 짓궂은 장난에 옅은 부끄러움이 귀 끝까지 물들었다. 담월의 반대편에서 기록을 하던 강현이 못마땅하다는 듯 가볍게 혀를 차는 소리가 들렸다. 담월이 주저하며 붓을 들지 못하자 욱은 한 마디를 더 거들었다.

"옛날 태종 대왕의 사관은 그분께서 말에서 떨어진 후 그 떨어진 것을 기록하지 말라는 말마저 기록했다는데 무엇이 문제지?"

태종의 낙마에 대한 사관의 기록은 예문관에는 전설로 전해지는 얘기 중 하나였다. 욱의 말에 틀린 바가 없으니 담월은 더는 토를 달지 못하고 붓을 들었다. 직분을 다하는 중 딴생각을 했다는 걸 들켜 그걸 사초로 기록해야 한다니. 창피스러워 얼굴이 터져 나갈 것 같았다.

더 골렸다간 그 큰 눈에 눈물이라도 고일 것 같아 탄헌은 그만 웃음을 터트렸다. 도담원, 역시 재미있는 사내였다. 제 앞에서는 그 누구보다도 사내답던 이가 이럴 때면 계집보다도 마음이 순수하고 여려 보였다.

"하핫, 농이니 그만두게. 이토록 날이 좋으니 바람결에 생각을 맡길 수도 있는 법이지."

"저하—!"

사람을 골려놓고 저리 만족스러운 웃음이라니—! 한껏 희롱을 당했다는 생각에 담월이 볼멘소리를 냈다. 확연히 골이 난 얼굴을 풀어 주려 욱은 빈 찻잔을 채워 담월에게 건넸다.

"차나 한 잔 받아라. 대신 정무를 볼 때도 그리 넋을 놓으면 그 책임만큼 죄를 물을 것이다."

담월은 서둘러 예를 갖춰 찻잔을 받아 들었다. 욱은 가볍게 웃었지만 그 말은 결코 가볍지 않았다. 담월이 차를 한 모금 홀짝이는 것을 보곤 탄헌은 멈추었던 토론을 다시 시작했다. 담월도 잔을 내려놓고 다시 붓을 들었다.

세자의 교육이 끝나고 강현과 담월은 다른 사관들과 번을 교대한 후 예문관으로 돌아왔다. 강현은 무척 피곤한 눈치였다.

"좀 쉬자. 새벽부터 세자를 따라다녔더니 힘들어 죽겠네."

강현이 먼저 의자에 널브러지자 담월도 반대편에 앉았다. 등받이에 몸을 기대자 피로가 몰려왔다. 결의 생각을 하다가 욱에게 가벼이 지적을 당한 후에 정신을 차리려고 애를 썼더니 몸이 긴장한 모양이었다. 눈가를 꾹꾹 누르는 그녀를 보던 강현이 퉁명스레 말을 던졌다.

"너 요새 왜 그렇게 딴생각이 많냐? 무슨 걱정하는 일이라도 있어?"

"딴생각이라니요. 그런 거 아닙니다."

"아니긴. 얼굴에 다 쓰여 있거든? 아까 세자 저하에게 책잡힐 때도 그랬잖아. 이번에야 웃고 넘어갔다지만 그런 게 반복되면 곤란해. 우린 아직 안전한 입장이 아니라고."

탄헌에 이어 강현마저 그녀의 실수를 지적하자 담월은 주눅이 잡혔다. 뭐 하나 틀린 말이 아니었기에 반박할 수도 없었다. 결을 만나지 못하는 것이 속상하고 신물을 찾지 못해 조급함이 들었다고 해서, 그것이 제 일을 소홀히 하는 데 변명이 될 수 없었으니까.

잘못했어요, 담월은 고개를 꾸벅 숙이며 사과했다. 가벼이 주의를 주었을 뿐인데 답지 않게 움츠러드는 모양에 강현이 되레 당황해 말을 이었다.

"그렇다고 뭐, 그렇게 신경 쓸 것까진 없고…… 누가 나한테 사과하래? 그냥 하던 대로만 하란 말이야. 어디 아파서 그런 건 아니지?"

"아네요. 그냥 요새 좀 바빠서 피곤했어요."

담월이 애써 웃어 보이자 강현이 혀를 끌끌 찼다.

"시키지도 않은 일까지 하니까 그렇지. 창고랑 서재 정리해 둔 거, 너지?"

담월은 고개를 끄덕이며 그의 눈치를 보았다. ……설마, 내가 신물을 찾고 있다는 걸 눈치챈 건 아니겠지? 강현은 그럴 줄 알았다며 한숨을 푹 내쉬었다.

"어차피 당번대로 돌아가는 건데 뭣 하러 네가 했어? 아무리 우리가 사람이 부족해서 예문관 내의 일이 밀리고 있다지만, 그 일을 네가 하느라 정작 본 업무에 소홀하면 무슨 소용이야. 다음부터는 나와 함께 해. ……혼자 하면 힘들잖아."

강현은 뼈대가 가는 담월의 몸을 곁눈질하곤 머뭇거리며 걱정 어린 뒷말을 덧붙였다. 한참 잔소리를 늘어놓았지만 그는 담월이 뭔가를 찾고 있다는 것은 꿈에도 생각지 못한 눈치였다. 그녀는 안도의 숨을 내쉬었다.

"말씀만으로도 충분해요, 강 형."

"어허, 같이 하자니까?"

뭔가를 찾는 티가 나면 곤란했기에 거절했지만 강현은 막무가내였다. 하는 수 없이 그녀는 고개를 끄덕였다. 그래도 그 마음 씀씀이가 고마웠다. 어차피 도와줄 거, 말도 좀 곱고 부드럽게 해 주면 좋을 텐데.

"다음부터는 좀 도와 달라 얘기 드릴게요. 그래도 양이 적어서 할 만했어요. 예전부터 기록된 자료가 다 있었더라면 분량이 꽤 되었을 텐데. 어느 기간에는 아예 자료가 없기도 하더라고요. 전대 사관 분들이 가져가거나 폐기하신 걸까요?"

"대부분 그렇겠지. 가끔 궁 내 다른 서고로 가는 자료도 있어. 큰 사건이 있을 때 조정이나 육조에서 참고 문헌으로 요청하기도 하거든."

"그렇군요."

서재와 창고는 거의 다 찾아보았지만 세 가지 신물 중 종이와 붓의 흔적은 찾을 수 없었다. 궐 내 다른 서고로 간 자료 안에 그 실마리가 숨어 있지 않을까? 기회가 된다면 다른 서고를 찾아봐야겠다는 생각을 하던 차, 강현이 눈치를 보다가 슬쩍 제안을 했다.

"내일 같이 놀러 가지 않겠어? 초여드렛날이잖아. 권 형이 같이 기방에 가자고 하시던데."

"궐내의 모든 사람들이 정무를 쉬는 날이었죠? 벌써 그렇게 됐네요."

"그래. 한 달에 여섯 번뿐이라지만 생각보다 빨리 온다니까. 매 번 빼지만 말고 이번에는 같이 어울리는 게 어때?"

"으음…… 다른 곳이라면 몰라도 기방은 좀……."

"우리가 뭐 옷고름 풀러 가는 것도 아니고, 술이나 한잔하러 가자는 거지."

혹시 실수가 있을까 그간 술을 마시는 자리는 최대한 피해 왔 던 담월이었다. 하지만 매일같이 보는 사이에 친목을 도모하는 걸 매번 기피하기만 할 수는 없었다. 곰곰이 생각하다가 그녀는 좋은 핑계를 떠올렸다.

"그래도 지어미가 있는 몸으로 외간 여자가 있는 자리에서 술 이라니. 그건 좀 아닌 듯싶어요."

소화를 핑계로 대서 조금 미안했지만 생각보다 그 수가 먹히 는 모양이었다. 아내 때문에 못 간다고 하니 강현은 복잡한 얼굴 로 투덜거렸다.

"와, 혼인했다고 유세하냐─. 거 되게 잡혀 사네. 네가 그렇게 말하면 형님들은 뭐가 돼?"

"저야 그렇다는 거죠. 승정원에 내일 일정을 물어보러 다녀올 테니 강 형은 쉬고 계세요."

담월은 말을 끊으며 일어났다. 이렇게 슬쩍 일어나지 않으면 또 얼마나 시달릴지. 간 김에 승정원에 사람이 없다면 몰래 서고에 들어가 볼 생각으로 담월은 예문관을 나섰다.

　담월은 그곳에서 의외의 인물을 만났다. 이제야 사내의 태가 나기 시작하는 어깨와 그 몸을 감싼 짙고 옅은 청색의 비단 철릭. 이 궁에서 저 옷을 입을 수 있는 사람은 한 사람뿐이었다. 오랜만에 보는 그 모습에 가슴이 떨려 왔다. 이제 막 승정원을 나서는 결의 뒷모습을 발견한 그녀는 그를 놓칠까 서둘러 달려가 외쳤다.

　"대군마마!"

　그녀의 부름에 결이 뒤를 돌아보았다. 담월은 서둘러 그의 앞으로 달려와 숨을 골랐다. 보고 싶다고 생각하자마자 얼굴을 보게 되다니. 소원부를 적지도 않았는데 소원의 힘이 이뤄진 걸까?

　예전이었다면 그의 남다른 취미 때문에 승정원을 지나치며 종종 보곤 했는데, 요새는 그곳에서조차 보이지 않았기 때문에 볼 수 있으리라고는 생각도 못 했다. 결도 담월을 만날 것이라고 예상하지 못했는지 조금 놀란 얼굴로 그녀를 반겼다.

　"오랜만이에요. 잘 지내셨습니까?"

　담월은 안도했다. 결은 그녀가 기억하던 그대로였다. 어린 시절의 호기심을 이미 다 채웠으니 그녀에 대한 관심이 떨어진 게 아닐까 하던 기우도 사라졌다. 하지만 속내에 쌓인 섭섭함이라는 것이 그리 쉬이 가시질 않아 그녀는 볼멘소리를 뱉었다.

"요새 뵙기가 힘들었습니다. 무슨 일이라도 있으셨어요?"

그렇게 말을 하면서도 담월은 스스로의 말에 어폐가 있음을 알았다. 사실 그게 맞았으니까. 한낱 9품의 관리와 적통 왕자란 한 궐내에 있어도 옷깃 한 번 스치기 어려운 인연이어야 했다. 하지만 왜 그런 생각을 하자 꽃샘추위에 숨을 졸아 쉬듯 가슴이 시린 것인지 담월은 도통 알 수가 없었다.

결이 그토록 얼굴을 보이지 않고 나서야 담월은 그가 지난날 저를 얼마나 찾아다녔는지 알 수 있었다. 자신이 얼굴 한 번 보기를 원한다고 해서 쉬이 볼 수 있는 사내가 아니라는 것도. 서운함이 가득한 목소리에 결은 머쓱하게 변명을 늘어놓았다.

"미안합니다. 요새 미루었던 수업을 찾아 듣느라 몸이 두 개라도 모자랄 지경이어서요."

"수업을요?"

담월은 의아하게 되물었다. 대군이면 그동안 충분히 많은 수업을 들었을 텐데. 이제 와서 미루었던 수업을 듣다니? 그녀는 결의 말이 이해가 가지 않았다. 의아해하는 모습에 결이 차근차근 설명을 덧붙였다.

"그동안 게으름을 피우며 차일피일 미룬 것이 많았거든요. 요 근래 형님을 따라다녔으니 알겠지만 원래 왕자의 교육이란 그 정도는 되어야 하는 건데, 한꺼번에 하려니 하루에 밤과 낮이 두 번씩 있었으면 할 정도예요. 그래도 예전보다는 몸이 좋아 활이나 무예를 수련하는 것이 재밌어졌습니다."

결은 그녀에게 한참 동안 요새 어떤 걸 배우는지, 무슨 점이 흥미가 있고 어느 부분이 힘든지 묻지도 않은 이야기를 풀어놓았다. 담월은 잠자코 듣고 있었다. 얼굴에 피곤한 기색이 묻어났지만 결은 반짝반짝 눈을 빛내며 요새의 공부에 대해 이야기했다. 담월은 그런 결의 얼굴을 보며 살포시 미소 지었다.

"……이제 와 이것이 얼마나 도움이 될지는 모르겠지만 언제나 큰일은 작게 시작하는 것 아니겠습니까."

갑작스럽게 버려둔 공부를 다시 시작한 데는 그만의 깊은 속내가 있는 모양이었다. 이렇게까지 말하니 담월은 어쩔 도리가 없었다.

"그렇게 바쁘시다니 어쩔 수 없죠. 마마와 재담꾼들의 이야기를 들으러 가는 걸 기대하고 있었는데요."

서운함 가득한 말이 끝나기도 전에 결이 답했다.

"아, 그 일은 잊지 않고 있습니다. 아직 보름이 되지 않았잖아요? 그들은 보름마다 도성에 서는 장에만 오거든요. 분명 그때도 정무를 쉬지요?"

"그러면 이번 보름에…… 하지만 제가 공부에 방해가 되는 건 아닐까요?"

담월의 걱정에 결은 빙긋 웃으며 답했다.

"왕자의 공부는 세상의 흐름을 배우는 것입니다. 책에 적힌 것은 지난 역사로, 배울 점이 많으나 사실 이미 죽은 이야기지요. 저는 이 나라의 살아가는 사람들을 알아야 하니 그보다 더 좋은 공부가 어디 있겠습니까?"

한 번 풀 죽었던 꽃에 재차 물을 뿌린 듯 담월의 표정이 생생하게 살아났다. 그녀의 얼굴이 밝아지자 결은 흐뭇한 미소를 지으며 이만 가 봐야겠다며 몸을 틀었다. 담월이 허리 숙여 예를 올리려던 차, 결은 문득 생각났다는 듯 다시 다가와 그녀의 귓가에 속삭였다.

"그날 여복을 하고 오신다는 것도 기억하고 있습니다. 기대하고 있겠습니다."

그 부드러운 말을 남기고 결은 다시 주영각을 향해 휘적휘적 걸어갔다. 담월은 그 멀어지는 발걸음에 맞춰 두방망이질 치는 가슴을 달래다가 예문관으로 돌아갔다. 그날 내내 싱글벙글 웃음이 가시질 않는 그녀를 보며 강현이 뭐가 그리 좋아? 하며 물었지만 그녀는 강 형은 모르셔도 돼요. 저만의 비밀입니다. 하며 둘러댈 뿐이었다.

*   *   *

이튿날, 담월은 소화와 함께 시장으로 향했다. 여복을 한 벌 지어 달라는 담월의 말에 소화는 이유도 묻지 않고 알았노라 답했다. 대신 조건이 하나 있었으니, 옷감을 고르는 것은 같이 해 달라는 것이었다. 마침 휴일이었기에 담월은 처음으로 소화와 함께 밖으로 나섰다. 영락없이 부부가 나들이를 온 모양새였다.

"이것 좀 보셔요, 담원. 색실로 문양을 짜 넣은 게 너무 곱지 않아요?"

비단 포목점에서 물건을 둘러보던 소화가 화려한 천을 가리켰다. 두 사람의 행색을 곁눈질한 상인이 다가오며 맞장구를 쳤다.

"아씨께서 보는 눈이 계시고만요! 명나라에서 들어온 고급 비단입니다. 이런 화사한 색은 이 나라의 명주실로는 나올 수 없는 색이지요."

"이 달래색도 곱고, 봄이니 치마는 다홍으로 지을까요? 거기에 천에 무늬가 들어간 이 연둣빛 능직으로 저고리를 만들면 되겠네요."

자신의 옷을 짓는 것보다 더욱 신이 나 옷감을 고르는 소화의 모습을 담월은 어색하게 뒷짐을 지고 바라만 보았다. 제 맵시를 꾸미는 데도 소홀하지 않은 그녀답게 고르는 옷감마다 곱지 않은 것이 없었다. 하지만 썩 내켜 하지 않는 담월의 얼굴에 소화는 보던 옷감을 내려놓고 그녀에게 다가갔다.

"마음에 드는 옷감이 없으시옵니까?"

"이런 건 좀 화려하지 않나…… 싶어서요. 안 어울릴 것 같아
요."

분명 고운 천이었다. 하지만 소화라면 모를까 자신이 입으면
옷만 붕 뜰 것 같았다. 대군의 약혼녀라는 여인에게는 기품 있게
어울릴 것도 같은데. 담월은 씁쓸함을 애써 감추었다. 몇 년이고
사내 옷만 입어 버릇한 그녀에게 어울릴 만한 색이 아니었다.

"바깥어른께서 보는 눈이 없으시고만요. 이렇게 아리따운 부
인께는 이 정도 옷감은 되어야 태가 살지요. 안 그렇습니까, 마
님?"

상인이 어처구니가 없다는 듯 포목을 들고 적극 권했기에 담
월은 난감했다. 소화가 아니라 자네 눈앞의 사내가 입을 것이라
말할 수도 없고. 어쩔 줄을 몰라 하는 그녀를 보던 소화가 미소
지으며 담월의 팔을 이끌었다.

"담원 마음에 드는 것으로 골라야지요. 좀 더 단아한 걸 찾아
볼까요?"

소화는 주인에게 더 둘러보고 오겠다며 담월의 팔짱을 끼고
다른 포목점으로 향했다.

"미안해요. 괜히 나 때문에……."

"뭘요. 이것저것 보러 다니는 것도 즐거운 걸요. 평소에는 계
집종과 둘이 다니느라 꼭 필요한 것만 사 왔었는데 담원과 오니

이것저것 살펴도 보고 좋네요. 아, 저쪽에 있는 가게로 가요."

소화의 목소리에 자신과 다니는 게 못내 즐겁다는 기색이 가
득해 담월도 웃음을 지었다. 어머니와 저잣거리를 다니던 기억
이 떠올라서였다. 소화가 곁에 있으니 여인의 물건을 둘러봐도
의심을 살 일도 없었다. 때문에 담월도 조금 신이 났다. 내국의
비단을 파는 가게로 가는 동안 여기저기 둘러보느라 그녀는 강
현이 옆을 지나치는 것도 눈치 채지 못했다.

강현은 어떤 여인이 담월의 팔짱을 끼고 있는 것을 보고 조금
놀라 담월에게 말을 걸지 못하고 그들을 보냈다. 아마 말로만
듣던 담원의 처인 모양이었다. 부부라기보다는 사이좋은 오누
이로 보일 정도로 두 사람은 친근해 보였다. 강현을 기다리던 유
정과 태진은 다소 얼빠진 얼굴로 다가오는 그를 맞으며 쑥덕거
렸다.

"이야, 너도 봤구나?"

"뭘 말입니까?"

아직 얼떨떨한 얼굴로 강현이 되물었다.

"담원이랑 그 처 말이야. 어디서 저렇게 고운 여인을 아내로
얻었담? 도가에 초대받는 날이 기다려지는군!"

"난 그보다 현이 장가를 보내고 잔칫상이나 받고 싶은걸. 넌
대체 언제 장가를 갈 테냐?"

담월과 소화의 얘기를 하다가 난데없이 제게 떨어진 불똥에

강현은 고개를 저었다.

"그게 어디 제 마음대로 됩니까? 혼담이 들어와야 하든지 말든지 하는 거지요. 그리고 제 주제에 무슨 혼인입니까."

"네가 어디가 어때서? 그전이야 도규언의 외조카라 해서 말직들도 꺼려했다지만 지금이야 웬만한 고관들도 탐낼 만하잖아!"

자신감 없는 강현의 말에 유정이 버럭 성질을 냈다. 거기에 태진까지 한 술 거들었다.

"그래, 자신을 가져. 혹시 아니, 담원이가 처가네 고운 아가씨와 연을 이어 줄지? 원이한테 잘해라, 너."

형님들의 말에 강현은 씁쓸하게 웃으며 담원과 소화가 지나간 자리를 돌아보았다. 누구보다도 정답던 두 사람의 모습이 눈에 또렷했다. 현아, 어서 가자! 어느새 한참 앞서간 유정과 태진이 그를 부르자 강현은 애써 잔상을 털어 버리고 걸음을 옮겼다.

한편 다른 포목점에 들른 담월과 소화는 한창 옷감을 고르는 중이었다. 아까 명나라 수입 제품을 다루던 상점이 눈이 아플 정도로 호화로웠다면, 조선에서 생산된 비단을 다루는 이곳은 은은하고 정갈한 천이 많았다. 담월의 마음에 쏙 든 옷감들도 있었다. 그녀는 그중 하나를 골랐다.

"소화, 이건 어떨까요?"

사내들을 위한 짙은 비단을 보고 있던 소화는 담월의 부름에 고개를 들었다.

"고운 감빛이네요. 봄꽃에도 지지 않을 정도로 화사하니 저고리를 지으면 좋겠고, 미색 무늬가 들어간 능직으로 치마를 지으면 잘 어울리겠는데…… 여기 이게 괜찮겠네요."

소화가 두 천을 겹쳐 담월에게 보여 주었다. 아주 화려한 무늬는 없지만 화사한 주황색과 흰색의 조화가 고왔다. 그러나 담월에게는 그마저도 너무 화려한 느낌인지 썩 확연한 답이 나오질 않았다.

"이것보다도 수수해지면 평민의 여아보다 못한 옷이 되어요. 기왕 짓는 거 어여쁘게 짓게 해 주셔야지요?"

담월은 두 천을 들어 조심스럽게 제 얼굴에 대고 포목점의 경대에 비추어 보았다. 얼굴이 그제야 제 빛깔을 찾은 듯 화사하게 색을 받았다.

'여인의 모습을 기대하고 있겠습니다.'

결의 밝은 목소리가 떠올랐다. 그래, 다른 이도 아니고 대군마마와 함께 다녀야 하는데 이보다 간소한 옷을 입을 순 없지. 담월은 멋쩍게 웃으며 천을 내려놓고 전대를 열어 값을 치렀다.

"아까 소화가 보던 비단도 같이 사요."

담월은 짙은 자색의 비단도 함께 셈하여 돈을 내었다. 사내들의 옷을 만들 때 쓰는 비단에 금사로 수를 놓은 것이 결코 담월의 취향이 아니었기에 소화는 의아해하며 물었다.

"마음에 드셨어요?"

"아뇨. 하지만 좌랑이 마음에 들어 할 것 같아서요. 주 좌랑에게 옷을 지어 주고 싶어서 보고 있던 거 맞죠?"

정곡을 찔린 소화의 얼굴에 붉게 물들었다. 담월이 아무렇지 않게 계산을 마치고 옷감의 배달을 부탁하는 동안 소화는 쑥스러움에 아무 말도 하지 못하다가 조용히 고맙다는 인사를 건넸다.

"저야말로 몇 번 입지도 않을 옷을 지어 준다고 해서 고마운걸요. 게다가 옷감 고르는 데 하도 까탈을 부렸으니 다신 저와 안 나온다고 할까 봐 걱정이에요."

옷감을 골라야 하는, 담월에게는 꽤 큰 난제를 해결하고 나자 농이 절로 나왔다.

"호호, 그래도 담월과 나와서 즐거웠어요. 좌랑께서는 같이 와 주셔도 어찌나 관심이 없으신지. 고우면 곱다, 아니면 아니다 말 한 마디도 안 해 주시는 분이랍니다."

"그야 소화가 무얼 걸쳐도 어여쁘니 그런 것 아니겠어요?"

"어휴, 어디 가서 그런 소릴 하시면 뭇 여인네들 가슴 설레옵니다."

"아뇨, 정말 좌랑도 그리 생각하고 있을 거예요."

담월은 진정 그렇게 생각했다. 어여쁘고 상냥하며 나긋나긋한 것이 그야말로 여인이란 이런 것이다, 싶은 소화였다. 자신에게는 늘 딱딱하고 냉랭한 각운도 이런 여인이 사모한다는데 혼

들리지 않을 수 없을 것이다.

담월의 진심 어린 말에 소화가 부드럽게 눈웃음을 지어 보였다.

"이리 다정한 분을 모시게 되어서 다행이에요. 무례일지는 모르나 가끔 어여쁜 여동생이 생긴 것 같아 소녀는 행복하답니다."

담월도 그랬다. 그녀에게도 소화는 언니 같았다. 이제는 없는 가족의 따뜻함을 느끼게 해 주는 소중한 존재였다. 두 여인은 만면에 미소를 띠우고 다정히 걸음을 옮겼다. 장신구를 다루는 가게를 지나치다 소화는 문득 무엇이 생각난 듯 걸음을 멈추었다. 소화는 간소한 장식이 달린 향낭 하나를 사 담월에게 건넸다.

"여인이라면 향낭 하나는 달아야 하지 않겠어요? 향이 짙지 않은 것이니 담월도 부담이 없을 거예요."

집에 돌아온 후, 담월은 소화가 선물한 향낭을 손에 쥐고 잠이 들었다. 코를 간질이는 부드러운 향에서는 어머니의 냄새가 났다.

그렇게 휴일을 보내고 이튿날 담월은 기분 좋게 입궐했다. 매일 퇴궐하면 얼마나 옷이 지어져 있을까 하는 기대와 설렘에 늘 상 얼굴엔 화색이 돌았다.

'곱게 지어 드릴게요. 혹여 입고 나가실 마음이 드신다면 아무도 못 알아볼 정도로 어여쁘게 꾸며 드리지요.'

소화의 손에서 그 태가 잡혀가던 옷을 상상하며 담월은 사초를 옮겨 적다 말고 행복하게 웃었다. 결에게서는 보름날 지난번 만났던 저잣거리의 골목에서 보자는 전갈을 받았다. 그날 혹여 아는 사람을 마주치면 어쩌지 하는 걱정도 약속에 대한 기대감에 묻혔다.

그러나 그런 그녀의 기대는 생각지도 못한 난관에 부딪혔다. 약속을 삼 일 앞둔 아침, 봉교 이문직이 그들을 모아 놓고 보름날에 대한 얘기를 꺼냈다.

"이번 보름에는 모두들 쉬지 못할 것 같네."

"예—?!"

뜻밖의 얘기에 담월은 크게 놀랐다. 그런 그녀에게 강현이 이유를 설명해 주었다.

"뭘 그리 놀라? 여진의 사신이 곧 도착할 거라고 했잖아. 보름 전날에 도성에 들어와 바로 세자를 보길 청했으니까 대소신료가 전부 입궐할 거야. 우리만 일하는 것도 아니라고."

"아뇨…… 그저, 약속이 있었거든요. 오래 기다리던 것이라 그만…….."

며칠이고 가실 줄을 모르던 담월의 미소가 순식간에 사그라진 모습에 강현은 눈살을 찌푸렸다. 약속이라, 요새 들떠 있는 게 그 때문이었나? 그는 담월을 흘겨보다가 어쩔 수 없다는 듯 말했다.

"오후부터라도 괜찮으면 내가 대신 번을 서 줄게. 오전에 설

형과 담원이 사신의 접견을 기록하고 오후부터 저녁까지는 내가 하면 되니까. 그러면 문제가 없을 겁니다."

"너 그거 무지 힘들 텐데?"

유정이 심려를 담아 말했지만 강현은 별일 아니라는 듯 말했다.

"나중에 이 녀석한테 배로 갚으라고 하지요. 넌 어때?"

"현이가 해 준다고 할 때 빨리 받아. 이 녀석 한번 물리면 다신 안 들어준다?"

태진까지 거들자 담월은 슬쩍 눈치를 보며 물었다.

"그럼 부탁드려도 될까요?"

불빛이 작게 일렁이는 큰 눈으로 자신을 바라보자 강현은 슬쩍 고개를 돌리면서 끄덕였다. 차후의 당번 때 강현의 일을 담월이 대신하는 것으로 역할의 분배가 끝났다. 몇 번이고 감사를 표한 담월의 얼굴이 안도와 기쁨으로 다시 물들었다.

*　　*　　*

보름날이 되어 여진의 사신이 입궐했다. 미리 당번을 나눈 대로 담월은 태진과 함께 탄헌군의 양옆에 입시하여 그날의 사초를 기록할 준비를 하고 있었다. 중희당 내부는 소란과 긴장이 동시에 감돌았다. 일전에 명나라의 사신이 왔을 때의 분위기하고는 사뭇 달랐다. 특히나 이번에 온 사신은 그동안 작게 나뉘어 있던 여진을 하나로 통합한 부족의 대표였기에, 그들이 무슨 연유로 사신을 보냈는지 다들 궁금해하는 눈치였다.

"여진의 사신 달한 드옵니다!"

내관이 사신의 입장을 알리고 문이 열렸다. 담월은 난생처음 보는 여진족의 사신을 뚫어져라 쳐다보았다. 자신의 일이 정사를 기록하는 사관인 것이 얼마나 다행인지. 일을 적기 위해 관찰을 하는 것이라 노골적으로 쳐다봐도 흠이 되지 않았기에 그녀는 그를 쉽게 살펴볼 수 있었다.

도성의 날이 이토록 따뜻한데도 털이 달린 호복을 입고 변발을 한 것이 누가 봐도 여진의 사내였다. 날카롭고 바싹 마른 얼굴에 잔뜩 치켜 올라간 눈썹이 그를 성난 사람처럼 보이게 해 실제보다 나이가 많아 보였다. 이 나라의 세자 앞에서도 달한은 결코 주눅 들지 않고 당당한 자세로 예를 올렸다.

"오랜만입니다, 세자 마마. 이렇게 뵙는 것도 무려 칠 년 만이군요. 그때는 내가 살아 마마를 다시 만날 거라곤 생각하지 못했는데 말입니다."

나무랄 데 없는 명나라 식 예법에 비해 달한의 목소리에는 가시가 돋아 있었다. 칠 년 전이면 탄헌군의 제2차 여진 정벌이 있었던 해다. 탄헌군은 날카로운 말을 여유롭게 받아쳤다.

"먼 길 오느라 수고가 많았소. 나도 북녘이 아닌 이 도성에서 달한 그대를 다시 보게 될 줄은 몰랐는데."

"중요한 일을 논하기 위해 왔지요."

"여독도 풀지 않고 접견을 요청한 것을 보아 짐작하고 있었소. 그래, 이제 한낱 작은 부족이 아니라 여진족을 대표하는 그대들이 무슨 얘기를 하기 위해 이 남쪽까지 내려온 것이지?"

담월을 비롯한 모든 대신들이 달한의 다음 말을 기다렸다. 그는 잠시 뜸을 들인 후 입을 열었다.

"칠 년 전, 마마께서 인질로 붙잡아 간 이를 돌려 달라 요청드리고자 왔습니다."

"그때의 인질?"

탄헌은 그 옛날을 회상하듯 눈을 가늘게 떴다. 분명 그때 전리품 삼아 인질을 도성으로 데리고 왔던 기억이 났다.

"그 아이의 이름은 유르지크. 나의 조카이자 내 형님인 여진 족장의 아들, 부족의 미래를 이끌어 갈 후계자요."

달한의 말에 대신들이 웅성거렸다. 칠 년 전이었다면 고작 약소 부족에 불과한 자들의 말을 들어줄 필요가 없었겠지만, 지금 그들의 세력은 가히 북쪽의 함경도와 평안도를 전란에 휩싸이게 할 수 있는 수준이었다. 그런 힘을 가진 자가 요청한 인질의 신병 인도라니. 쉬이 거절할 수 있는 사안이 아니었다.

담월은 지금 이 나라의 대소사에 대한 모든 결정권을 가지고 있는 자, 세자 탄헌군의 얼굴을 힐끗 보았다. 그는 깊이 생각에 잠겨 있었다. 그녀는 붓을 곧게 들고 그가 무슨 대답을 할지 귀 기울였다.

이윽고 탄헌이 손을 들어 좌중을 조용히 시켰다. 웅성대던 소란이 순식간에 가라앉았다. 탄헌은 천천히 입을 열었다.

"그 요청은 들어줄 수 없겠는데."

그의 대답을 초조하게 기다리던 달한의 얼굴이 일그러졌다.

"아무 대가도 없이 돌려 달라 요청하는 건 아닙니다. 그에 상응하는 보답은 당연히 드리겠습니다."

그러나 욱의 얼굴은 시큰둥했다. 여진이 바칠 공물이 넉넉지 않으리라 생각한 것일까. 여진의 사신은 입술을 깨물더니 낮은 어조로 읊조렸다.

"물론, 후계자를 돌려주셔야 북쪽의 평화도 보장할 수 있겠지요."

사초를 적어 내리던 담월은 깜짝 놀라 고개를 들었다. 인질을 돌려 달라 요청하러 와서 협박이라니. 과연 호전적인 민족다웠다. 그녀는 탄헌군을 올려다보았다. 좌중이 소란스러웠지만 그는 눈도 까딱하지 않았다. 되레 팔걸이에 팔꿈치를 기대고 턱을 괸 느긋한 자세였다. 대체 저 오만한 여유로움은 어디서 오는 걸까. 탄헌군은 사신을 내려다보며 말했다.

"이미 한참 전에 죽은 자를 돌려 달라고 하니, 내가 아니라 주상 전하라도 그 요청은 들어줄 수가 없네. 원한다면 뼈를 묻은 무덤을 샅샅이 뒤져 유골이라도 돌려주도록 하지."

"죽다니요! 살아 있다는 말을 듣고 찾아온 것입니다!"

이곳이 이 나라의 궁궐이 아니었다면 달한은 지금 당장 탄헌의 멱살이라도 잡을 기세였다. 차마 한 발자국도 움직이지 못하는 다리가 덜덜 떨렸다. 믿을 수 없다는 듯 무너진 얼굴이 안쓰러워 담월은 욱을 다시 한 번 올려다보았지만 그는 변함이 없었다. 그는 단호한 목소리로 재차 쐐기를 박았다.

"죽었네."

"지금 이 자리에 없는 대왕께서 조카를 유배 보내셨다는 것을 알고 있는데 어떻게 그렇게 말하시는 거요!"

"귀양지에서 풍토가 맞지 않아 그 해 목숨을 잃었다는 보고를 받았다. 그 지역의 관리에게 명을 내려 뼛골이라도 수습해 오라고 할 테니 그대들은 물러나 숙소에서 쉬고 있게."

달한은 한참이나 자리에 붙박여 주먹 쥔 손을 부들부들 떨었다. 저러다 중희당 내에서 칼부림이라도 하는 건 아닌지, 무슨 사달이라도 날까 시립한 무관들이 칼 손잡이에 손을 얹고 있는 모습이 보였다. 이 모습을 전부 기록하는 담월의 글씨가 바들바들 떨렸다. 이윽고 사내의 손이 떨림을 멈추었다. 그는 악문 잇새로 속 끓는 소리를 내며 답했다.

"……좋습니다. 기다리지요."

달한이 숙소에 돌아가는 것으로 접견은 끝났다. 탄헌은 승지와 익위사 주원에게 유르지크의 유골을 찾아오라 명을 내린 후 중회당을 나섰다. 이후부터는 강현과 유정이 당번이었기에 담월과 태진은 다시 예문관으로 걸음을 옮겼다. 두 사람이 나눈 대화의 화제는 단연 좀 전에 있었던 사신의 일이었다.

"이미 죽은 사람을 돌려 달라고 사신까지 보내다니 별일이네요. 여진 사람들도 바보는 아닐 텐데 말이에요. 후계자 정도 되면 미리미리 생사를 알아보지 않았을까요?"

담월이 의아해하자 태진이 의미심장한 목소리로 답했다.

"글쎄, 진짜 죽은 게 아닐 수도 있지."

"설 검열께선 뭔가 아시는 겁니까?"

그녀의 물음에 태진이 눈을 빛냈다. 그리고 입이 간지러워 참을 수 없었다는 듯 주절주절 얘기를 꺼냈다.

"넌 도성에 온 지 얼마 안 돼서 잘 모르겠지만, 전하가 쓰러지기 전에도 세자가 몰래 뒤에서 손을 쓴 게 많다는 소문이 있어. 뭐, 그런 권력자의 자리를 유지하기 위해서는 당연히 할 만한 일이지. 지금 사신이 와서 얘기하는 그 사건은 좀 더 개인적인 일이겠지만 말야. 세자는 그때 유르지크를 참수하길 원했는데, 갑자기 전하께서 변덕을 부리셔서 옥에 가두었다가 귀양을 보냈거든. 세자에게는 여진 정벌의 성공을 기념할 만한 일이나 마찬가지였는데 말이지. 그런 걸로 미루어 보았을 때 마마가 그자를 따로 빼돌렸을지도 모른다—, 그런 말이지."

일리가 있는 말에 담월이 고개를 끄덕였다. 눈을 크게 뜨고 자신의 말을 경청하는 담월이 귀여웠는지 태진이 시장통에서 주워들은 얘기를 더 늘어놓으려던 찰나, 어느새 다가온 강현이 얘기를 다 들었는지 그에게 핀잔을 주었다.

"설 형, 사관으로서 야사나 풍문에 관심을 두는 것은 좋지 않다고 누누이 말씀드리지 않았습니까."

"뭐 어때? 원이가 궁금해 하니까 얘기해 준 것뿐이라네. 넌 어서 다음 일정이나 따라가렴."

어린 아우의 핀잔에 태진은 입술을 부루퉁하게 내밀며 강현의 어깨를 툭툭 치고는 먼저 예문관으로 가 버렸다. 그 뒷모습에 강현이 휴―, 하며 걱정 어린 한숨을 뱉었다.

"형님도 참…… 어차피 뜬소문일 테니 너무 마음에 두지 마. 설 형께선 지류도 흐름이다 여기는 분이시니."

"그 말도 틀린 건 아닌데요."

담월이 아는 사람 중에서도 그런 지론을 갖고 있는 사람이 있었다. 세상의 작은 이야기들이 모여 큰 역사를 만든다고 주장하던, 그의 오라비였던 담건이 그랬다.

"너까지 옳지 말란 말이야. 그런 거에 관심 있는 사람은 한 명이면 충분하다고. 그보다 어서 가 봐. 오후에 약속이 있다며."

"네, 번을 바꿔 주셔서 감사해요!"

"그 말만 벌써 백 번은 들었겠다. ……어서 가."

담월은 피는 꽃보다도 환히 웃으며 걸음을 옮겼다. 그 잔상이 사라지는 뒷모습까지 이어져 강현은 가야 함을 잊고 담월이 저 너머 사라질 때까지 넋을 놓고 지켜보았다. 그러나 이내 제 뺨을 툭툭 치곤 정신을 차렸다.

"내가 미쳤지. 사내자식 뒷모습에 혼을 놓고…… 봄이라 그런 가."

혼잣말을 중얼거린 후 강현은 제 길로 발을 옮겼다. 하지만 한번 핀 꽃이 쉬이 지지 않듯 옅은 설렘도 쉬이 가라앉지 않았다.

*　　　*　　　*

결은 약속 장소에 서서 담월을 기다리고 있었다. 보름을 맞아 큰 시장이 열린 도성의 저잣거리는 사람이 넘칠 듯 많았다. 결은 시야에 여인이 보일 때마다 혹 담월인가 고개를 돌려 보았다. 하지만 그는 이내 시선을 거두었다. 그녀라고 하기엔 너무 화사한 차림들이었다.

어떤 옷을 입었을까, 결은 이런저런 추측을 하며 담월을 기다렸다. 너무 화려한 옷은 아닐 테다. 그런 것은 그녀의 취향이 아니었다. 어릴 때 보았던 것처럼 희고 담백한 차림일까? 혜연의 차림이 반가의 여인치고는 화려함이 적으니 담월이 걸쳐도 잘 어울리겠는걸. 그런 생각을 하다가 결은 담월이 다가온 것을 눈치채지 못했다.

"……결, 저 왔는데요."

수줍게 자신을 부르는 목소리에 결은 조금 놀라며 고개를 들었다. 담월이 쓰개치마를 벗어 고이 접었다. 기왕지사 여복을 하고 나갈 것이라면 분까지 발라야 보내 주겠다던 소화의 고집 탓에 처음으로 화장을 한 얼굴로 담월은 어색하게 웃어 보였다.

"이상한가요? 치마를 입고 밖에 나오는 것이 너무 오랜만이라……."

결은 놀란 얼굴로 담월의 모습을 훑었다. 햇빛을 담뿍 담은 듯 밝은 주홍 저고리에 티끌 하나 없는 미색의 치마가 담월의 얼굴을 밝혔다. 화려한 금은박이 아닌 숨겨진 무늬가 은은하게 화사함을 돋우었다. 가는 허리춤에 향낭 하나 찬 것이 지나침도 모자람도 없었다. 봄볕이 더없이 어울리는 고운 얼굴. 빛이 비춰도 구름이 낀 듯 흐린, 그러나 한가운데 빛이 일렁이는 눈동자가 더없이 신비로웠다.

여인이구나. 결은 그동안 저가 담월을 소녀 시절의 그녀로 생각하고 있었다는 것을 깨달았다. 혜연이야 어릴 적부터 남매처럼 같이 커 왔기에 한껏 여색을 뽐내도 그리 와 닿지 않았는데. 여인으로서의 담월이 보여 주는 소담한 모습이 수줍게 다가온 봄바람처럼 결의 마음을 조심스레 흔들었다.

결이 한참이나 말이 없자 담월은 쭈뼛거리며 입술을 앙다물었다. 이래서 얼굴 분에 입술연지는 바르지 않겠다고 버텼는데! 어릴 적부터 쭉 화장을 해 온 여인들도 아니니 어울리지 않을 게 뻔했다.

'같이 다니기 창피하니 오늘은 그만 돌아가 달라 말 하면 어쩌지…….'

생각만 해도 속상해져서 담월의 눈에 눈물이 찔끔 나오려고 할 즈음에야 결이 입을 열었다.

"죄송합니다. 제가 상상했던 모습보다 훨씬 아름다워서 말을 잊었습니다. 어서 가실까요? 시간을 너무 지체했네요."

결이 웃으며 앞서 걸었다. 담월은 그 뒤를 한 걸음 떨어져 걸었다. 빈말이나 체면치레로 건넨 말이겠지만 그 말이 너무 다정했기에 담월은 조금 자신이 생겼다. 혜연이 하던 것처럼 자세를 바르게 하고 결의 뒤를 따라 걷자 기분이 이상했다. 그와 어깨를 나란히 하고 걸을 때와는 느낌이 달랐다. 등을 보며 걸어서 그런 걸까. 저보다 키가 그리 크지도 않은데 확실히 사내의 등이라는 느낌이 물씬 풍겼다.

'그 소저는 마마의 이런 모습을 보며 걷는구나.'

담월은 그런 생각을 하며 걷다가 문득 이상함을 느끼고 걸음을 멈추었다. 담월이 따라오지 않자 결이 다가와 물었다.

"왜 그러십니까?"

"지난번 나왔을 때보다 상인이 적네요. 무슨 일이 있는 걸까요?"

결도 주위를 둘러보더니 과연 그렇다며 고개를 끄덕였다. 사람은 북적이는데 물건을 파는 상인의 숫자는 적었다. 그들의 대화를 듣던 상인 하나가 불쑥 말에 끼어들었다.

"그야 남도고 북도고 사정이 여의치 않으니 도성까지 와서 팔 물건이 없는 거 아닙니까."

"작년 쌀 소출이 그리 나쁘지 않았을 텐데?"

결이 장계를 몰래 보았던 기억을 떠올리며 말하자 상인이 고개를 저었다.

"말도 마십쇼. 왜구며 오랑캐에 대한 방비를 해야 한다고 세금이 무지막지한걸요. 칼에 배때지를 쑤셔지기 전에 먹을 게 없어서 쓰러질 판인 백성들이 허다합디다! 난리가 났던 건 한참 전이고 이제 안전한 것 같은데 날이 갈수록 군사를 늘린다고 세금만 늘어가니 원……."

"하지만 전란이 일어나면 그 이상으로 피해가 극심하니 미리 방비하는 건 나쁜 일이 아니지 않나. 세 번의 난을 모두 평정한 세자께서 결정한 일이실 텐데……."

상인의 말에 결이 반박하자 옆에 있던 다른 상인이 거들었다.

"군비를 걷는 것이야 좋지요. 하지만 제대로 써야 할 것 아닙니까, 나리. 몇 년이고 그림자도 안 보이는 녀석들보단 이 한양 주변에 창궐하는 호랑이들을 좀 어찌해 주셔야지. 전하께서 정정하실 땐 사냥도 자주 다니셨는데 세자 마마께선 그럴 기미도 안 보이시니…….”

“예끼, 이 사람아. 왕이 아파 자리보전을 하는데 세자가 사냥 나간다고 하면 그게 천하의 불효자식이지. 그것만 아니었어도 마마께서 호랭이들 먹을 따러 날아다니셨을 걸세. 군비를 이렇게 왕창 걷는 걸 보면 정치는 어떤지 모르겠지만, 누가 뭐래도 군공 하나는 이 나라에서 으뜸인 분인걸!”

“거 말이 전란의 영웅이지, 솔직히 마마께서 직접 칼 들고 싸우신 건 아니잖나?”

결의 표정이 점점 어두워지자 담월의 얼굴이 사색이 되었다. 대체 이 필부들이 눈앞의 사내가 누군 줄 알고 저렇게 망언을 하는지! 담월은 그만 듣고 가자며 결의 소매를 잡고 끌었다. 그들에게서 한참 멀어질 때까지도 그의 흐린 표정은 가실 줄을 몰랐다. 담월이 애써 그를 위로했다.

“아무것도 모르는 이들이 하는 말이니 너무 신경 쓰지 마세요.”

“……아닙니다. 저한테야 완벽한 형님이시지만 나랏일이라는 게 언제나 완전할 수는 없는 노릇이니까요. 시일이 지나면 다들 형님의 뜻을 이해할 겁니다.”

탄헌이 첫 공적을 세웠을 때 결의 나이는 고작 세 살이었다. 맹수와 같은 왕이라 불리는 이를 아버지로 뒀지만 실제적으로 그가 보고 자란 우상과 같은 존재는 형님인 탄헌이었다. 그의 말에는 탄헌군이 하는 일에 대한 절대적인 신뢰가 깃들어 있었다.

담월은 그 마음이 이해가 갔다. 부쩍 가까운 자리에서 보게 된 탄헌군 이욱은 가히 그럴 만한 사내였다. 이 세상의 것이 아닌 것처럼 느껴지는 외모와 좌중을 한 마디로 휘어잡는 비범한 통솔력. 탁한 금색의 속눈썹이 그 푸른 눈에 짙게 그림자를 드리우며 시선을 내리깔기만 해도 신하들은 제 입을 다물곤 했다. 사내들은 그런 압도적인 위압감을 가진 남자에게 끌리는 모양이었다.

결이 다시 미소를 되찾자 그들은 마저 가던 길로 향했다. 한 걸음 떨어져 가던 것이 어느새 버릇처럼 어깨를 나란히 하고 걷게 되었다. 두 사람을 스쳐 지나가던 한 여인이 그 모습을 보고 걸음을 멈췄다.

"……결?! 대체 왜 여기에…… 저 여인은 누구지?"

몸을 돌린 여인은 놀란 눈으로 얼굴을 꽁꽁 싸맨 쓰개치마를 벗었다. 혜연이었다. 결과 낯선 여인이 정답게 걷고 있다니, 그녀는 자신이 헛것을 보았나 싶었다. 경원대군과 저잣거리를 함께하는 것은 몇 년에 걸친 그녀만의 특권이었는데. 결을 불러 사실을 확인하고 싶었지만 그들은 이미 인파 속으로 사라진 후였다.

담월과 결은 이내 재담꾼들의 장막에 도착했다. 푸른 장막으로는 사내들이, 붉은 장막으로는 여인들이 기대 가득한 얼굴로 들어가고 있었다.

"그러면 이따 뵙지요. 재밌는 얘기는 전해 주세요."

결이 먼저 푸른 장막 속으로 사라지고 담월도 여인들의 틈바구니에 껴 붉은 장막 안으로 들어갔다. 이미 도착한 여인네들이 둥글게 돗자리 위에 앉아 있었고, 가운데 빈 공간에는 재담꾼으로 보이는 여인이 얼굴을 가리고 자리 위에 앉아 얘기를 하는 중이었다. 담월은 재담꾼의 목소리가 잘 들리는 빈자리를 찾아 앉았다.

"……그래서 그 계집종은 탐라에 유배 갔던 양반의 소실이 되어 들어와 산다지요."

"에이, 그걸 어떻게 믿어? 그 양반이 제정신이면 그런 악독한 계집을 첩으로 들일 리가 없잖우?"

"호호홋, 이 장막 안에서의 얘기는 어디까지나 믿거나 말거나랍니다. 자, 다음은 도성에 있는 훤칠한 미남 얘기를 좀 해 볼까요? 이 한양 어딘가에 인질로 잡혀 온 오랑캐의 왕자가 살고 있대요. 짙은 갈색의 피부에 도깨비같이 뿔이 달리고 붉은 눈동자를 가지고 있다는데, 그 얼굴을 한번 보면 혼이 나갈 정도로 잘

생겼대요."

"맞아, 맞아. 나도 그 소문을 들었지 뭐유. 말이 안 통하는 짐승 같은 괴물을 데리고 산다더라고! 그 짐승이 하도 위험해서 나라님이 한양까지 데리고 와 가둬 둔 거라잖어."

재담꾼과 웬 여인네가 하는 소리에 담월은 한숨을 푹 쉬었다. 아무리 소문이라지만 웬만큼은 설득력이 있어야지. 귀 기울일 이유 하나 없는 얘기들뿐이었다.

"괴물에 대한 얘기라면 또 다른 것도 있지요. 궁궐 뒤에 있는 북악산에도 괴물이 있는데, 그 집 대문 앞에 한성부의 군관들이 떡하니 지키고 있잖아요. 왜구가 한양까지 쳐들어왔을 때 막기 위해 기르는 괴물이라나 봐요."

하지만 이런 얘기에 관심이 없는 것은 담월뿐인 듯했다. 담월 옆에 앉은 여인들은 이런 얘기가 무척이나 흥미로운지 귀를 쫑긋 세우고 듣고 있었다. 어찌 됐건 그녀도 곁에게 얘기를 전해 주어야 했기에 이어지는 재담꾼의 말에 귀를 기울였다. 다행히도 이번엔 그녀도 관심을 가질 만한 이야기였다.

"거 사내니 괴물이니 하는 이야기 말고 돈 되는 이야기는 없어요? 서방이 돈 생각은 없어 밥 해 먹을 쌀이 없으니 어디 괜찮은 벌이라도 있으면 뛰어들고픈데."

"마침 맞춤인 얘기가 있지요. 하지만 한성댁이 탐을 낼 수 있을까 몰라?"

"뭔데 그려? 아주 어마어마한 일인가 봐?"

어린 소녀부터 할머니에 이르기까지 관심을 보이자 재담꾼이 뜸을 들이다가 입을 열었다.

"예전에 저 경복궁이나 창덕궁을 지을 때 큰 난이 일어나면 나라님들이 도망가려고 만든 비밀 통로 같은 게 있었대요. 근데 다들 알다시피 도성까지 난리가 난 적이 없었잖아요? 그러니까 나라님들이 거기에 아주 비밀스럽고 중요한 것들을 숨겨 놨다는 거예요."

"비밀스럽고 중요한 것들?! 뭘까, 금일까?"

"보석과 보물일지도 모르지!"

"그럼 무엇해. 다른 데도 아니고 궁궐이라니 영 글렀구만!"

서화 속의 떡 같은 얘기에 여편네들은 실망하는 기색이 역력했다. 하지만 담월은 달랐다. 예문관을 샅샅이 뒤져도 먹물 외에는 발견할 수 없었던 도규언의 신물. 어쩌면 아버지는 그런 비밀스러운 공간에 신물을 숨겨 둔 것이 아닐까? 이어지는 재담꾼의 이야기는 재물과 사내보다 더 시답잖은 것들뿐이었다. 이야기가 끝나자마자 담월은 서둘러 결을 만나기 위해 장막을 나섰다.

두 사람은 장막에서 나와 한적한 곳으로 걸음을 옮기며 서로 장막 안에서 들었던 얘기를 나누었다. 푸른 장막의 이야기도 담월이 들은 것과 별반 다르지 않았다. 재물과 어여쁘고 색기 어린 여인네에 대한 허황 가득한 이야기들뿐. 그나마 남북의 전란의 조짐에 대한 얘기 정도만이 붉은 장막의 것과 다른 정도였다. 담월은 결의 말을 건성으로 들었지만 그는 담월의 얘기에 눈을 반짝였다.

"비밀 통로라, 확실히 그런 게 있지요. 지금은 안 쓰다 보니 기밀문서를 보관하는 용도로 쓰이는 곳이 대부분인 것도 맞네요."

"기밀문서요?"

"네. 어릴 때 궐내에 무슨 일이 생기면 이곳으로 도망가라고 형님과 제게 알려 주던 통로가 있었거든요. 몇 년 전에 심심해서 가 보니 육조의 문서를 보관하고 있었어요. 많지는 않고 두세 군데 정도 됩니다만…… 가 보고 싶은 눈치네요?"

"궁금하기도 하고, 어쩌면 아버지에 대한 문서가 있지 않을까 싶어서요."

결에게 대기 좋은 핑계였다. 예문관에도 그날의 기록이 없었다는 얘기까지 덧붙이자 그도 고개를 끄덕였다.

"확실히 저도 승정원이나 다른 곳을 다니면서 도 봉교에 대한 문건을 찾아봤지만 나오는 게 없더군요. 그런 데 있을지도 모르겠어요. ……한번 가 볼까요? 언제 시간이 되십니까?"

"저야 당번이 아닐 때면 괜찮지만 결은 요새 바쁘잖아요."

"괜찮습니다. 그 일은 궁금하기도 하고, 어째서 그렇게 큰 사건이 기록한 종이 하나 남아 있지 않은지 알아내는 것도 왕자로서 큰 공부지요. 근데 드디어 저를 이름으로 불러 주시는군요?"

이제야 알았다는 듯 결이 빙긋 웃었다. 이렇게 갑작스러운 말이라니, 말로 공격이라도 당한 듯 담월의 얼굴이 화끈 달아올랐다.

"아까 처음 뵈었을 때도 불러 드렸는데요?!"

"그땐 제가 미처 못 들었습니다. 말씀드렸잖아요, 너무 아름다워 넋을 잃었었다고."

또 시작이었다. 왕자라는 사람이 어찌 저리 무게 없이 남에게는 크게 와 닿을 말을 하는지. 결코 싫은 것은 아니었지만…… 그녀는 얼굴이 터질 듯 붉어진 것을 어찌할 바를 모르고 종종거렸다. 결은 빙긋 웃으며 말을 잃은 담월 대신 두 사람이 만날 날과 시간을 정했다.

약속을 한 시간은 늦은 밤이었다. 그래도 비밀문서를 간직한 서고요 통로니 남의 눈에 띄는 것은 좋지 않다는 결의 의견에 담월은 지난번 강현에게 빚졌던 당번을 갚겠노라 우겨 이 시간까지 일을 했다. 기록할 것이 있다면 어디든 달려가는 사관이어서인지 혼자 밤의 궐내를 활보해도 의심하는 이 하나 없었다. 약속된 장소로 가자 결이 그녀를 기다리고 있었다. 평소 궐내의 차림보다 한결 편안한 복장이었다.

"그럼 갈까요? 통로는 후원 너머의 건물과 이어져 있습니다. 며칠간 다른 통로들도 확인해 봤는데 다 폐쇄되고 열려 있는 곳은 한 곳뿐이더군요."

담월은 결의 안내를 따라 대조전 뒤의 창덕궁 후원에 발을 들였다. 넓디넓은 후원 중 산 끝자락에 닿아 있는 건물 안으로 들어가자 결은 그중 가장 끝 방으로 향했다. 방문을 열고 들어선 그는 가지런히 정돈된 방의 병풍을 걷었다. 과연 그 뒤에 숨겨진 문이 있었다.

"제가 먼저 들어가겠습니다. 발밑이 어두우니 조심스럽게 따라오세요."

그러나 문을 연 결은 당황했다. 분명 어두워야 할 통로 내부에 꽤 오래 타오른 흔적이 있는 횃불이 꽂혀 있었다.

"누군가 다녀간 걸까요?"

"관리들이 새로운 문서를 갖다 놨는지도 모르겠네요. 우리로선 잘되었습니다."

결은 횃불 옆에 놓여 있던 호롱에 불을 붙이고 그 등불을 손에 들었다.

"여기서 한참 걸으면 문서나 책이 꽂혀 있는 책장들이 나옵니다. 꽤 길다는 얘기는 들었는데 끝까지 가 본 적은 없네요."

과연 걷다 보니 통로 벽을 따라 서 있는 서가들이 하나씩 나오기 시작했다. 담월이 다가가 서책 몇 권을 펼쳐 두고 내용을 훑었다.

"이상하네요. 기밀문서라면 좀 더 정리를 잘해 놨을 것 같은데. 이것은 이조의 것이고 이것은 병조의 것이고……."

"도 봉교의 일로 보이는 것이 있습니까?"

"아뇨…… 있다면 아마 의금부의 것일 텐데 여기엔 육조의 문서뿐이에요. 게다가 요 근래의 것이네요."

"그러면 좀 더 안으로 들어가 보죠. 꽤 멀리까지도 책장들이 있거든요. 칠 년 전의 일이니 안쪽에 있겠지요."

담월은 고개를 끄덕였다. 하지만 결의 말대로 통로는 지난할 정도로 길었다. 하루 종일 앉아 글을 쓴 터라 다리가 퉁퉁 부었지만 담월은 힘든 내색 없이 결의 뒤를 따르며 서가들 사이에 혹시 놓여 있는 붓 같은 게 없나 부지런히 살폈다.

"이게 마지막 서가일 겁니다. 저 모퉁이로 꺾으면 통로의 출구가 나오지요. 이제 책들을 한번 살펴볼까요?"

"음…… 십 년 전의 것들부터 있네요. 전 이 서가를 찾아볼 테니 대군께서는 그쪽을 찾아보시면……."

담월이 일을 분담하고 있을 때, 결이 출구가 있다고 말한 곳에서 껄렁껄렁한 큰 목소리가 들려왔다.

"이 밤중에 또 뭐야? 시끄러워서 잠을 잘 수가 없잖아!"

두 사람뿐이라고 생각했던 담월과 결이 놀라서 서로를 쳐다보았다. 사람의 말소리에 이어 이상한 동물 울음소리 같은 것도 났다.

"……누가 있는가 봅니다. 담월은 여기 계세요. 확인해 보겠습니다."

"저도 같이 가겠습니다!"

결이 앞서고 담월이 뒤따르며 두 사람은 모퉁이를 꺾어 걸었다. 그곳엔 손바닥만 한 구멍이 난 철문이 있었다. 구멍에는 촘촘하게 창살이 쳐져 있었는데 그 사이로 한 사내가 담월과 결을 뚫어져라 쳐다보며 말을 걸었다.

"니들은 누구냐? 탄헌 그 새끼의 끄나풀이냐? 주원이라는 작자가 다녀간 게 이틀 전인데 또 뭐야?"

조심스럽게 그 앞으로 다가가던 결이 그의 말에 발끈해 소리를 질렀다.

"그러는 너는 누구기에 이 나라의 세자마마를 함부로 지칭하는 것이냐!"

웬만한 자라면 결이 입고 있는 옷이 신분이 높은 이들만 입는 비단옷이라는 것을 알았을 텐데도 창살 너머의 사내는 신경도 안 쓰는 눈치였다. 결의 호통에도 그는 덥수룩한 수염을 배배 꼬며 시큰둥하게 대답했다.

"흥, 세자라는 놈이 제 부하들한테 심부름시키면서 내 정체도 안 알려 주다니. 난 유르지크. 칠 년 전 조선과의 싸움에서 잡혀 끌려온 인질이시다. 알겠냐?"

담월이 헙, 하고 놀란 소리를 냈다. 유르지크라니. 여진의 사신이 돌려받기를 청했으나 탄헌군이 유골이라도 좋다면 돌려주겠다 말했던 그자가 아닌가.

"세상에…… 정말 사신의 말대로 살아 있는 거였군요!"

"뭐야, 그럼 내가 죽었단 말이야?"

"달한이라는 사신이 와서 당신을 돌려 달라고 했는데 당신은 귀양 가서 죽은 걸로 되어 있다고…… 왜 죽었다는 사람이 여기 살아 있는 거죠? 대체 무슨 일이에요?"

담월에 앞으로 다가가 유르지크에게 물으려 했지만 결이 그 앞을 막았다. 그가 탄헌군을 욕보인 것이 심히 불쾌한 모양이었다.

"담월, 그와 더 이상 얘기할 필요 없습니다. 문서는 다음에 찾고 오늘은 이만 나가죠."

"하지만……."

담월이 결과 유르지크를 돌아보았지만 결은 굳은 얼굴로 그녀의 팔을 붙잡아 끌었다. 뒤에서 유르지크가 야! 돌아와! 무슨 사정인지 얘기 해 보라고! 달한 삼촌이 왔다며! 라고 고래고래 소리를 질렀지만 결은 멈추지 않았다. 뛰다시피 걸어 입구에 거의 다다랐을 때야 결은 속도를 늦추고 담월의 팔을 놓아주었다. 유르지크의 목소리는 이제 들리지 않았다.

"미안합니다. 너무 빨리 걸었군요. 오늘은 이만 돌아갑시다."

결이 먼저 성큼성큼 입구를 향해 걸었지만 뒤따르는 걸음 소리는 들리지 않았다. 그가 의아한 듯 고개를 돌리자 담월은 망설이다가 입을 열었다.

"······그의 얘기는 들어 봐야 하지 않을까요? 무슨 일인지 저희는 잘 모르잖아요."

담월의 청에도 결은 단호했다.

"그래 봤자 이 나라를 두 번이나 침략했던 여진족입니다. 형님께서 직접 압송해 끌고 온 자였고요. 필시 그런 사정으로 저기 갇혀 있는 거겠지요."

"하지만 멀쩡히 살아 있는 사람을 세자마마께선 죽었다 말씀하신 거잖아요? 뭔가 사정이 있는 게 틀림없어요. 마마께서 싫으시면 저라도 들어 보고 오겠습니다. 억울한 일을 당한 걸 수도 있잖습니까."

담월은 정말 혼자라도 갔다 올 것처럼 몸을 돌렸다. 그러나 이어진 결의 말이 그녀의 발을 꽁꽁 옭아매었다.

"대체 상관도 없는 사람의 일에 왜 그리 나서는 건가요? 죄인은 당연히 죗값을 치러야지요. 그것도 조선인도 아닌 오랑캐의 일인데요. 설마 도 봉교가 죄인이었기 때문입니까?"

그것은 담월의 역린이었다. 순식간에 표정을 잃어버린 얼굴이 자신을 돌아보자 결은 자신이 실수를 했다는 걸 깨달았다. 그는 지금 그녀의 아버지를 죄를 지었다 단정하고, 그런 벌을 받아도 마땅했다고 말한 것이나 진배없었다.

"······죄송합니다. 실언이었습니다."

"아닙니다. ······마마의 말씀이 옳아요."

담월은 고개를 푹 수그렸다. 통로를 빠져나갈 때까지 두 사람은 말없이 걸었다. 후원의 입구에서 헤어져 담월은 홀로 예문관으로 돌아왔다. 이미 인정이 지났기 때문에 집으로 돌아갈 수는 없었다. 그녀는 관모를 벗고 숙직을 위해 갖다 둔 이불 속을 비집고 들어갔다. 바닥에서 한기가 스며들어 몸이 찼다. 그보다 마음이 시렸다. 가슴 한가운데가 벼린 칼날로 한 포 한 포 발라내듯 쓰라려 왔다.

경원대군의 말은 틀린 것이 없었다. 담월 자신도 은연중에 그리 생각하고 있는 사실이기도 했다. 한 나라의 왕이 아무 죄도 없는 충신을 그리 참혹하게 죽일 리가 없었으니까. 아버지가 정말 큰 죄를 저질렀다면 담월은 그 죗값을 치를 생각이었다. 그런데도 결이 그리 단언하니 왜 그리 사무치는지.

담월은 잠을 이루지 못하고 몸을 일으켰다. 집무실을 나와 서재의 문으로 다가갔다. 그녀는 이곳에서 결에게 팔목을 붙잡혔었다. 그리고 그는 환히 웃으며 물었다. 내게 도화를 피워준 소저가 그대가 맞느냐고.

그때 잡힌 것이 팔목이 아니라 마음이었나. 그렇지 않고서는 이렇게 아플 리가 없었다. 가족의 죽음과 도망치는 세월에 슬프고 서러웠던 만큼이나 마음이 저리는데, 좋아하는 마음이 아니고서야 그럴 수가 없었다.

"잠시 다정히 대해 주셨다고 죄인의 여식이 감히 마마를 넘보았다니…… 하하…….”

결과 함께했던 그 모든 추억이 꿈결처럼 떠올랐다. 다정한 분이셨다. 은혜를 입었다 하여 죄를 진 자에게도 따스하게 대해 주셨던 기억. 하지만 경원대군의 마음속 깊은 어느 곳엔 그녀가 죄인의 딸이라는 것이 흐려지지 않은 것 같아서.

흐드러지게 이제야 꽃이 피었는데, 고운 연정이 겨우 고개를 들었는데. 후두둑 후두둑 떨어지는 빗방울보다 무거운 눈물에 꽃가지 꽃송이 떨어지고 고개를 꺾었네.

“요새 기운이 없다, 너.”

강현이 초벌 사초를 옮겨 적다 말고 담월에게 말을 걸었다. 평소였으면 왜 그렇게 정신을 못 차리니, 사관의 의기를 보이라느니 핀잔을 건넸을 텐데. 담월이 맥 빠져 다닌 지가 어언 열흘이 되어선지 그 말에는 걱정만이 가득했다.

하지만 강현의 걱정의 말이 들리기나 했는지, 담월은 여전히 흐린 눈동자로 기계처럼 사초를 정리하고 있을 뿐이었다. 강현은 한숨을 푹 내쉬고 덧붙여 물었다.

“경원대군 마마랑 무슨 일이라도 있는 거냐?”

“……네?!”

갑작스럽게 강현이 결을 언급하자 담월은 화들짝 놀라 고개를 들었다.

"뭘 그렇게 놀라? 너와 대군마마가 친분이 있다는 건 이미 궐 내에선 유명해. 지난번 연회장도 그렇고 자주 만나기도 하잖아. 그리고 너 약속 있다고 번 바꾼 날 마마도 외출하셨다는 얘기 들었어. 그 이후로 쭉 기운이 없잖아? 둘이 다투기라도 한 거야?"

강현의 말에 담월은 고개를 저었다. 다투다니, 그럴 수 있는 관계가 아니었다. 그런 거 아네요, 하고 담월은 화제에서 빠져나가려고 했지만 강현은 쉽사리 놓아 주지 않았다.

"아니긴 뭐가 아냐. 그럼 다른 기분 안 좋을 이유라도 있어?"

"……대군마마 때문이 맞기는 한데요."

"그거 봐. 그래서 왜 그러는데?"

강현의 물음에서 쉬이 도망칠 수 있을 것 같지가 않았다. 진심으로 걱정하는 강현의 얼굴 탓일까, 담월은 입술을 잘근잘근 깨물다가 입을 열었다. 애써 잊으려 했던 감정들이 물밀 듯 몰려나왔다.

"다퉜다면 다툰 건데요. ……제 일은 아니지만 다른 사람의 잘못 때문에 지적을 받았거든요. 분명 잘못은 맞는데 괜히 서러워서 그랬어요. 다른 사람도 아니고 그분께 지적을 받았다는 게…… 너무 서운하더라구요."

"뭐야, 네 잘못도 아닌데 너한테 뭐라고 했다고? 대군마마, 그럴 사람으로 안 봤는데 실망이네."

"아니요, 그런 분은 아니에요!"

"뭐야, 싸웠다더니 편드냐?"

"모두가 저보고 안 된다고 했을 때, 저조차도 그런 생각을 했을 때. 할 수 있다 용기를 준 건 대군마마였어요. 도성에서 아는 이 하나 제대로 없을 때 제 손을 잡아 준 것도 그분이었고요. 어려움이 닥칠 때마다 제 편이 되어 주셨던 유일한 분이었어요."

강현은 잠자코 그녀의 말을 들었다. 도담원이 조정에 들어온 뒷배에 경원대군이 있었던 모양이었다. 그렇게 말하니 일전의 각운과의 일도 이해가 갔다. 대군의 삼촌뻘이니 부탁을 받고 담원을 신경 쓴 것이리라.

"그분께서 다른 이를 칭찬하면 괜히 분한 마음이 들고, 나도 그만큼 할 수 있다고 오기를 부리게 돼요. 나보다 인연이 깊은 사람이 그분 곁에 있으면 속이 타고…… 말 한 마디에 내동댕이쳐지는 기분이 들기도 하고요. 아무리 다정하게 대해 주셔도 나와는 다른 세상의 사람이구나 싶기도 하고……."

담월의 이야기를 듣던 강현은 턱을 괴고 삐딱하게 물었다.

"너, 마마를 사모하냐?"

두서없이 제 마음을 늘어놓던 담월은 꿀 먹은 벙어리처럼 놀라 침을 꿀떡 삼켰다. 최대한 티 나지 않게 얘기하려고 한 건데!

"사, 사내들 간에도 애틋할 수 있는 거 아닙니까?! 그런 시조도 얼마나 많아요?"

"농담이야, 놀래긴. 연군지정이야 드문 얘기도 아니고."

피식 웃으며 담월을 골리는 얼굴에 그녀는 한숨을 푹 내쉬었다. 평소 같으면 농도 정도껏 하라고 지청구라도 주었을 텐데 그럴 기운도 없었다.

"─그 기분 이해해. 누군가한테 특별해지고 싶은 기분 말이야."

담월이 그 말에 고개를 들었다. 쉽사리 털어놓지 못했던 마음을 이해받았다고 생각하는 것인지 표정이 한결 편해 보였다. 강현은 조금 기운을 차린 그녀를 보며 힘없이 웃었다. 자신을 보면서 그런 생각을 하는 사람이 있다고는 조금도 생각지 않는 걸까. 경원대군 때문에 속상해하는 너를 보며 속이 끓는 내가 바로 눈앞에 있는데.

"그리고 너 말야, 너한테는 예문관도 있다고. 왜 대군마마밖에 없다고 생각하냐?"

한껏 불만이 담긴 목소리에 담월은 어쩔 줄을 몰랐다. 다른 이도 아니고 강현에게 이런 말을 들을 줄이야.

"필요한 일이 있으면 말해. 네 편이 되어 줄 테니까."

애원에 가까운 어조, 마치 사관의 일을 대하듯 중한 얼굴에 담월은 뭐라 함부로 말을 꺼내지 못했다. 말만으로도 충분히 고마워요, 강 형. 겨우 그 한 마디만을 꺼내고 담월은 왠지 모르게 쑥스러워 자리에서 일어났다.

오랜만에 결과 함께 저잣거리에 나온 혜연은 내내 얼굴이 부루퉁해져 있었다. 지난번 못 보던 여인과 함께 다니던 것이 경원대군이 맞는지도 묻지 못했다. 어디에 넋을 놓고 나온 것인지 결은 하루 종일 멍하니 거리를 돌아다녔다. 평소의 활기참도 호기심도 엿볼 수 없었다. 혜연은 제 옆에 있는 것이 그녀가 십 년을 알아 왔던 경원대군 이결이 맞는지조차 의문스러웠다.

"딱히 찾으시는 것이 없으면 오늘은 이만 돌아가시죠."

"아, 미안합니다. 저쪽만 더 돌아보지요."

결은 머쓱한 듯 답하며 걸음을 옮겼다. 하지만 못마땅한 표정의 혜연은 그의 뒤를 따라가지 않았다.

"저잣거리에 나가자 불러놓고 하루 종일 제게는 말 한 번 걸어 주지 않으셨습니다. 기분이 좋지 않으시다면 달리 해소를 하셔야지, 사람을 망부석 세우듯 놓고 계시니 기분이 참담합니다."

한껏 불만 어린 그녀의 질책에 결은 고개를 숙였다. 그녀의 말에 틀린 바가 없었다. 담월에 대한 생각을 하느라 혜연에게 신경조차 쓰지 않은 것은 분명 무례한 짓이었다.

"……잘못했습니다. 생각할 거리가 많아서요. 습관처럼 혜연을 불러 버렸습니다."

"하다못해 무슨 고민인지 말이라도 해 주세요. 그 어릴 적부터 함께한 사이가 아닙니까. 소녀가 있는 힘은 없지만 적어도 들어 드릴 수는……."

"아닙니다. 말만으로도 고마워요. 어서 저쪽만 돌아보고 들어가지요."

결은 쓸쓸하게 웃으며 혜연의 말을 자르고 걸음을 돌렸다. 그녀는 멀어지는 등을 보다가 시원하지 못한 얼굴로 결의 뒤를 따랐다. 그는 요새 혜연이 모르는 얼굴을 하곤 했다. 그것은 대체로 기쁨이었고 간혹 오늘처럼 슬픔이기도 했다. 그 누구보다 결에 대해서 잘 안다고 생각해 왔건만, 혜연은 그를 웃고 울게 하는 것이 무엇인지 감을 잡을 수 없었다. 가끔가다 엿보이는 사내의 얼굴에서 그 이유가 여인이라는 것을, 그리고 그것이 자신이 아니라는 것만을 알 뿐이었다.

"혜연, 잠시만요."

결은 장신구 상점 앞에서 걸음을 멈추고 노리개 하나를 살펴보았다. 은으로 된 투호(投壺) 형태의 단작노리개였다. 그 흔한 옥이나 산호 장식 하나 없이 투박했고, 투호 밑으로 늘어진 술은 검은색이었다. 결은 이모저모를 훑어보더니 노리개의 값을 치렀다. 그는 그 초라하기 짝이 없는 노리개가 마음에 쏙 든 듯 미소를 지으며 그것을 품 안에 챙겨 넣었다.

"이만 돌아갈까요?"

그는 오늘 나온 이유가 그 노리개 때문이었다는 듯 가볍게 발을 돌렸다. 혜연은 제 흐린 표정을 감추지 못해 쓰개치마를 두르고 깊게 덮어썼다. 그녀나 다른 궁중의 사람들에게 선물하기에는 너무 소박한 노리개였다. 그렇다고 그것을 사내인 결이 쓸 것은 아닐 터. 혜연은 그날 뒷모습만 봤던 여인을 떠올렸다. 반가의 여식이라고 하기엔 한없이 수수한 차람이었던 그 여인에게 과하지 않게 딱 어울리는 노리개였다.

그녀는 걸음을 멈추었다. 한 번도 자신을 여인으로 본 적이 없었지만, 당연히 제 지아비가 될 거라 믿어 의심치 않았던 소년이었다. 그러나 그는 어느새 사내의 눈으로 다른 여인을 좇고 있었다. 혜연이 볼 수 있는 건 오직 멀어져 가는 그의 등뿐이었다.

결은 담월을 만나 다시 한 번 사과하려고 했지만 그것은 쉽지 않았다. 여진의 사신에 대한 일을 제하고도 온 지역에서 날아오는 상소로 조정은 바빴고 그를 따라다니는 예문관의 사관도 덩달아 바빠졌기 때문이었다. 결 또한 미리 잡아 두었던 수업들 때문에 담월을 찾아갈 시간을 미처 내지 못했다. 어쩌다 우연히 스치면 붙잡아 말이라도 걸려 했지만, 담월이 먼저 한 걸음 물러나 꾸벅 인사를 올리고 지나가 버렸다. 담월이 딱히 결을 미워하게 됐다거나 하는 것은 아니었다. 그저 넘어설 수 없는 선을 스스로 그은 것뿐이었다. 그리고 유르지크의 문제가 해결되지 않고서는 그 선마저도 가까이 다가갈 수 없음을 담월은 잘 알았다.

때문에 그녀는 늦은 밤, 다시 한 번 유르지크를 찾아갔다. 그는 지난번보다 차분한 모습으로 담월을 맞았다.

"제 이름은 도담원. 이 나라에서 일어나는 모든 일을 바르게 적는 것을 업으로 하는 사관이에요. 당신에게 무슨 일이 있었는지 알고 싶습니다."

담월은 똑바로 유르지크를 바라보았다. 그가 정말로 무고하다면 그 말을 곁에게 전할 수 있다. 진지한 담월의 얼굴에 유르지크는 턱을 긁으며 말을 골랐다.

"처음엔 귀양을 갔던 게 맞아. 그러나 곧 다시 여기로 끌려왔지. 그때 내가 죽은 걸로 처리가 됐나 보군……."

유르지크의 말 사이사이로 짐승 울음 같은 소리가 났다.

"여기는 너희 나라의 세자인 탄헌군, 그 녀석의 사적인 감옥이야."

그의 말에 담월이 깜짝 놀라 물었다.

"엄연히 다른 벌을 받기로 정해져 있는 사람을 빼돌려 가두어 뒀다는 얘긴가요?"

"맞아. 나 말고도 한 녀석이 더 있어. 제정신인 상태는 아니지만. 네가 들어온 통로로 매달 주원이라는 녀석이 우리를 확인하러 와. 그 재수 없는 왕자도 해가 바뀌면 한 번씩은 오지."

"그렇군요."

이것이 사실이라면 큰 문제였다. 세자가 왕의 명령과 국법을 어기고 죄인을 빼돌렸다니. 하지만 근원적으로 잘못이 있다 해도 세자가 정무를 도맡은 상황에서 누가 이것을 문제시할 수 있을까.

"그래서, 나를 도와줄 거야?"

"그, 글쎄요……."

"뭐야. 날 빼돌려 주려고 일부러 여기까지 온 게 아니었어?"

"당신이 부당한 이유로 붙잡혀 있다면 모르겠지만…… 엄연히 여진의 난 때 잡혀 왔으니 그 일에 대한 책임이 있는 거잖아요?"

담월이 저어하며 대답하자 유르지크는 이마를 짚었다.

"하―, 하긴 너네 나라 사람들은 그렇게 생각하겠지. 그 두 번째 난리는 우리가 시작한 게 아니었어. 탄헌 녀석의 오른팔이 일부러 가만히 있는 우리를 쑤셔 댄 거라고!"

"그걸 제가 어떻게 믿죠? 세자마마께 그럴 이유가 어디 있다고요?"

"난들 아나. 우리를 핍박해서 영웅이라도 되고 싶었나 보지. 난 그때 끌려간 아내를 구하러 몰래 숨어들었다가 잡혔어. 하지만 아내는 이미 싸늘한 주검이 된 후였지. 그리고 난의 책임을 묻겠다 해서 이곳까지 끌려온 거야. 억울하다면 억울한 거지."

"……당신의 말만 듣고는 당신을 도와줄 수 없어요."

"좋아. 나 같아도 그럴 거야. 하지만 나와 우리 부족은 결백해."

담월은 혼란스러웠다. 유르지크의 얼굴에는 거짓이 없었다. 하지만 그 사실을 누구한테 확인할 수 있을까? 그녀는 들어갈 때보다 복잡하고 무거운 마음으로 통로를 빠져나왔다.

이튿날, 조회 시간에 탄헌군의 옆에 앉아 도성의 호환에 대한 논의를 기록하던 담월은 문득 탄헌군을 올려다보았다. 일전에도 아무 잘못이 없는 담월을 범인으로 몰아붙였던 사내요, 자신의 수족도 가차 없이 잘라 내려던 자였다. 그가 정말 있지도 않은 여진의 난을 만들어 내고 유르지크를 끌고 와 유폐시켰을까? 본인에게 물어볼 수도 없는 질문이 머릿속에서 떠돌아다녔다. 그렇게까지 해서 그가 얻는 것이 뭐라고.

담월의 시선이 느껴졌는지 탄헌군이 그녀를 내려다보았다. 시퍼런 시선과 마주치자 담월은 파들짝 놀라 다시 글을 쓰는 데 집중했다. 피식 웃는 소리와 함께 그는 다시 대신들의 논의에 귀를 기울였다.

그때였다. 이러시면 안 됩니다! 하는 내관의 목소리와 함께 벌컥 문이 열렸다. 그리고 둔탁한 발소리들이 안으로 쏟아져 들어왔다. 담월이 고개를 들자 그곳에는 격분한 얼굴의 달한과 그의 부하들이 있었다. 달한은 작은 나무 상자 하나를 들고 있었다.

"이 무슨 무례한 일이지? 지금은 정무를 보고 있으니 다음에 다시…….."

달한은 욱이 말을 하는 도중에 그 상자를 바닥에 던져 버렸다. 상자가 열리고 흙 묻은 뼛조각들이 데굴데굴 굴러갔다. 발가락뼈로 보이는 것이 담월의 상까지 튀어 올랐다. 그녀는 질겁

하여 붓 끝으로 뼈를 치웠다. 이건 또 무슨 일이람?! 담월은 사색이 된 얼굴로 분노한 달한을 보았다.

"이것은 내 조카의 뼈가 아니오. 녀석은 어릴 때 왼발가락 하나를 잘라 낸 적이 있었지. 하지만 이 뼛골엔 발가락뼈가 열 개더이다!"

달한이 참지 못하고 언성을 높였다. 탄헌군은 늘어진 뼛조각 때문에 엉망이 된 바닥을 훑어볼 뿐이었다.

"더 이상 우리를 기만하면 우리 부족이 직접 조선 팔도를 뒤지며 유르지크를 찾으러 다닐 것이외다."

그것은 전쟁을 일으키겠다는 협박이나 다름없었다. 그게 무슨 말이냐, 오랑캐 주제에 건방지다, 하는 대신들의 성난 소리와 여진족 사내들의 살벌한 시선이 서로를 어지럽게 오고 갔다.

"지방 관리들의 일이다 보니 뭔가 착오가 있었나 보오. 다시 제대로 조사를 하라 이를 테니 얼마간만 더 기다려 주시지요."

욱은 마치 이 사태를 예견하고 있었다는 듯 차분하게 대답했다. 그러나 그의 말에도 달한은 충분치 않다는 듯 말을 씹어 뱉었다.

"나를 따라온 여진의 사내들은 모두 일당백을 해내는 부족의 전사들이오. 유르지크와는 가족과 같이 자랐지. 그들이 형제의 유골을 기다리는 동안 울분을 참지 못하고 무슨 일을 저지를지는 나도 장담할 수 없소."

달한은 마지막까지 욱을 겁박하며 자리를 뜨려 했다. 뒤돌아 문을 향해 걸어가던 그를 탄헌군이 불러 세웠다. 더 무슨 용무가 있느냐 묻는 달한에게 욱은 웃으며 말했다.

"마침 그대들을 위해 좋은 자리가 있지. 곧 호랑이 사냥을 하려고 하는데 그곳에 참석하는 것이 어떻겠소?"

"호랑이 사냥?"

"강무(講武)라 하여 매 절기마다 사냥을 하는 행사요. 근래 도성 주변에 호랑이가 창궐하여 소탕할 예정이었지. 기다리는 동안 혈기를 다스리는 데 꽤 괜찮은 소일거리일 거요."

달한은 잠시 고민하다가 탄헌의 제의를 받아들였다. 아직 왕이 자리에 누워 있는데 사냥이라니, 반대하는 목소리들이 있었지만 욱은 그것을 무시했다. 담월은 복잡하게 흘러가는 정국에 한숨을 내쉬었다. 그래도 세자가 사냥을 간다면 며칠은 정무를 보지 않을 테니 예문관의 사관들에게는 휴식이 주어지는 셈이었다. 궐내에 사람이 없을 테니 신물을 찾으러 다니기에도 좋으리라. 그러나 그런 그녀의 생각을 읽었는지 탄헌군이 그녀에게 말을 걸었다.

"이번 사냥에는 예문관의 사관들도 동행하라고 전해라, 담원."

"앗, 네. 알겠습니다."

"그대는 필히 참석하도록."

궁이 비는 기회를 노리려고 했던 그녀의 결심이 무너졌지만 하는 수 없었다. 저리 콕 집어 자신을 오라고 하는 이유는 모르겠지만 한낱 관원이 세자의 결정을 거절할 수 있을 리가. 그보다 사냥이라니, 말도 타 본 적 없는데?! 담월의 걱정이 무색하게도 강무를 위한 일정은 착착 짜여만 갔다.

제2장
강무

수업을 준비하던 결은 갑작스러운 좌의정의 방문을 받았다.

"강무에 불참하십시오."

이유도 설명하지 않고 다짜고짜 뱉은 말에 결은 당황스러운 표정을 지었다. 오늘 조회에서 사냥이 결정되었다는 얘기를 전달받은 것이 좀 전의 일이었다. 그에게도 참석을 요청하기에 알았노라 답변을 전했는데 갑자기 이게 무슨 말인지.

"어째서입니까? 여진의 사신이 가당찮은 요구를 하는 이때, 모두 힘을 모아 형님의 권위가 드높음을 보여야 할 것 아닙니까?"

"근래 공부에 관심을 보이시기에 드디어 어좌(御座)에 욕심이 생기셨나 했더니. 소신의 착각이었습니까?"

"지금 이게 공부와 무슨 상관입니까?"

사태를 전혀 이해하지 못하고 있는 경원대군의 말에 율덕은 작게 한숨을 내쉬었다.

"강무에 가지 않으시면 대군께서 대권에 도전하겠다는 뜻으로 비춰질 것입니다. 세자 저하께 불만이 있는 자들이 절로 마마의 밑에 모이겠지요. 여진의 일은 불화가 생길수록 좋습니다. 필시 무리해서 사냥을 진행하는 이유도 여진의 사신에게 군세를 보여 압박하기 위함이겠지요. 이는 많은 화평파(和平派) 신하들을 자극할 것입니다. 세자가 전쟁을 조장하고 대군께서 그 대척에 선다면 쉽게 파벌을 만들 수 있음을 왜 모르십니까!"

결은 얼떨떨한 표정으로 제 전략을 펼쳐 보이는 외조부를 바라보았다. 힘을 바랐기에 공부를 시작한 것은 맞지만 그것이 결코 형님인 탄헌군에게 맞서 왕위를 노리기 위함은 아니었다. 게다가 다른 일도 아니고 외세를 대적하는 일에 힘을 보태지 않을 수는 없었다.

"그 얘기는 불가합니다. 그런 무엄한 말씀은 삼가세요. 저는 강무에 참석할 것입니다."

"대군마마!"

밖에서 소선이 도착했다는 소리에 결은 이만 율덕에게 물러나 달라 요청했다. 약속도 없이 들이닥쳤던 만큼 율덕은 쉬이 자리에서 일어났다. 그러나 경고 한 마디를 남기는 것은 잊지 않았다.

"소신의 말을 듣지 않으신 걸 크게 후회하게 되실 겁니다."

무거운 으름장에 결의 표정이 어두워졌다. 곧 소선이 들어와 그 표정의 연유를 물었다.

"얼굴이 좋지 않으신 것을 보니 좌의정 대감께서 무슨 소리를 하고 가신 게지요?"

"사냥 연회에 참석하지 말라고 하시더군요."

결의 말에 소선은 빙긋 웃었다. 그는 좌의정을 잘 알았다. 필시 그 기회를 틈타 경원대군의 세를 불리려는 속셈이었을 것이다.

"하지만 마마께서는 참석하시겠지요. 그것이 이 나라를 위한 일일 테니까요."

결이 고개를 끄덕였다. 아무리 힘을 갖고 싶다 말하긴 했지만 그는 아직 어렸다. 뭔가를 얻으려면 포기해야 할 것도 있다는 것을 받아들일 때가 되지 않은 소년이었다.

"그런데 왜 아직도 시름이 가득하십니까? 요새 부쩍 기운이 없으시던데, 뭔가 일이 있으신 거지요?"

"역시 스승님은 속일 수가 없군요. ……실은 친하게 지내던 이에게 상처를 주는 말을 해 버렸습니다. 실언을 깨닫고 바로 사과했지만 어쩐지 벽이 세워진 것 같아요."

"요새 자주 어울리신다는 예문관의 새 사관 말씀이신가 보군요. 마마께서 뉘우치셨다면 다시 제대로 사과를 하세요. 진심을 전하면 아무리 단단한 벽이라도 무너질 겁니다."

"그렇겠지요?"

스승의 말에 다시금 미소를 되찾은 결이었다. 소선은 오늘 공부할 대학연의를 펴며 말을 덧붙였다.

"강무가 마마께 기분전환의 계기가 되면 좋겠군요. 이번 연회에는 저도 참석해 볼까요?"

"스승님께서요?"

"세자마마를 뵌 지도 오래되었으니까요. 마마께서 제 자리 하나는 마련해 주시겠지요?"

물론입니다, 경원대군은 웃으며 밖에 있던 내관에게 소선의 참석을 알리라 명했다. 이윽고 주영각은 두 사람이 대학에 대해 논하는 소리로 가득해졌다.

담월은 모처럼 편한 차림을 하고 밖으로 나섰다. 사냥이라도 가는 것 같은 옷차림이었다. 한섬이 마당을 쓸다 그 모습을 보고 의아해 물었다.

"어딜 가기에 그런 차림을 하고 가십니까?"

"각운에게 말 타는 법을 배워야 해서요."

"그자에게 말입니까?"

각운에게 말을 배운다는 것이 한섬은 못내 내키지 않는 모양이지만 어쩔 수 없었다. 말을 타 본 적이 없어서 걱정이라는 그녀의 말에 소화가 냉큼 각운에게 배우라며 전갈을 보냈기 때문이었다. 요새 담월과 각운의 사이가 썩 좋지 않은 것을 염려한 탓이리라. 그렇게 마음을 써 주는데 거절할 수도 없었다.

"원래 무과를 준비했다니 말 하나는 잘 타지 않겠어요. 다녀올게요."

한섬의 걱정 어린 시선을 뒤로하고 담월은 문을 나섰다. 약속 장소까지는 한참을 걸어야 했다. 편히 말을 탈 수 있는 성 밖의 공터에서 각운은 말 두 마리를 매어 놓고 그녀를 기다리고 있다. 어색한 얼굴로 담월을 맞은 그는 덩치가 작은 말의 고삐를 그녀에게 쥐어 주며 말했다.

"며칠 가지고 능숙하게 타기는 불가능하겠지만 적어도 사냥 연회에서 천천히 따라다닐 정도로는 탈 수 있게 만들어 주겠소."

"좌랑의 예상보다 잘 탈지도 모릅니다. 오라버니는 말을 잘 타셨거든요."

벌써부터 말을 쓰다듬으며 친근하게 구는 담월을 보던 각운이 물었다.

"신물을 찾는 일은 잘되어 가고 있습니까?"

"여기저기 알아보고는 있는데…… 알다시피 요새 예문관의 일이 바빠서요. 뭔가 진척이 있으면 얘기하지요. 그나저나 소화가 지은 옷은 받았나요?"

"받았습니다. 소화에게 여복을 지어 달라고 하셨다더군요. 게다가 그 차림으로 밖에 나갔다는 얘기도 들었습니다. 우리 집 하인이 그 옷을 입은 여인이 저잣거리에 나온 대군마마와 다니는 모습을 보았다는 얘길 하더군요. 요새 마마와 자주 어울린다는 건 알았습니다만, 정체를 털어놓기라도 한 겁니까?"

담월이 고삐만 만지작거리며 답을 주저하자 각운은 한숨을 푹 내쉬었다. 골이 아파왔다. 좌의정의 의도대로만 움직이지 않을 여인이라는 건 한참 전에 깨달았지만 이건 훨씬 위험한 문제였다.

"대체 뭘 믿고 그러는 겁니까? 그가 언제 당신을 의금부로 압송할지 알고?"

"아닙니다. 대군마마는 순수하게 저를 도와주시는 것뿐이에요! 그럴 분이 아니시잖습니까?"

"도와주다니. 신물에 대해서까지 말씀드린 겁니까?"

각운의 표정이 심각해졌다. 신물에 대한 것은 좌의정과 각운만이 알고 있는 비밀. 그들이 경원대군을 지지한다지만 그 정도까지 털어놓는 것은 아니었다. 하지만 다행스럽게도 담월은 고개를 저었다.

"그 정도로 어리석지는 않습니다. ……아버지의 죄상을 조사하고 있다고만 했을 뿐이에요. 궐내에서 정체를 들켰지만 비밀에 붙여 준다고 약조하셨습니다."

"그런 말뿐인 약조를 어찌 그리 쉽게 믿습니까. 그대의 정체가 탄로 난다고 대군에게 아무 해 되는 것도 없는데요."

"좌랑이야말로 자신이 모시는 분을 너무 못 믿는 거 아니에요?"

담월은 한 마디도 지지 않고 말을 받아쳤다. 아무리 마음을 접네 마네 했어도 결을 신뢰할 수 없는 사람으로 모는 각운의 말에 그녀는 열불이 일었다.

"사람을 신뢰하지 않으면서 어떻게 일을 해요? 나도 좌의정 대감이나 당신이 약속을 지킬 거라고 믿으니 여기 있는 거 아니겠어요?"

"이 세상에 제대로 믿을 자는 하나도 없습니다. ……나도 믿지 마십시오. 정말 당신 앞의 내가 믿을 만한 자라고 확신합니까? 그대를 겁박하고 터무니없는 일을 하라 감시하는 사내를."

차갑게 가라앉은 목소리에 담월은 당황했다. 결만큼 전적으로 믿고 의지하는 것은 아니었지만 본인이 자신을 믿지 말라 말하다니. 그녀는 혼란스러웠다. 가끔씩 이유 없이 다정한 모습을 보이면서도 이리 차게 돌변할 때면 담월은 그녀가 아는 두 모습의 주각운 중 어느 쪽이 진짜인지를 알기 어려웠다.

"아무도 믿지 마십시오. 특히 이 일에 관계된 자는 말입니다."

각운은 의미심장한 경고를 끝으로 이만 하려던 일을 하자며 몸을 돌렸다.

"하지만 소화같이 마음씨 고운 이도 있지 않습니까."

"그녀는 좌의정의 여인입니다."

각운은 딱 잘라 말했다. 어쩜 저렇게 칼같이 자르는지. 그는 정말 소화를 믿지 않는 눈치였다. 그녀가 각운을 떠올릴 때 어떤 표정을 짓는지를 봐 온 담월은 소화에 대한 각운의 냉랭한 말이 자신의 일인 것 같아 한껏 서운했다. 뾰로통한 말이 절로 튀어나왔다.

"소화는 그대를 가족처럼 중하게 여기는 것 같던데요."

"그래 봤자 목숨보다 소중한 것은 못 되는 법입니다."

말이 길어졌군요. 시간이 넉넉지 않으니 서두릅시다. 각운은 더 이상 그 주제에 대해 말하기 싫다는 듯 말을 끊었다. 어째서 이 사내는 말 한 마디 한 마디가 살벌한 얼음판을 걷고 있는 사람 같은지.

그래도 승마를 배우기엔 각운 같은 사람이 좋았다. 그는 말에 올라타는 것부터 하나하나 꼼꼼히 알려 주며 담월을 가르쳤다. 허리를 펴고, 하늘을 보듯 당당하게 고개를 드시오. 말고삐는 내가 잡고 있으니 걱정 말고. 그 말에 따라 등을 곧추세우자 그 높이에서만 느낄 수 있는 시원한 바람이 불어왔다.

"─좋네요, 말 타는 거. 이런 기분이었구나……."

다시 밝아진 담월의 얼굴에 각운도 굳은 입매를 풀었다. 말을 탄 담월이 여유를 찾자 그는 고삐를 잡고 천천히 말을 몰았다.

말을 다루는 솜씨가 초보자인 담월이 보기에도 보통이 아니었다. 말을 좋아하나? 누굴 대할 때의 날카롭고 차가운 면을 벗겨 낸 얼굴이었다. 아주 심장까지 얼음으로 된 사람은 아닌 모양이었다. 저런 얼굴로 사람을 좀 대하면 좋을 텐데.

"그럼 좌랑은 누구를 좋아해 본 적은 없어요?"

아주 심장까지 얼음덩이가 아니면 한 번 정도는 누굴 은애해 본 적이 있었을 텐데. 말을 타는 것이 처음이었기에 담월은 고개를 돌릴 수 없어 앞만 보며 물었다. 그랬기에 그녀는 담월의 물음에 서쪽으로 져 가는 석양보다 서글퍼진 각운의 얼굴을 미처 보지 못했다.

"……없습니다."

"굳이 여인이 아니라도 동기라든가 가족이라든가, 그렇게 사람을 좋아한 적도 없는 거예요?"

각운은 담월의 말에 고삐를 잡고 말을 세웠다. 그리고 시선을 올려 이제야 자신을 내려다보는 담월과 눈을 마주쳤다. 도통 이 사람을 이해할 수 없다는 그 시선에도 각운은 덤덤하게 제 할 말을 내뱉었다.

"사랑이 없으면 어떻습니까. 마음이 없으면 어떻습니까. 사람이 살아가는 데 그런 것은 없어도 아무 지장이 없습니다. 오히려 살지 못하게 만들 때도 있지요."

깊은 상처가 엿보이는 얼굴에 담월은 아무 말 못 하고 입술을 깨물었다. 소화는 어쩌다 저렇게 마음이 말라붙은 황야 같은 사내를 연모하게 됐는지.

"만약 나중에 좋아하는 여인이 생기면 그렇게 하지 마세요. 아무리 마음이 커도 그렇게 대하면 다 도리질을 칠 겁니다."

"그렇겠지요."

진지하게 충고하는 담월을 보며 각운은 웃었다. 핀잔이라면 핀잔일 말을 듣고도 웃다니, 담월은 이해할 수 없다는 듯 그를 내려다보았지만 각운은 그 얼굴에 더 진한 웃음을 지었다. 이미 충분히 그런 반응을 보고 있지 않은가. 각운은 다시 천천히 말을 몰았다. 담월이 어느 정도 적응이 됐다고 생각했는지 그는 조금 더 속도를 붙였다.

"그러면 대체 무엇을 위해 사시는 거죠?"

"사람이 한 세상 사는 데 굳이 이유가 있어야 합니까?"

"그치만 뭔가 있어 보여서…… 좌의정의 양자로 들어왔다는 것도 흔한 이유는 아닐 것 같아서요."

담월은 계속해서 각운의 속을 파고드는 질문을 던졌다. 그는 한참 동안 답이 없었다. 그대로 무시하려는 것인가 생각이 들 때쯤 그는 무겁게 입을 열었다.

"그대와 비슷합니다. 아버지가 죽음을 당했고, 그 범인을 찾고 있습니다. 그래서 좌의정의 수양아들이 되어 정계에 입문했지요."

생각지도 못한 말에 그녀는 놀랐다. 그렇다면 그의 아버지의 원수는 조정의 사람이라는 말인가.

"모, 몰랐습니다."

"나만 그대에 대해 아는 것이 많아 공평치 않으니 말해 준 것입니다."

"그랬군요. ⋯⋯좌랑의 아버지는 어떤 분이셨어요?"

똑같이 아비를 잃었다는 그 동질감 때문인지 담월의 목소리가 한결 부드러웠다. 가끔 얄밉게 굴 때가 있지만 학식도 높고 무예도 뛰어난 사내였다. 그러니 그 아버지도 규언만큼이나 훌륭한 사람이지 않았을까. 일전에 소화에게도 들은 바가 있었지만, 노름판을 전전한다는 것도 무슨 사정이 있을지 몰랐다.

"양반이라는 것만 빼면 볼품없는 위인이었습니다. 아들이 아비의 복수를 한다는 의미가 퇴색이 될 정도로. 수번이나 과거에 떨어지고 종국에는 노름판이나 전전하며 술을 찾는 인사였죠. 그러면서도 대과에 꿈을 버리지 못해서, 문과가 아니라 무과에 급제해 집안을 일으키겠다는 아들의 멱살을 잡고 소선당으로 끌고 가던 아비였지요. 그대의 아버지만큼 대단한 이는 아니었습니다."

어쩐지 물어서는 안 될 것을 물은 것 같았다. 하지만 각운은 계속 말을 이었다.

"그래도 내겐 아비였고 어머니에겐 지아비였습니다. 어머니께서 동생을 배신 이후론 집에도 꼬박 들어오고 놓았던 글공부도 시작하셨지요. 그러던 어느 날 하도 집에 들어오지 않아 찾아다 녔더니 칼로 난도질이 되어 죽어 있지 뭡니까."

"세상에…… 이 도성에서요?"

"그렇습니다. 그 칼부림이 났는데도 생원시 하나 통과하지 못했던 양반이라 관청에서는 거들떠도 안 보더군요. 그 충격으로 어머니는 유산하신 후 곧 돌아가셨고, 그대로 나는 혼자가 되었습니다. 남은 것은 아비가 끝끝내 손에 쥐고 있던, 뜯어진 매듭 하나였지요. 그게 도가의 사달이 났던 날이었습니다."

먼 옛 일을 회상하는 각운의 얼굴에 그늘이 드리웠다. 그러나 다시금 목표를 다짐하는 눈빛도 함께였다. 생각보다 무거운 얘기에 담월은 그저 말없이 그의 말을 곱씹고 있었다. 그런 일을 겪었으니 이런 메마른 사내가 될 만도 했다.

"무엇을 위해 사느냐 물었지요. 나는 아무도 나를 함부로 대하지 못하는 사람이 되고 싶습니다. 이 세상에서 그 어떤 지엄한 자라 한들 나를 감히 내칠 수도, 목숨을 위협할 수도 없는 강한 이가 될 것입니다."

담월은 고개를 끄덕였다. 그녀도 그 마음을 십분 이해했다. 가족들이 대로변에 목이 걸릴 때, 자신이 가진 소원의 재주로도 그들을 구할 수 없었던 때의 무력함을 그녀는 너무나 잘 알지 않은가.

"그대라면 어떻게 할 겁니까. 가족의 원수를 찾으면?"

"원수라니요?"

"아비의 죄상을 조사하고 있다 하지 않았습니까. 그대가 좌의정의 요구를 들어주기 위해서만 궐에 들어갔다고 생각하진 않습니다. 도가의 일은 누가 들어도 수상쩍으니까요. 만약 누군가 그들의 사정으로 그대의 가족을 참살했다면, 어떻게 할 겁니까?"

각운은 말을 멈춰 세우고 담월의 답을 기다렸다. 고삐를 쥔 그의 손에 초조함으로 인한 땀이 배어 나왔다.

"……그 이유가 어떤 것일지는 모르겠습니다만, 저나 돌아가신 아버지께서 납득하지 못할 이유라면 용서하지 못할 것 같아요."

"그래요, 용서하지 마십시오."

담월의 망설임 없이 단호한 목소리에 각운이 덧붙였다. 제 편을 들어준다고 하기에는 지나치게 침잠한 목소리였지만 담월은 각운이 한결 친근하게 느껴졌다. 처음 각운의 드문 친절함도 자신과 그가 닮은 부분이 있어서였을까.

"그러고 보니 어머니는 어떻게 지내세요? 잘 지내시는 거지요?"

"……건강하십니다. 요전에 다녀왔을 때 그대가 오면 쓸 거라고 이불에 수를 놓고 계셨지요. 아주 솜씨가 좋으셨습니다."

탁한 각운의 목소리에 담월이 놀라며 말했다.

"어머니께서요? 자수에는 소질이 없으셨는데. 옷 짓는 것도 그랬어요. 좋은 비단으로 옷을 짓다가 망칠까 겁이 난다고 늘 흰 무명옷을 지어 연습하셨거든요. 일전에 좌랑이 망쳤던 그 옷이 어머니께서 처음으로 제게 지어 주신 옷이었답니다."

"그, 그랬군요. 다른 할 일이 없다 보니 재주가 느셨나 봅니다."

각운은 그답지 않게 당황하며 말을 덧붙였다. 어느덧 시간이 저녁 무렵이 되어 하늘은 짙은 석양에 물들기 시작했다. 제법 자세가 잡힌 담월은 허리를 곧게 펴고 그 지는 해를 보며 제 소망을 말했다.

"난 모든 일이 정리되면 조용한 곳에 가서 어머니를 모시고 살고 싶어요."

그녀는 고삐를 잡은 각운의 손이 떨리는 것도 모르고 계속 희망차게 말을 이었다.

"어린 시절의 꿈이었던 관직에도 올라보았고, 대대로 지켜 왔던 사관의 위신도 다시 세웠으니까요. 이젠 잃어버렸던 가장 큰 것인 가족을 지키며 살고 싶습니다. 소박하죠?"

"……큰 꿈이라면 큰 꿈이지요."

"그때까지 어머니를 잘 부탁드려요, 주 좌랑!"

담월은 그녀가 여태껏 각운에게 지었던 미소 중 가장 환한 얼굴로 그를 보았다. 각운은 그늘진 얼굴로 힐끗 그녀를 올려다보았다가 말없이 고개를 끄덕일 뿐이었다.

올 봄의 강무는 경기의 광주(廣州)에서 치러졌다. 병조에서 사냥터를 정비한다며 부산한 지가 이레째 되던 날, 담월은 탄헌군을 따라 사냥 연회에 나섰다.

"세상에—."

단순히 왕의 유흥에 가까운 사냥을 상상했던 담월은 자신들의 뒤를 따르는 수많은 행렬들에 놀랐고, 광주에 도착해 도열해 있는 병사들의 숫자를 보고 두 번 놀랐다. 그녀와 함께 사관으로서 따라온 유정이 놀란 그녀에게 강무에 대해 설명해 주었다.

"이건 그냥 사냥이 아냐. 사냥을 통한 군사 훈련이나 다름없지. 저기 보이는 산 하나를 통째로 둘러쌌으니 적어도 오천 이상의 병사가 움직였을걸?"

"정말 엄청나네요……."

"더 엄청난 건 지금 이 시기에 강무를 열었다는 거겠지. 지난이 년간 임금의 병환 때문에 강무는 열리지 않았어. 게다가 좌의정을 비롯한 다른 세력들도 반대했었고. 아무리 대리청정의 권한을 받았다지만 원래 세자에게 군권까지 주지는 않는 법이니까. 하지만 이번엔 열렸지. 의도가 너무 뻔하다고."

담월이 무슨 소리인지 모르겠다는 듯 고개를 갸웃하자 유정은 그들의 턱짓으로 그들의 앞을 가리켰다. 탄헌군과 경원대군 그 옆에 여진의 사신들이 있었다.

"지난번에 중희당에서 난리가 났었다며. 탄헌군은 결코 받은 모욕을 흘려 넘기는 자가 아니야. 똑똑히 보라 이거지. 여기 여진의 부족을 쓸어버릴 수 있는 군세가 있다는 것을."

"하지만 위험하지 않습니까? 아무리 우리의 군력이 강해도 전쟁이 일어나면 피해를 볼 텐데요."

"맞아. 하지만 세자는 그런 사내야. 그리고 그건 단순히 개인의 자존심 문제가 아니지. 나라의 자존심 문제이기도 하니까."

담월은 유정의 말이 이해가 가지 않았다. 나라의 자존심을 건드릴 것도 없이 데리고 있는 유르지크를 돌려주면 되는 일이 아닌가. 굳이 사신을 압박하면서까지 유르지크를 데리고 있어야 하는 일이 대체 뭐기에? 담월이 탄헌군의 알 수 없는 속내에 고민하던 중, 대열의 앞에서 큰 북소리가 들렸다. 여러 장수들이 몰이하는 기병들을 데리고 출동하는 말발굽 소리가 지천을 요란하게 울렸다.

"슬슬 우리도 가자. 담원이 너는 마마들 옆에 있고, 나는 이곳에서 전체적인 일을 기록하는 거였지?"

유정은 담월의 어깨를 툭툭 치고 수고하라는 말을 남긴 후 후방으로 말을 몰았다. 담월은 내키지 않는다는 얼굴로 말을 몰아 앞으로 향했다. 그녀의 말이 걸음을 멈추자 결이 뒤돌아 그녀를 보았다. 이것이 그녀가 오늘 일이 내키지 않는 이유였다.

"오랜만입니다, 도 검열."

"오랜만에 뵙습니다, 대군마마."

두 사람의 어색한 공기는 아직도 흩어질 기미를 보이지 않았다. 결의 옆에서 말을 타고 있던 소선이 도검열이라는 말에 고개를 돌려 그녀를 보았다. 눈이 마주친 순간, 그녀는 옛 스승을 알아보았다. 사냥은커녕 왕실 행사에도 잘 나오지 않던 소선을 이런 자리에서 만날 줄 몰랐던 담월은 기겁했다. 하지만 소선은 담월을 알아보지 못한 듯 가벼이 인사한 후 결과 담소를 나누었다.

강무는 국조오례의에 기록된 의식에 맞춰 엄격하게 절차를 따랐다. 세 번째 몰이에 세 마리의 산짐승이 몰려오자 탄헌이 활을 들었다. 늘 보던 곤룡포가 아니라 검붉은 철릭을 입은 그가 옷자락을 휘날리며 첫 화살을 쏘았다. 문외한인 담월이 보기에도 빠르고 군더더기가 없는 자세였다.

"명중이오!"

정확히 앞 어깨를 관통당한 멧돼지가 피를 흘리며 쓰러졌다. 이어 경원대군이 활을 들어 사슴을 쏘았지만 그 귓가를 스치고 지났을 뿐이었다.

"아쉽구나, 경원. 요새 다시 공부를 시작했다더니, 글공부 말고 무예에도 좀 더 힘써야 하지 않겠느냐?"

"미뤄 두었던 공부가 많아서 당장은 경서를 독해하는 것만으로도 벅찬걸요. 연무(研武)는 천천히 해도 되지 않겠습니까."

스치고 지나간 실수에 결이 머쓱해 웃었지만 욱은 웃음기를 지우고 말했다.

"왕 될 자라면 응당 경서뿐 아니라 육예에도 출중해야 하는 법이지. 욕심에 비해 너무 느린 것이 아니냐."

한 왕좌를 두고 경쟁 구도에 선 두 왕자가 아니라 아비와 아들 간의 대화 같았다. 탄헌군의 말에 경원대군은 손을 저었다.

"전 그런 것에는 관심이 없다 누누이 말씀드리지 않았습니까."

"대학은 나라를 이끄는 큰 도에 관한 내용이니 응당 지존의 자리에 관심이 있을 때 펼치게 되는 법이지. ……다음 몰이가 온다, 화살을 걸어라."

결은 욱의 말대로 다음 화살을 준비했다. 손끝이 떨렸지만 시위를 떠난 화살은 시원스럽게 날아가 노루의 넓적다리를 맞추었다. 종묘에 올릴 상급은 아니어도 중급은 되는 사냥물이었다. 명중이오! 몰이꾼의 목소리가 들리고 주변의 대신들이 결의 솜씨를 칭찬했지만 그의 표정은 썩 시원스럽지 못했다. 고작 경서 공부를 다시 시작한 것만으로도 욱이 저리 경계를 하다니.

결은 소선의 경고를 떠올렸다. 그가 원하는 것은 제아무리 작은 일이라 해도 큰 물결이 되어 모든 것을 휩쓸려 할 것이라던 소선의 말의 의미를 결은 조금씩 이해하고 있었다.

왕자들이 활을 쏘는 의례적인 차례가 지나고 장수들이 본격적으로 제 실력을 뽐내기 시작했다. 탄헌군은 여태까지 함께 사냥을 나온 여진의 장수들에게 말 한 마디 걸지 않았다. 그것만

봐도 욱의 목적은 뚜렷해 보였다. 담월은 그 모습을 불안하게 지켜보았다. 저러다 수틀린 여진족이 전쟁이라도 일으키면 어쩌려고 그러는 것인지. 그런 그녀의 심사를 눈치 챘는지 탄헌군이 그녀의 곁으로 다가왔다.

"어딘가 불만이 있는 표정이로군, 도 검열. 그래도 사내인데 사냥에서 활 한 번 잡지 못하는 것이 불만인 건가? 그렇다면 내 활을 내주지."

"아, 아닙니다. 그저 나중에 돌아가 상세하게 기록을 해야 하니 잘 기억하려고 하던 중이었습니다."

담월이 당황하여 말을 돌렸지만 욱은 이미 그녀의 속내를 훤히 살핀 모양이었다.

"심중의 말을 꺼내도 좋다. 사간원과 예문관의 일이 그런 것이 아닌가. 이중에서 제 속내를 감추지 않는 자는 그대뿐이니, 어디 기탄없이 말해 봐라."

관대하게까지 들리는 욱의 말에 담월은 입술을 달싹이다가 조심스럽게 입을 열었다. 각운이 봤다면 또 위험한 짓을 한다고 심장이 철렁할지도 모를 일이었다.

"사실 유르지크는 어딘가에 살아 있는 것이 아닙니까?"

"……호오. 이 나라의 관원인 그대조차도 나를 믿지 않는 겐가?"

"그렇지 않고서야 이리 위험하게 사신들을 압박할 이유가 없

으니까요. 그를 되찾는 걸 포기하고 돌아가게 하려는 속셈이시
지 않습니까."

감히 세자를 의심한다 하여 당장 목이 떨어져도 할 말이 없었
기에 담월은 고삐를 잡은 양손에 힘을 꽉 주며 긴장했다. 탄헌군
은 그녀의 추측 아닌 추측에 옳다 그르다 말하지 않았다. 대신
이 어린 사관의 배짱이 재밌는지 홍소를 터트릴 뿐이었다.

"웃으실 일이 아니시잖습니까. 북쪽의 백성들은 군비 부담으
로 먹을 것이 없을 지경이라는데, 이 와중에 적이 침략하면 겨우
정착시킨 백성들이 터전을 잃을 겁니다."

욱은 자신의 눈을 똑바로 보고 제 의견을 내보이는 어리디어
린 사관을 바라보았다. 나이가 올해 스물이라고 했던가, 첫 번째
여진의 난이 있었던 십오 년 전이면 겨우 다섯 살이었으니 그 시
절의 이욱에 대해 아는 게 없을 법도 했다. 그는 웃음을 멈추고
고개를 돌렸다. 도열한 병사들과 신나게 사냥을 하며 군사를 이
끄는 제 수족들을 보면서 욱은 담월에게 물었다.

"도 검열, 그대는 양계(兩界)에 가 본 적 있나. 개경 출신이니
한 번쯤 가 보았을 법도 한데."

"동계인 함경도와 북계인 평안도를 말씀하시는 건가요? 한 번
도 가 본 일은 없습니다만…… 아주 살기 힘든 곳이라 들었습니
다."

"그래, 아주 척박한 땅이지. 수십 년이나 원나라의 지배를 받

아 백성들의 기질은 거칠고 토질도 볼품이 없다네. 강제로 백성을 끌어와도 그 풍토며 텃세에 도망치기가 일쑤지. 풍요로운 남녘에 비하면 있는 것이라고는 살을 에는 바람뿐인 곳. 저 여진의 사내들이 사는 곳은 그런 곳이야."

먼 과거의 일을 떠올리는 탄헌군 이욱의 눈이 아련해졌다. 지금 이 나라의 실권을 쥐고 있는 왕세자 탄헌군이 아닌, 그저 왕자 이욱이던 시절의 얘기였다.

"그 북계에 간 것이 내 나이 열넷의 일이었다."

왕의 눈 밖에 나 병법도 무예도 배우지 못한 천덕꾸러기였다. 모두가 그를 흰 눈으로 보는 궐을 떠나 궐 밖의 새로운 세상으로 간다는 기쁨, 그래도 익숙한 곳을 떠난다는 두려움을 못내 감출 수 없던 소년. 욱은 그날의 모든 것을 아직도 생생히 기억했다.

"아무리 그래도 왕자의 행차인데 호위가 두서넛뿐이었지. 중전께서 챙겨 주신 겹옷 한 벌로 싸매고 북계에 도착했더니 병마절도사가 기마 이천을 주며 직접 전장에 뛰어들라 말했다. 아바마마의 명이라고 했지. 나 탄헌의 지위라는 것은 고작 그 정도였다. 그곳에서 죽어 시체로 돌아오라는 뜻이었지. 그런 자가 내 아비였다."

어조는 무덤덤했지만 그의 목소리에선 잊었던 울분이 묻어나왔다. 예상치 못했던 그의 과거에 담월은 침묵했다. 세상에서 버려진 그 참담한 기분은 겪어 보지 않으면 모를 것이었다. 그리고 담월은 그 감각에 대해 너무도 잘 알았다. 그런 감정, 한 번도 느껴 보지 못했을 것 같은 이 세자에게도 그런 시절이 있었다니…….

"첫 전투에서 수하 반의 목숨을 버렸다. 적의 목은 그 수배를 베었지. 절도사는 남은 천기를 안겨 주며 적진의 중앙을 쳐 달라 했다. 어떻게 되었을 것 같나?"

답이 정해져 있는 질문이었다. 그녀는 씁쓸히 물었다.

"……살아남으셨습니까."

"가진 것 하나 없는 나를 믿었던 수하가 적장의 목을 베어 왔다. 그때 남은 자는 백여 기 남짓이었지. 나는 또다시 백 기를 끌고 전장에 서야 했다."

"……."

"아무리 그래도 왕자라고, 그 대우가 이상하다 생각하던 이들이 반기를 들고 나를 쫓아왔지. 그날의 공적은 실로 혁혁했다. 당시 나를 따라왔던 장수 곽별회가 조정에 상소를 올려 절도사가 파면되고 열다섯 나이에 나는 북계의 관찰사이자 절도사 자리를 얻었다. 왕의 아들이라는 것을 빼면 그 아무것도 없었던 나였다. 오직 나 이욱의 등만 보고 따라온 신하들, 그들과 함께 평정한 북녘의 대지. 그것이 오롯이 내 손으로 다진 기반이었다. 두 번째 여진 정벌에서 유르지크를 잡아 아바마마의 앞에 보였지. 그분께서 죽어 돌아오라 보냈던 아들이 이렇게 살아 돌아왔노라 보여드리고 싶었다."

탄헌의 말은 거침이 없었다. 그에게선 모든 수모를 이겨 내고 자신의 팔다리로 일어선 자 특유의 당당함과 오만함이 엿보였다.

"내게 여진 정벌은 그런 의미다. 도담원, 네게 사관의 일이 네 뿌리와 같듯 내게도 그렇다. 결코 도려낼 수 없어. 유르지크가 살아 있다 하더라도 나는 내 상징을 돌려줄 생각이 없다."

—잔사설이 길었군. 탄헌은 얘기를 마치고 앞으로 말을 몰았다. 몰이꾼들이 산에서 큰 호랑이를 몰아오고 있었다. 저 가죽은 제 것이라며 말을 몰아가는 적색의 너른 등을 보며 담월은 한숨을 내쉬었다. 그가 유르지크를 풀어 주지 않을 것은 이로써 확실해졌다.

강하게만 보이는 세자의 약한 일면을 본 기분이 들었다. 그렇게까지 해야만 지켜지는 자부심이라니. 하지만 한 사람의 긍지를 위해 다른 이를 희생해도 되는 것일까.

그녀가 멀어지는 탄헌의 등을 보고 있는 사이 결이 그녀에게로 바짝 말을 몰아왔다.

"……대군마마. 마마께서도 호랑이를 잡으러 나가서야지요."

"그것은 형님께서 하실 테니 괜찮습니다. 그보다, 그대에게 할 말이 있습니다."

"무슨……?"

"여기는 사람이 많으니 도성에 돌아가 시간을 내주세요."

"여기서 하셔도 괜찮을 것 같습니다만……."

"아뇨, 단둘이 얘기하고 싶습니다."

부드럽지만 단호한 말에 담월이 답을 주저하는 사이, 탄헌이 쫓던 호랑이가 몰이꾼의 실수로 방향을 틀었다.

"사냥감이 도망갑니다! 피하십시오!"

결과 담월이 있는 쪽이었다. 숨이 목전에 닿은 맹수는 말이 따라잡을 수 없는 속도로 달려왔다.

"쏴라! 대군마마께 가까이 가지 못하게 해야 한다!"

당황한 장수들이 화살을 쏘아 댔다. 힘 조절에 실패한 몇 발은 높게 포물선을 그리며 결과 담월의 주위로 떨어졌다.

"뒤로 물러납시다, 담원!"

결이 말을 물리며 외쳤지만 담월은 그럴 수 없었다. 쏟아지는 화살 비에 놀란 그녀의 말이 혼비백산했다. 고작 며칠 배운 승마술로는 제어할 수 없었다. 범은 화살을 피해 앞으로 달려왔고 담월의 말은 멋대로 발을 디디며 되레 범이 오는 방향으로 달려 나갔다. 그녀는 저도 모르게 높은 소리로 비명을 질렀다.

"꺄아악—!!!"

담월의 말은 범의 코앞까지 달려갔다. 맹수는 제 앞을 가로막는 건 뭐든 물어뜯을 기세였다. 결은 범을 향해 활을 쏘려다 말고 서둘러 말을 몰았다.

"담월!!!"

그는 익숙지 않은 검을 빼 들고 말을 달려 담월의 앞을 가로
막았다. 그리고 제 앞에 쩍 벌어진 호랑이 아가리에 칼을 휘둘렀
다. 워낙 순식간에 벌어진 일이었기에 관군들은 누구 하나 나서
지도, 활을 쏘지도 못했다. 활을 쏘았다가 왕자가 다치면 큰일이
었으니까.

칼은 호랑이의 입가를 스쳐 지나가며 얕은 상처를 냈다. 하지
만 그것이 범을 더욱 자극했는지, 뒤이어 휘두른 발톱에 겯은 팔
을 맞고 칼을 떨어트리고 말았다. 부욱―, 찢어진 옷소매 사이로
붉은 피가 뚝뚝 흘러내렸다.

"대군마마! 위험합니다!!!"

무관들이 달려오며 다급하게 소리를 질렀다. 범의 공격에 놀
란 담월과 겯의 말들이 저들의 발에 걸려 부딪혔다. 그 충격에
두 사람은 말들 사이로 떨어졌다. 눈앞의 호랑이보다 넘어지는
말에 깔려 죽을 상황이었다. 겯은 다급하게 공황 상태에 빠진 담
월을 지키듯 끌어안았다. 피에 절은 팔에 감긴 가녀린 몸은 아무
행동도 하지 못하고 그저 떨 뿐이었다.

쌔애액―! 허공을 가르며 동시에 날아온 화살 두 대가 호랑이
의 눈과 목을 꿰뚫었다. 화살이 날아온 방향 끝에는 노기 어린
눈빛의 탄헌이 있었다. 범은 힘을 다했는지 푹 쓰러졌다. 쿵―,
소리와 함께 엄청난 흙먼지가 일었다.

그 옆으로 담월과 결의 말이 피를 흘리며 나동그라졌다. 둘 다 목이 깊게 베여 있었다. 흙먼지 사이로 말의 피가 흐르는 검을 든 각운의 모습이 보였다. 담월의 위험을 보고 달려온 각운이 쓰러지는 말들을 반대편으로 베어 버린 것이었다. 말 두 마리에 압사당할 뻔했던 두 사람은 욱과 각운의 대처로 간신히 살아났다. 목을 베인 말의 피가 분수처럼 쏟아졌고 그것은 결과 담월에게로 고스란히 쏟아졌다.

"마마, 괜찮으십니까!"

갑작스러운 상황에 놀랐던 이들이 겨우 진정하고 달려와 결을 챙겼다. 욱도 저 멀리서 서둘러 말을 달려왔다.

"결아, 괜찮으냐!"

정적을 대하듯 싸늘했던 아까의 모습은 어디 갔는지, 지금의 욱은 그저 다친 아우를 걱정하는 형일 뿐이었다. 결은 피범벅이 된 팔을 간신히 들어 보였다.

"왼팔을 조금 다친 것 빼곤 괜찮습니다. 걱정하지 마세요."

그러나 팔의 상처는 그리 얕아 보이지 않았다. 출혈이 꽤 심한지 얼굴도 해쓱해져 갔다. 그 모습에 욱은 눈살을 찌푸렸다.

"오늘 강무는 여기에서 마친다! 어의는 서둘러 대군을 진찰하고 나머지는 사냥을 정리해라! 서둘러 도성으로 돌아간다!"

탄헌의 말에 모두가 일사불란하게 사냥을 마칠 준비를 했다. 강무에 따라왔던 어의와 의녀들이 결을 둘러쌌다. 때문에 제 옆에 있던 담월이 어디로 갔는지 결은 알 수가 없었다. 말에서 떨어지면서 몸에 충격이 컸을 텐데, 담월도 살펴 달라 말하려 했지만 출혈이 큰 탓에 결은 그만 정신을 잃고 말았다.

"대군마마! 정신을 차리시옵소서!"

뒤에서는 결이 넋을 놓은 일로 소란스러웠고, 앞에서는 군관들이 큰 실수를 저지른 몰이꾼을 탄헌군 앞에 대령했다. 그는 욱의 앞에 서자마자 무릎을 꿇고 머리를 박으며 용서를 빌었다.

"소인이 몰이를 함에 실수가 있었습니다…… 제발 살려만 주십시오……!"

그 오열에 모두의 시선이 앞을 향했다. 그러나 그의 운명은 정해져 있었다. 실수를 한 것이야 그럴 수 있었다. 하지만 하마터면 경원대군의 목숨이 위험할 뻔했다. 팔의 살점이 뜯겨 나간 정도로 끝난 것이 천운이었다. 몰이꾼은 못 해도 징역을 살아야 하리라. 모든 이들이 그렇게 생각하고 있을 때였다.

챙―, 탄헌은 허리춤에 매여 있는 칼을 빼 들었다.

"마마, 제발……!"

그리고 눈앞의 사내의 애원이 미처 끝나기도 전에 그의 목을 베었다. 한 치의 망설임도 없었다. 푸슉―, 살점과 두터운 목뼈가 베이는 소리와 함께 후두둑 피가 튀었다. 자비를 엿볼 수 없는 그 야차 같은 손속에 사위가 조용해졌다. 탄헌은 피가 묻은 검을 주원에게 건네고 손수건을 꺼내 얼굴에 튄 피를 닦았다.

"이자의 시체를 능지처참하여 산에 뿌려라. 피와 살, 그리고 뼈 하나까지 남김없이 짐승의 밥이 되도록. 그 무엇 하나 혈육에게 돌아가지 못하게 할지어다."

살벌한 명령에 무장들이 부하들을 지휘해 몰이꾼의 시신을 끌고 사라졌다. 그 모습을 뒤에서 지켜보던 여진의 사신이 탄헌에게 다가왔다. 피와 살, 그리고 뼈 하나도 가족에게 돌아가지 못하게……라는 말이 달한에게는 예사롭지 않게 다가왔다. 마치 그를 향해 포고하는 것 같지 않은가. 여진으로 돌아갈 유르지크의 시신은 없다는 듯이.

"참으로 잔혹한 처사로군요."

"왕자가 피를 보았으니 이 정도야 당연한 일 아니겠소. 제 책무를 다하지 못했으니 피로 그 책임을 다하는 것이 옳지요. 애초에 맹수를 능히 몰이할 재주가 없었으면 이 강무에 나서면 안 되는 거였지. 나는 자기 분수를 모르는 것을 매우 싫어합니다, 달한. 제 그릇을 모르고 자신이 감당할 수 있는 범주를 넘어서는 이들을 매우 불쾌해하지요."

"말에 뼈가 있는 듯합니다만."

"뼈가 아니라 칼이 있지요. 전장에 선 지 오래 되었나 봅니다. 감이 무뎌졌군요."

욱은 달한의 매서운 시선을 무시한 채 주원이 건넨 제 칼을 받아 들고 피가 깨끗하게 닦였는지 살폈다. 매끈한 검면에 비친 푸른 눈동자가 말 위에 선 달한을 노려보았다.

"오늘 사냥으로 그대들의 쌓인 권태도 어느 정도 풀렸을 터, 슬슬 여진으로 돌아가는 것이 어떻겠소? 구태여 남아 이 탄헌의 대접을 받겠다 하면 말리지 않겠지만."

욱은 날 선 목소리로 위협을 가한 후 검을 칼집에 넣었다. 찰그랑, 쇠와 쇠가 마찰하는 소리가 났다. 달한은 시선을 거두지 않았고 탄헌은 서슬 퍼런 얼굴로 그를 쏘아보았다. 두 사람의 시선이 마주치는 곳에서 불꽃이 튀었다.

"그렇게 말하시니 더욱 수상하군요. 빈손으로 간 우리가 더 많은 손을 이끌고 돌아와도 후회하지 않으시겠소?"

두 사람의 신경전이 극에 달하자 대신들이 하나둘 그 사이에 끼어들었다. 탄헌군의 눈총을 받더라도 이대로 전쟁의 불씨를 좌시할 수 없었다.

"사신께서는 진정하시지요. 대군마마가 부상을 입으셔서 세자 저하께서도 예민해지신 듯합니다."

"맞습니다. 우선 도성으로 돌아가시고, 그 일은 차후에 다시 논의하시는 게 좋지 않겠습니까?"

달한은 앓는 소리를 내다가 말머리를 돌렸다. 어차피 지금 이곳엔 조선의 군사 몇 천 명이 무기를 들고 버티고 있는 강무장. 여기서 소란을 피워 봤자 득 될 것이 없었다.

흥, 간담도 없는 사내로군. 탄헌군은 그 뒷모습에 빈정거리며 마저 철수를 명했다. 그런 그의 모습을 보던 신하들 중 몇몇이 저들끼리 속닥였다. 좀 전에 탄헌과 달한의 사이를 중재하던 이들이었다. 여진의 사신이 온 이후 세자는 좀 이상했다. 달한에 대한 그의 태도는 그들이 알던 현명한 왕세자 이욱이 아니었다.

막사로 옮겨진 결은 한참 후에야 정신을 차렸다. 그는 눈을 뜨자마자 몸을 일으켜 담월을 찾았다.

"태의, 내 옆에 있던 이는 어떻게 됐습니까? 말에서 떨어졌으니 큰 부상을 입었을 텐데……."

"부상이라니요? 소신은 마마 외에는 다친 자가 없는 걸로 알고 있습니다만…… 그보다 누워서 안정을 취하셔야 합니다."

기적적으로 담월은 다치지 않은 건가? 결은 다행이라고 생각하며 어의의 말을 따라 다시 자리에 누웠다. 다치지 않았다면 지금쯤 도성으로 돌아가기 위해 준비를 하고 있으리라.

그런 결의 생각과 달리 담월은 이미 도성으로 돌아가는 중이었다. 경원대군이 다쳐 주변이 어수선한 틈을 타 각운이 그녀를 몰래 말에 태워 행렬을 빠져나온 덕분이었다. 상처를 확인하겠다고 태의가 맥이라도 짚었다간 그녀가 여인인 것이 들통 나고 말 테니까. 말에서 떨어진 충격이 컸는지 담월은 늦은 밤 도성에 도착할 때까지도 정신을 차리지 못했다.

도성에 들어와서 각운은 담월의 집으로 말을 몰았다. 늦은 밤에 웬 손님인가 하며 문을 연 한섬이 문을 열었다.

"세상에, 담월아! 이게 대체 무슨 일입니까!"

"일단 기절한 것뿐이네. 우선 소화를 깨우고 좌의정 댁에 가서 의원을 불러오게."

각운이 한섬에게 할 일을 일러 주자 그는 고개를 끄덕거리고 소화를 깨우러 갔다. 소화는 아닌 밤중에 홍두깨라도 본 듯 놀라 서둘러 담월의 이부자리를 깔아 주었다.

"광주에서 예까지 달려오신 겁니까? 세상에…… 시장하실 테니 의원이 오기 전까지 뭐라도 잡수셔요. 상을 차려 올리겠습니다."

이따 담월이 깨어나면 먹을 죽도 쒀 둬야겠다며 소화는 서둘러 방을 나섰다. 각운은 그제야 숨을 돌렸다. 한 번도 멈추지 않고 말을 달려왔더니 피로가 몰려왔다.

"휴…… 그래도 크게 어디가 상한 건 아닌 거 같군."

어디 한 곳 부러지거나 했다면 기절을 했어도 이마에 식은땀이 배어 나왔을 텐데 그런 건 아니었다. 꽤 시간이 흘렀는데도 아직 정신을 차리지 못하는 것이 걱정이었지만 아마 많이 놀라서 그러는 것이리라.

놀라기로 따지자면 각운 자신도 못지않았다. 활을 쏘는 것을 좋아하기는 하나 사냥을 내켜 하는 편은 아니라 뒤에 물러나 담월을 주시하던 그였다. 탄헌군의 옆에 있는 그녀를 보면 마음이 불안했으니까. 둘이 뭔가 얘기를 나누곤 탄헌이 담월의 곁을 떠났을 때 잠시 시선을 뗐던 것 까지는 또렷이 기억한다. 하지만 주변의 소란에 위기에 처한 담월을 보았을 때부터 그는 그 이후가 제대로 기억나지 않았다.

달려오는 범과 쏟아지는 화살, 그리고 공황에 빠진 말을 제어하지 못해 사색이 된 담월의 얼굴. 그 모습에 생각을 할 겨를도 없이 그녀를 향해 달음박질치던 자신. 말들이 무너지는 사이로 뛰어들어 말을 베어 냈던 감각. 기절한 담월을 안아 들었을 때의 그 가벼움. 정신을 잃은 그녀에게 무리가 갈까 품에 꼭 안은 채 도성을 향해 쉴 새 없이 말을 달리던 때의 조급함. 그런 단편적인 것들만이 기억났다.

"대체 언제까지 사람을 걱정시킬 생각인지⋯⋯."

그래도 무사해서 다행이었다. 각운은 손을 뻗어 생채기가 난 담월의 뺨을 쓸었다. 누운 그녀를 두고 이리 앉아 있자니, 처음 원열을 잃는 담월을 데리고 왔을 때가 생각났다. 각운의 목적은 그때나 지금이나 변한 것이 없었고, 담월은 어디까지나 자신들의 원하는 바를 위해 이용하고 버릴 패에 불과한데도. 그는 담월이 위태로운 순간마다 심장이 철렁 내려앉는 것을 더 이상 모른 척하기 어려웠다.

"이게 다 그대 때문입니다, 담월. 이리 마음이 무뎌진 칼을 나는 어디에 써야 한단 말입니까."

뺨을 쓸던 손가락이 내려와 희게 질린 입술에 닿았다. 부드럽고 도톰한 그 위에서 머뭇거리던 손은 이내 떨어졌다. 대신 각운은 허리 숙여 그녀의 동그란 이마에 입을 맞췄다.

담월의 방문이 약간의 틈새를 두고 열렸다가 다시 소리 없이 닫혔다. 식전에 각운에게 물이라도 갖다 주러 온 소화였다. 그녀는 문을 닫고 말없이 서 있다가 물그릇을 든 채반을 들고 다시 부엌으로 돌아갔다.

곧 한섬이 권가의 의원을 불러왔다. 크게 다친 곳은 없었고, 낙마의 충격으로 온몸이 놀란 것뿐이니 며칠은 요양을 해야 할 것이라는 진단이 내려졌다. 의원은 약재 몇 가지를 일러 주고 각운과 함께 돌아갔다. 각운은 아무 일도 없었다는 듯 담월의 방쪽 한 번 돌아보지 않고 문을 나섰다. 소화도 아무것도 보지 못했다는 듯 그를 배웅했다.

소화는 담월의 옷가지를 편한 것으로 갈아입히고, 흙이 묻은 얼굴 곳곳을 닦아준 후 방을 나섰다. 저도 모르게 참아 왔던 한숨을 뱉으려던 그녀는 마루 한 귀퉁이에 앉아 있는 한섬을 발견했다.

"주무시지 않고 예서 무엇 하십니까?"

벌써 한 계절을 한 식구로 지냈는데도 두 사람의 사이는 어색했다. 대외적으로 한섬이 아랫사람이라고 하여 소화가 그를 낮추어 대하는 것도 아니었는데, 한섬은 그녀를 불편해했다. 아무리 친절하고 담월에게 잘해 주어도 그는 그녀가 좌의정과 각운의 끄나풀이라는 생각을 떨쳐 버릴 수 없었다. 한섬은 겸연쩍은 얼굴로 그녀의 물음에 답했다.

"담월이 걱정되어서 말입니다."

"의원도 별 탈 없이 내일이면 일어날 거라 하지 않았습니까. 한섬도 어서 가서 잠을 청하세요. 내일 아침 일찍 약재를 사러 갈 거라 하셨잖아요?"

"의원이 말했으니 깨어나기야 하겠지요. 걱정하는 것은 그런 것이 아닙니다."

"그러면요?"

"……담월이는 지난 칠 년간 내게 누이 같은 아이였어요. 제아무리 혼자 척척 해 냈다지만 내 돌봄이 필요한 여자아이였죠. 그랬던 녀석이 내가 지켜봐 줄 수도 무엇 하나 도와줄 수도 없는 곳에서 살고 있으니 기분이 착잡하네요. 만약 신분이 양반이기만 했어도 어떻게든 곁에 있어줄 수 있을 텐데. ……현실은 그저 허드렛일이나 할 뿐이라니."

제 답답함과 무력함을 토로하는 한섬을 소화는 부드러운 눈으로 바라보았다. 그토록 오랜 세월을 함께한 남녀 간이다. 쌓여 온 정이 남다를 수밖에 없을 터였다. 그것이 연정인지, 아니면 오누이와 같은 정인지는 본인도 잘 모르는 눈치였지만. 소화는 한섬의 곁으로 가 앉았다. 그녀도 그런 심정을 잘 알았다.

"그대는 그대의 방식대로 담월의 곁에 있어주면 되지요. 모든 사람이 같은 방법으로 누군가를 지키거나 도울 수 있는 건 아니니까요. ……가질 수도 닿을 수도 없는 이라도, 저 나름대로의 방법들로 그 어깨의 짐을 가볍게 해 줄 수 있는 것 아니겠어요? 가족과 같은 한섬이 여기 남아 있는 것만으로도 담월에게는 큰 위안이 될 거예요."

"정말 그럴까요?"

"그럼요."

한섬은 그녀의 말에 다소 위안을 얻은 듯했다. 큰 도움이 되지 못할지언정 그들은 그들의 일을 하면 되는 것이었다. 한섬이 묵묵히 담월이 돌아올 곳을 지키고, 소화가 각운을 위해 담월을 돌보는 것처럼. 한섬은 내일 일어나자마자 약재를 사오겠다며 제 방으로 돌아갔다. 소화는 그런 그의 뒷모습을 다소 부럽다는 눈으로 바라보다가 자신의 방으로 돌아갔다.

날씨가 후텁지근한 것이 여름이 올 모양이었다. 유례없이 길었던 봄도 끝끝내 태양에 공기를 달구고 소선의 정원에도 꽃보다 파릇파릇한 이파리들이 무성해졌다. 계절이 바뀌어 가는 때였다.

이런 날, 소선당에서는 젊은 대신들이 모여 소선에게 자신들의 심중을 털어놓고 있었다. 주로 지난 강무 때 도가 지나쳤던 탄헌군의 도발 행위에 대한 얘기였다.

"지난 십오 년간 세 번의 난리의 피해도 복구가 안 된 데가 많은데, 저하께서 너무 무모하십니다."

"아무리 봐도 전쟁을 유도하시는 것 같아 소신도 마음이 불편합니다. 전하께서 쓰러져 계신 동안 군권을 장악하기 위한 수가 아닐까 싶고……."

"평소라면 탄헌군 마마를 견제하는 데라면 적극 나섰을 좌의정 대감마저도 어찌 된 일인지 저하의 의견을 지지하는 형국입니다. 그 탓에 생각 없이 뜻을 따르는 신하들도 많습니다. 스승님께서 어떻게 의견을 좀 내주시지 않겠습니까?"

소선은 난처하다는 듯 수염을 쓸었다. 정계에서 은퇴한 지 오래된 그한테까지 찾아오다니. 하긴 그럴 만도 했다. 좌의정을 제외한 두 정승은 말이 좋아 중립을 지키는 입장이지 이미 조정에 미치는 영향력을 상실한 지 오래였다.

현재 정세는 탄헌군과 좌의정 권율덕의 두 세력으로 확연히 갈려 있었다. 세자와 함께 세 번의 난을 거쳐 지금의 자리에 오른 무관들, 욱의 정국 운영 능력에 반한 일부 문관들. 그들을 제외한 이들이 좌의정의 세력이었다. 후자는 율덕이 움직이지 않으면 함부로 말을 꺼내지 않는 인사들이었다.

하지만 그들 중 태반이 소선당에서 수업을 해 온 자들이다. 소선이 말을 꺼내면 그들도 생각을 달리 할 터, 그렇게 되면 탄헌군이 소선의 말을 무시하지 못할 것이라는 판단이었을 것이다.

소선은 자신에게 기대 어린 시선을 보내는 젊은 신하들을 보며 말했다.

"관직도 없는 한낱 서생이 의견을 내어 놓는다고 달라질 것은 없겠지만…… 대군마마께 말씀이라도 드려 보는 건 어떻습니까?"

사람들은 소선의 말이 의외인 듯했다.

"경원대군 마마께요? 그분께서는 정치에 관심이 없으셔서……."

"세력과 세력이 싸우는 정치에 관심이 없을 뿐, 나라를 위한 일이라면 언제나 마음에 두고 계신 분이 아닙니까."

소선의 말에도 그들은 영 탐탁찮은 눈치였다.

"하지만 좌의정의 지지를 받는 분 아닙니까. 권율덕 대감의 뜻을 거스르는 일을 하진 않으실 텐데요."

"아니요. 필시 이 사안에 대해서는 좌의정이나 세자마마와 의견을 달리 하실 겁니다."

소선의 보증에도 사람들은 긴가민가한 눈치였다. 이미 정계에 단단한 기반을 세운 지 오래된 세자 탄헌군과 좌상 대감이 상대이다. 율덕의 지지를 제외하면 남는 것이라곤 적통 왕자라는 것밖에 없는 경원대군이 과연 그들의 힘이 되어 줄 것인가.

그러나 그들에게 남은 패는 없었다. 하는 수 없이 그들 화평

파는 주영각의 경원대군을 찾기로 입을 모았다.

결은 그 사냥 이후 출혈이 큰 탓에 며칠을 자리에 누워 있었다. 한동안 외출은 삼가야 한다는 의관의 말에 결은 하는 수 없이 내관을 시켜 담월을 불렀다. 담월은 조심스럽게 방 안으로 들어왔다. 결은 주변의 사람을 모두 물렸다.

"미안합니다. 안 그래도 바쁜 사람을 여기까지 오라고 하다니. 내가 가야 했는데 태의가 도통 밖으로 나가질 못하게 해서요. 몸은 괜찮나요?"

"네 괜찮습니다. 저야말로 일찍 찾아뵙고 그날의 감사를 드렸어야 했는데 인사가 늦었어요."

며칠 만에 본 담월은 얼굴이 수척해져 있었다. 그 전에도 몇 번 담월은 괜찮나 예문관으로 방 내관을 보냈었다. 하지만 강무에서 돌아온 후 몸이 좋지 않아 며칠째 입궐을 하지 않았다기에 걱정이 가득했었다. 겉으로 보기에 다친 구석은 없는데, 말에서 떨어진 충격으로 몸이 상한 걸까. 자신이 당한 심한 부상보다도 해쓱한 그 얼굴이 더 안되어 보여 결은 마음이 쓰렸다.

"구태여 이리 오시라 한 것은 지난번 통로에서의 말에 대해 용서를 구하고자 함입니다."

"─전 그날 사과를 받았는데 무슨 말씀이신지……."

"그동안 나는 그대를 위한다고 생각했으면서도 내심 마음속으로는 도 봉교가 당연히 죄인이라고 여기고 있었습니다. ……

큰 결례를 저지르고 말았습니다."

결이 깊게 고개를 숙였기 때문에 담월은 당황해 손을 내저었다.

"아, 아닙니다. 증거를 찾기 전까지는 그것이 사실인 걸요."

"그렇다고 해도 제 말은 너무 무례했어요. 오늘 담월을 부르기 전까지 많은 생각을 했습니다. 그동안 내가 너무 피상적으로 생각을 한 게 아닌가 싶었지요."

담월은 초조한 얼굴로 결의 입만 바라보았다. 사냥 연회에서 자신을 구해 주기 위해 뛰어든 것에 대해 감사 인사를 아무리 해도 모자랄 텐데. 그것에 대해 생색을 내기는커녕 담월 스스로 마음에 묻어 버리자 생각했던 일을 구태여 꺼내다니.

"전하도 정복자로서 이 나라를 이끄셨고, 세자 저하 또한 각난을 평정하셨죠. 제겐 좋은 아버지시고 형님이시지만, 그 철혈과 같은 통치에 피를 흘린 백성들에게는 좋은 분이 아닐지도 모릅니다. 지금 온 여진의 사신들도 형님께 가족과 형제를 잃은 경험이 있겠죠. 하지만 그분들은 제 가족입니다. 그 어떤 이중적인 면모가 있다 해도 저는 그분들의 편을 들 수밖에 없어요. 그러니까 도 봉교께서 정말 그만한 잘못을 하셨더라도, 저는 담월의 앞에서 그분을 욕하는 말을 해서는 안 되는 거였습니다."

"대군마마……."

"이거, 별것 아니지만 사과의 증표로 받아 주시겠어요?"

결은 제 옆에 준비해 두었던 비단 주머니에서 노리개를 꺼내 담월에게 건넸다. 일전에 그가 장터에서 직접 사 온 노리개였다.

"너무 값비싼 건 담월이 받지 않을 것 같아서…… 그래도 제가 직접 골라 온 것입니다. 이걸로 서운함이 풀렸으면 좋겠네요."

왕자가 주기에는 소박한 선물이었음에도 담월은 마음이 울컥 차올랐다. 아마 그가 말 한마디만 하면 내관이 비싸고 값진 것을 덥석 내놓았으리라. 그러나 부러 그녀를 위해 골라 왔다는 것이 담월은 기뻤다. 여인으로서의 선물이라 더욱 그랬다.

"……감사합니다. 정말 소중히, 소중히 간직할게요."

"그러면 저와 또다시 밖에 나가 주시는 겁니다? 그 노리개를 한 모습을 보고 싶네요."

결이 안도의 한숨을 쉬며 웃었다. 다음을 기약해 달라는 말에 담월도 애써 눈물을 삼키고 웃었다. 이런 분을 좋아하게 되어서 다행이었다. 사과하지 않는다고 해도 하등 문제가 될 것 없는 상황과 신분에서 구태여 타인의 입장과 감정을 헤아리다니. 이처럼 따뜻하고 어진 사내를 마음에 품게 된 것은 결코 우연이 아니리라.

두 사람은 다시 어색해지기 이전의 모습으로 돌아갔다. 화기애애하게 강무와 그 이후의 일들에 대해 얘기를 나누던 그들에게 방 내관이 일렀다.

"마마, 송구합니다만 뵙기를 청하는 분들이 계십니다."

"한동안 아무도 들이지 말라 했습니다만—."

"소선께서 안내하셨다고 합니다. 어찌할까요?"

내관이 소선을 언급하자 경원대군은 고민했다. 스승이 보낸 사람들이라면 뭔가 이유가 있을 터. 아니 만나 볼 수는 없었다. 그치만 담월을 만난 게 이토록 오랜만인데…… 안 그래도 바쁜 예문관의 사관이니 지금 보내면 언제 다시 만날 수 있을지 장담할 수 없었다.

"저는 이만 물러나도 괜찮습니다."

"아, 아닙니다. 그리 중요한 얘기는 아닐 것 같으니 잠시 여기 계세요. 방 내관, 들어오라고 해 주세요."

이윽고 호조 참의 이예원과 사간원의 대사간 정태를 비롯한 사인이 결의 방으로 들어왔다. 다들 소선의 문하라 경원대군과는 오며 가며 안면이 있는 사이들이었다. 그들 중 호조 참의는 옆쪽 구석에 앉은 담월을 보고 탐탁찮은 듯 결에게 물었다.

"마마, 중요한 얘기이니 사관을 물려 주시지요."

"무슨 속된 얘기를 하시려고 사관을 물려 달라는 겁니까? 역사가 두려울 얘기라면 들을 필요도 없으니 이만 돌아가시오."

결은 단호하게 그의 요청을 거절했다. 참의가 마뜩찮은 표정으로 입을 다물자 대사간이 나섰다.

"결코 그런 얘기는 아닙니다, 저희는 경원대군 마마께서 세자 저하를 막아 주십사 요청을 드리러 온 것입니다."

"형님을요?"

"지금 탄헌군 마마께선 사욕을 위해 여진과의 전쟁을 일으키려 하고 계십니다."

"사욕이라니요. 가당치도 않은 말씀입니다."

"허나 그것이 사실입니다. 군권을 장악하고자 하는 욕심이 아니라면 전하의 병환이 위중한 이 때, 나라에 위협이 될 만한 요소를 구태여 자극하시는 이유가 무엇이겠습니까?"

"맞습니다. 지난 여진의 2차 정벌도 사실은 그들의 침략이 아니었단 말도 있습니다. 갓 세자위에 올라 불안한 입지를 다지기 위해 일부러 그런 사태를 빚었다고요. 대왕마마께서 자리를 보전하고 계시는데 강무를 열어 위세를 보인 것만으로도 그 저의를 짐작할 수 있지 않습니까."

"확실치도 않은 얘기로 형님을 험담하는 것은 그만두세요! 더 들을 것도 없는 것 같으니 이만 돌아가 주시지요."

"마마—!"

결은 단호했다. 신하들은 역시 그럴 줄 알았다는 듯 별말을 하지 않고 일어서려 했다. 경원대군은 탄헌군이 가장 전성기를 보낸 시절, 그를 보고 자랐다. 나이 차이가 많이 나는 형이자 세자인 그는 아버지이자 왕인 형원보다도 우러를 대상이었을 것이다. 그걸 잘 알고 있었기에 그들은 소선이 경원대군을 찾아가 보라 일렀을 때도 큰 기대를 하지 않았다.

"다른 것은 모르겠지만 2차 여진의 난이 세자 저하의 주도로 이뤄진 일인 것은 맞을 겁니다. '그'가 그렇게 얘기했으니까요."

담월이 조심스럽게 입을 열었다. 모두의 시선이 그녀에게로 향했지만 그 말을 알아들은 것은 결뿐이었다. 그는 그녀가 말하는 '그'가 유르지크임을 알아차렸다. 정말입니까, 결의 물음에 담월이 고개를 끄덕이자 결은 잠시 생각에 잠겼다가 신하들을 향해 말했다.

"……그대들의 말은 고민을 해 보겠습니다. 오늘은 이만 가 주세요."

신하들은 저들끼리 눈빛을 교환한 후 자리에서 일어났다. 결이 뭔가 심중에 변화가 있는 듯하니 그들로서는 일단 경원대군을 믿을 수밖에 없었다.

그들이 밖으로 나가고 담월이 입을 열었다.

"마마께서 좀 전에 제게 혈연의 일은 편을 들 수밖에 없다고 말씀해 주셨지만, 그것은 사실을 안 후여야 한다고 생각합니다. 그것이 옳은 도리가 아니겠어요."

"담월……."

"죄송합니다. 마마께선 제 마음을 헤아려 주셨는데……."

담월은 차마 결과 눈을 마주치지 못했다. 하지만 결은 고개를 끄덕였다.

"아닙니다. 그 말 또한 옳아요. 그대는 결코 도 봉교가 옳다 주장하지 않았지요. 그저 진실을 알고 싶을 뿐이라고 해 왔으니까요. 여진의 난에 대해서 정말 유르지크가 그렇게 말했습니까?"

"네. 소녀가 다시 한 번 그를 찾아갔을 때 두 번째 난은 탄헌군 마마의 수족이 먼저 그들을 침략했다고 했어요. 그가 제게 거짓을 말해 도움 될 것은 하나 없으니 진실이라고 생각합니다."

결은 담월의 말을 듣고 고민했다. 사실 그도 이상하게 여기긴 했다. 부왕이 직접 귀양을 보내라 명을 내렸던 유르지크가 이 도성에 있는 것도, 왕자들에게 알려진 비밀 통로가 그렇게 개조되어 있었던 것도.

"제가 가서 물어보겠습니다. 유르지크의 일도, 여진의 일도요. 간만에 비밀 통로에 가 봤다가 만났다 얘기하면 어색하지 않겠죠?"

"아마 가서도 원하는 대답은 못 들으실 겁니다."

"어찌 그리 단정 짓는 겁니까?"

"저하께선 결코 유르지크를 돌려보낼 생각이 없으세요. 그는 탄헌군 마마의 전리품이니까요."

담월은 그녀가 강무에서 탄헌군과 나누었던 대화를 고스란히 들려주었다. 결은 믿을 수 없다는 얼굴이었다.

"고작 그런 것 때문에 여진과 전쟁을 벌이려 한단 말입니까? 믿을 수 없습니다. 형님은 그럴 분이 아닙니다."

별다른 고난 없이 자란 왕자여서일까, 담월은 결의 말이 의외였다. 고통스럽고 참혹한 시절을 이겨 낸 상징이라면 그럴 수도 있다고 생각했으니까. 하지만 그것을 위해 전쟁까지 감수하는 것은 말이 안 되는 일이었다.

"오늘은 이만 돌아가 주세요, 담월. 제가 형님과 직접 얘기를 해 봐야겠습니다."

밖에 방 내관 있느냐! 소년 이결이 아니라 이 나라의 왕자 경원대군의 얼굴이 된 그가 내관을 불렀다. 속히 동궁으로 갈 테니 차비를 하라는 말을 이르고 그는 담월을 배웅했다.

동궁에 도착한 결은 자신을 맞이하는 탄헌의 인사도 무시하고 내관을 물린 후 바로 본론으로 들어갔다.

"유르지크가 살아 있는 것을 알고 있습니다."

그 말은 많은 것을 내포하고 있었다. 단호한 결의 표정에서 탄헌은 많은 것을 읽어 냈다.

"비밀 통로에 들어가 본 모양이구나."

"형님께서 그자를 내보내지 않으시는 이유도 알고 있습니다. 하지만 고작 그런 것 때문에 나라를 전화에 빠트릴 생각이신 겁니까?"

"고작 그런 것?"

욱의 눈매가 매서워졌다. 하지만 결은 그에 지지 않고 말을 덧붙였다.

"네, 고작 그런 것입니다. 제가 아는 형님은 그런 상징이 없어도 충분히 어엿한 분이었습니다! 아니면 정말 대신들이 말하는 대로 아바마마께서 병환 중인 동안 군권을 장악하시려는 속셈이신 겁니까?"

욱은 제 앞에서 당당하게 그의 의도를 묻는 아우를 바라보았다. 언제나 어린아이라고만 생각했는데, 지난번 주원의 일에 사관을 데려올 때부터 욱은 결이 조금씩 달라지고 있음을 느꼈다. 자신을 마냥 우상처럼 여기던 녀석이 자신과 다른 뜻을 품고 그것을 당당히 밝히고 있지 않은가. 그는 답을 요구하는 진지한 눈빛에 책상 위의 책을 치우고 자세를 바로 했다. 어른이 되어 가는 자를 아이처럼 대할 순 없었다.

"너는 모른다, 이결. 너는 날 때부터 튼튼한 기반을 딛고 자랐으니까. 내가 가진 것은 언제 무너질지 모르는 모래 위의 성이다. 난 이 기반 위에서 서 있기 위해 득이 된다면 무엇이든 취하고, 독이 된다면 어떤 것이든 버리며 살아왔다. 군권이라, 그것도 좋지. 그보다 이 나라에서 나의 존재를 확실히 할 수 있는 것도 없으니까."

"……정말 전쟁을 일으키시려는 거군요. 형님께 득이 되니까요."

그의 실망 어린 말에 욱의 마음 한편이 무거워졌다. 이런 걸 보면 아직 그의 아우는 어린 면이 있었다. 이렇기에 그 모습에 변명을 덧붙이는 것이겠지만.

"왕이 있고 난 후에야 나라가 존재한다. 그 왕이 어떻게 이끄느냐에 따라 그 국가의 명운이 결정되지. 그렇기에 그 왕의 자리에 서는 이가 어떤 이인가가 중요하다. 내 기반은 곧 나라의 기반이야. 아버지께서는 늘 그렇게 말씀하셨지. ……얼굴을 보아하니 네겐 그런 말씀이 없으셨던 것 같구나. 하긴, 네겐 필요 없는 말이니까."

"형님……!"

결이 마지막으로 애원했지만 욱은 단호했다.

"돌아가라."

축객령을 내린 후 욱은 내려놓았던 책을 다시 펴 들었다. 더 이상 대화를 하지 않겠다는 명백한 뜻에 결은 어쩔 수 없이 자리에서 일어났다.

제3장
탈출 대작전

예문관으로 돌아온 담월은 다시 결의 방문을 받아야 했다. 결의 흐린 얼굴을 보고 담월은 형제 간의 대화가 잘 끝나지 않았다는 것을 직감했다. 결은 시간을 오래 빼앗지는 않을 거라며 입을 열었다.

"아무리 생각해도 그런 이유로 전쟁을 일으킬 수는 없습니다. 난 형님을 막아야겠습니다."

그의 말에는 결심이 단단히 서 있었다.

"방법이라도 있으세요?"

"그자를 풀어 줍시다. 그자를 빼돌려 달한에게 돌려주면 여진은 우리를 침략할 명분이 없어집니다. 오늘 밤 후원에서 다시 만나요. 괜찮겠어요?"

괜찮은 계략이었다. 결로서도 많은 고민 끝에 내린 결정이었다. 세력을 위해 전쟁을 방관하고 있는 좌의정은 경원대군의 말을 들어주지 않을 테고, 그를 찾아온 신하들의 힘만으로는 부족했다. 가장 문제가 되는 것을 해결한다면 전쟁의 불씨는 자연스럽게 꺼지리라. 담월이 힘차게 고개를 끄덕였다.

"네, 물론입니다!"

담월은 일이 밀렸다는 핑계로 늦게까지 남아 있다가 후원으로 향해 결과 합류했다. 이번에는 미리 준비해 온 호롱불을 들고 통로를 빠져나가자 유르지크가 그들을 기다렸다는 듯 반겼다. 결은 그에게 자신의 정체를 밝히고 상황 설명 후 그를 빼돌려 주겠다는 말을 꺼냈다.

"진짜지?"

"진실이다. 하지만 약속해 줄 것이 있다. 돌아가 이 나라를 적대하지 않겠다고 맹세해라."

유르지크를 대하는 결의 모습은 지금껏 담월이 보지 못했던 경원대군으로서의 모습이었다. 그녀가 그 모습에 설레어 숨을 삼키고 있던 사이 유르지크가 잠시 고민을 하더니 그의 말에 대답했다.

"흠…… 좋아. 그치만 그쪽에서 먼저 공격해 온다면 우리도 어쩔 수는 없어. 그 정도는 이해하겠지?"

결은 고개를 끄덕였다. 그 정도면 충분했다. 눈앞의 사내는 목숨 빚을 잊을 정도로 파렴치해 보이진 않았다. 그들은 곧장 유르지크를 빼돌릴 방법을 고민하기 시작했다. 결이 담월에게 말했다.

"아까 도성의 지도를 보고 걸음 수를 세어 봤습니다. 방향을 제대로 짚은 게 맞다면 여긴 북악산의 북쪽 기슭일 겁니다."

"북악산 북쪽…… 붉은 장막에서 들은 적이 있어요. 한성부의 군원들이 지키고 있는, 괴물이 사는 집이 있다는 얘길……."

"우리에 대한 소문인가 보네. 나랑 같이 지내는 저 사내가 동물 울음소리 같은 걸 내거든."

유르지크가 어깨를 으쓱해 보였다. 이런 상황에서도 결은 피식 웃었다.

"분명 오랑캐의 왕자가 살고 있다는 말도 있었죠? 백성들 간의 소문이란 무시할 것이 못 되는군요."

"뿔이 달리고 붉은 눈동자를 가진 건 아니지만요. 그래도 갈색의 피부가 보통 눈에 띄는 게 아니니…… 사람들 눈에 띄면 소문이 나는 건 시간문제일 거예요."

결은 고민에 빠졌다. 밖에 나가지 못하도록 유폐된 이들에 대한 소문도 저리 정확하게 도는데, 제대로 처리하지 않으면 이 일이 어떤 방향으로 전개될지 알 수 없었다.

"있지, 내가 생각해 본 계획이 있는데 한번 들어 보겠어?"

"말해 보세요."

"이 앞엔 관군 다섯 명이 번갈아 보초를 서고 있어. 무력 돌파를 하거나 몰래 빠져나가는 건 무리야."

"확실히 그렇군."

"근데 하루 한 번 끼니를 갖다 주는 여자가 있거든. 이 나라의 유행인지 치마 품이 엄청나게 크더라고. 사람 한둘 정도는 숨길 수 있을 정도던데. 그 안에 들어가 몰래 빠져나갈 수 있지 않을까 싶거든? 근데 그동안 그 여자를 꼬드기지 못해서 생각만 하고 있었지! 너희가 믿을 만한 여자를 수소문해서 날 그렇게 빼내 주면 안 될까?"

그럴듯한 얘기였다. 작은 구멍 너머로 추측하기로 유르지크의 몸집은 그리 크지 않았다. 결이 그럴 만한 여인을 어떻게 구하느냐 생각하는 사이 담월이 나섰다.

"제가 할게요."

"담월, 너무 위험합니다."

"결은 저하의 죄인을 빼돌리는 더 위험천만한 일을 하시잖아요? 이건 제게 맡겨 주세요."

담월이 자신 있게 말했지만 결은 탐탁잖은 눈치였다. 그 말에 놀란 것은 오히려 유르지크 쪽이었다.

"뭐? 잠깐만. 그쪽이 아무리 얼굴이 곱상하다지만 사내는 티가 난다고! 왕자라면서 그렇게 사람이 없어?"

"사정이 있어 남장을 하고 있을 뿐입니다. 비밀은 지켜 주시겠죠?"

유르지크의 눈이 그 작은 구멍을 통해 빠르게 담월을 훑었다. 어둠 속이라 잘 보이진 않았지만 확실히 사내라고 보기엔 몸집도 너무 작았다. 그러고 보니 처음에는 사내인 척 목소리를 낮게 깔더니 지금은 낭랑한 여인네 목소리였다.

"―뭐야, 그런 거였어? 이쪽도 만만치 않네. 좋아! 나를 빼돌려 주는 데 그 정도야 당연하지. 그런데 제대로 연기할 자신은 있는 거지?"

"이래 봬도 조선 팔도를 몇 년이나 도망 다닌 실력이랍니다."

유르지크는 밥을 갖다 주는 여인의 차림새와 상황들을 더 자세히 설명했고, 결은 세부적인 계획을 짰다. 가장 큰 역할을 맡은 담월은 그 모든 내용을 상세히 기억하려 애를 썼다. 자신이 사관이라 이런 일에 뛰어나다는 것이 다행이었다.

"아무리 그래도 하루는 머물 장소를 찾아야겠는데…… 경운궁은 너무 위험할 겁니다. 담월의 집은 어려울까요?"

그녀는 고개를 저었다. 한섬이며 소화를 믿을 수 없다는 건 아니었지만 언제 각운이 들를지 모르는 곳이니까. 그녀가 안 된다 하자 결은 다시 생각에 잠겼다. 궁중 암투에는 관심이 없어 이럴 때 쓸 사택 하나 만들어 두지 않았더니, 이런 데서 아쉬울 줄이야.

"저, 괜찮은 곳이 하나 있을 것 같은데요."

"있을 것 같다니요?"

"넓지는 않겠지만 사내 혼자 사는 집이니까 유르지크 하나쯤
은 숨겨줄 수 있을 거예요. 도성에서도 제법 떨어져 있어서 남의
눈에 띌 염려도 없고요. 아마 제가 부탁하면 들어줄 거예요."

"믿을 만한 사람입니까?"

"제가 보증할게요."

담월의 얼굴에 서린 신뢰에 결은 이런 상황에서도 이름 모를
그가 부러워졌다. 자신은 저 얼굴을 울리고 약하게 만들 뿐인데.
하지만 지금은 그런 감상에 젖어 있을 때가 아니었다. 구체적으
로 계획을 세운 후 두 사람은 서둘러 통로를 빠져나왔다. 결행일
시는 바로 내일. 준비를 하려면 시간이 턱없이 부족했다.

이튿날 담월은 몸이 아프단 핑계를 대고 입궐하지 않았다. 이
미 며칠이나 몸이 아파 일을 빠졌기에 예문관 사람들에게 미안
한 마음이 들었지만 어쩔 수 없는 일이었다.

"담월 아씨, 뭔지 모를 물건이 왔는데 여기 두고 갈까요?"

결이 보낸 옷 짐을 한섬이 들고 들어왔다. 운 좋게도 소화는
어제 좌의정 댁에 가 하루 이틀 머물고 온다는 전갈이 남겨져 있
었다. 유르지크가 말했던 그대로, 치마의 품이 굉장히 큰 옷이었
다. 거기에 큰 장옷까지 두르니 그 안에 몸집이 작은 사람 두엇
은 들어가고도 티가 안 날 정도였다.

그런 차림을 하고 나오니 한섬은 대체 또 뭘 하러 가는 거냐며 걱정 어린 눈으로 담월을 보았다.

"아버지의 일을 조사하러 가는 거니까 너무 걱정 마세요."

"하아―. 또 위험한 일에 휘말리지나 마십시오. 도와 드릴 수도 없는데 저번처럼 다쳐 오시면 기분이 착잡합니다."

주인을 대하는 말투였지만 그 말에 어린 걱정은 누이동생을 향한 것과 같았기에 담월은 빙긋 웃었다.

"그래도 제가 안심하고 돌아올 곳을 한섬이 지켜 주고 있잖아요. 아, 오늘 제가 이렇게 나가는 건 소화한테는 비밀이에요?"

담월은 그렇게 다짐하고 서둘러 결과의 약속 장소로 향했다. 결은 갈아입을 옷가지 몇 벌과 음식 보자기를 챙겨 들고 그녀를 기다리고 있었다.

"이것을 들고 가면 될 겁니다. ……부디 조심해서 다녀오세요."

담월은 결에게서 음식 보자기를 받아 들고 유르지크가 유폐되어 있는 곳으로 향했다. 지난 밤 위치를 추측한 곳에 다다르자 과연 한성부의 관원 다섯이 둘러싸 지키고 있는 집이 대번 눈에 들어왔다. 산기슭에 집이 바로 붙어 있는 것으로 보아 저 집이 틀림없었다. 그녀가 음식 보자기를 들고 다가가자 관원들이 경계하며 창을 바로 들었다.

"누구냐! 늘 오던 장 내인이 아닌 것 같은데?"

과연 이곳에 음식을 조달하던 이는 궁의 사람인 모양이었다.

그녀는 미리 준비해 왔던 대사를 읊으며 장옷을 벗었다.

"수고들 하십니다. 마마께서 여러분과 죄인께 음식을 보내셨으니 들고들 일하세요."

환히 웃으며 음식 보자기를 내밀자 관원들은 주저하다가 보자기를 끌러 보았다. 궁중에서나 먹을 수 있는 귀한 떡과 과자가 들어 있자 그들은 의심 없이 담월을 들여보냈다. 그녀는 작은 보자기를 들고 유르지크가 있을 방 안으로 들어갔다.

"왔구나! 그보다 이렇게 하고 있으니 진짜 여자는 여자네."

한껏 소리를 죽였지만 신이 난 것은 어쩔 수 없다는 듯 그가 담월을 반겼다.

"지난번에도 말했지만 제가 여인인 것은 숨겨 주셔야 합니다."

"물론이지! 내 목숨을 구해 줄 친우의 부탁인데 그 정도쯤이야!"

"친우라니…… 그쪽에선 남자와 여자가 우의를 나누기도 합니까? 아니, 애초에 저희가 친분을 나눌 만한 일도 없었잖아요?"

어이가 없어 묻자 유르지크는 고개를 끄덕였다. 그리고 되레 이상하다는 듯 물었다.

"담월 당신은 내 말을 무시하지 않고 일부러 다시 들으러 와 주었고, 나를 도와주기까지 했잖아. 그런 상대가 여인이라 해서 우정을 나누지 않으면 그게 손해 아닌가?"

조선의 여인으로 자란 담월의 상식으로는 이해가 가지 않는 일이었다. 하지만 듣고 보니 그것도 나쁘지 않았다. 그녀와 결의 사이도 그렇게 정리할 수 있다면 괜찮지 않을까? 하지만 지금은 그런 생각을 할 때가 아니었다.

"슬슬 나가지요. 이 안으로 들어오세요. 혹여나 말하지만 헛된 장난을 칠 생각은 말구요."

"물론이지. 나도 내 목숨 소중한 줄은 안다고. 그럼 실례하겠습니다—."

유르지크가 담월의 큰 치마폭을 들추었다. 속곳을 차려 입었는데도 기분이 이상야릇했기에 담월은 부러 그쪽을 보지 않고 고개를 돌렸다. 그러나 유르지크는 뭔가 잊은 것이 있는지 들췄던 치마를 다시 내렸다. 담월이 그를 돌아보자 그는 이 좁은 방의 어둔 구석을 가리키며 말했다.

"저 사람도 데려가자."

하도 조용해서 담월은 그곳에 사람이 있다는 것을 그제야 알았다. 머리는 산발이요 수염은 덥수룩한데 어두운 구석에 있으니 눈에 띄지 않았던 모양이었다. 유르지크를 만나러 올 때마다 동물 울음소리를 내던 사내, 붉은 장막에서 여편네들이 괴물이라고 일컫던 자였다.

"내가 여진으로 돌아가면 분명 이곳을 폐쇄할 텐데, 내 경우를 보면 알겠지만 이 녀석도 뭔가 사정이 있는 것 같단 말이지. 이

번 기회를 놓치면 이자는 영영 밖으로 나가지 못할 거야."

썩 내키는 제안은 아니었다. 한 명을 빼내기도 부담스러운데 두 명이라니. 비쩍 곯은 모습이라 치마폭에 하나 더 숨기지 못할 정도는 아니었지만 담월은 탐탁찮은 표정으로 물었다.

"저자가 대체 누군데요?"

"누군지는 나도 몰라. 반쯤 미친 사내니까. 가끔 제정신이 돌아올 때도 있긴 한데, 자기가 누군지 무슨 일을 당했는지도 기억 못 하더라고. 끔찍한 고문을 당한 모양이야. 원래 얼굴도 저 얼굴이 아닐걸?"

몇 년을 같이 지낸 사이다 보니 유르지크는 그 괴물에게 정이 든 모양이었다. 뭔가 사연이 있을 거라고 생각하니 담월도 마음이 흔들렸다. 당장 어디서 매가 날아오기라도 할 듯 웅크린 몸을 보니 더욱 그랬다.

"으음…… 빠져나가다가 이상한 소리를 내면요? 제정신이 아니라는데 따라는 오겠어요?"

"아냐, 내 말은 잘 듣는 자니까 조용히 빠져나갈 수 있어. 이봐요, 형씨. 같이 갑시다!"

그 말이 정말인 듯 괴물은 유르지크가 부르자 조용히 그들에게로 다가왔다. 지금부터 빠져나갈 건데— 하며 유르지크가 상황을 설명하자 그는 담월에게 다가와 치맛자락을 들추고 그 안으로 들어갔다.

"자, 봤지?"

다리 근처에서 느껴지는 한 사람의 숨에 담월은 소름이 돋는 것을 애써 참았다.

"……좋아요. 대신 들키지 않게 당신이 똑바로 하세요."

세 사람은 방 안에서 움직이는 연습을 조금 해 본 후 방 밖으로 나왔다. 혹시 겉모습이 이상할까 장옷도 허리에 두르자 겉으로 크게 이상한 티가 나지 않았다. 관군들은 마당에 있는 평상에서 옹기종기 떡을 먹고 있었다. 담월은 발소리가 따로 노는 것이 들리지 않게 부러 발소리를 크게 하며 사립문 밖으로 걸음을 옮겼다.

"거기 나인, 잠시만 멈추시오!"

담월은 그 자리에 우뚝 섰다. 치마가 이상하게 움직인 걸 들킨 걸까? 그녀는 등줄기에 식은땀이 흐르는 걸 느끼면서 고개를 돌렸다. 다리에서 긴장한 유르지크의 숨이 느껴졌다.

"왜 그러십니까?"

"이 보자기는 들고 가야지. 저하께 감사하다고 전해 주게. 우리 같은 말단에게도 늘 신경을 써 주신단 말이지."

담월은 복잡한 표정으로 비단 보자기를 받아 들었다. 탄헌군은 정말 알기 어려운 사람이었다. 부하의 목숨을 쉽게 버리기도 하면서 이렇게 말단 관원들을 챙기기도 하다니. 어느 쪽이 진짜 그의 모습인지 알 수가 없었다.

그녀는 꼭 전해 드리겠다면서 다시 왔던 길을 되돌아 왔다. 사람이 별로 없는 동네라 다른 이들과 마주칠 일이 없었다. 결이 있는 골목까지 돌아와서야 유르지크는 담월의 치마에서 나왔다. 그 모습을 결이 눈살을 찌푸리며 보다가 옷가지가 든 보자기를 건넸다.

"혹시 몰라 두 벌을 준비하긴 했습니다만…… 이자는 누구입니까?"

"가면서 설명해 드릴게요. 나인은 내일 오전에나 오겠지만 혹시나 그 전에 들킬 수도 있으니 빨리 이들을 안전한 곳에 숨겨야 합니다."

"분명 괜찮은 장소가 있다고 했지요?"

"네. 그러나 거기 가기 전에 제가 옷을 갈아입고 가야 할 것 같으니 저희 집 근처에서 기다려 주세요."

유르지크와 괴물이 옷을 갈아입었다. 염려했던 괴물 같은 사내는 유르지크가 조곤조곤 일러 주자 몸을 일으켜 결이 준비한 옷을 갖춰 입었다. 누군가 얼굴을 알아볼까 싶어 큰 삿갓을 씌우니 오랜 방랑을 한 처사들처럼 보였다. 이 정도면 쉽게 들키지 않겠다 싶어 네 사람은 길을 서둘렀다.

담월의 집에 도착하자 벌써 해가 뉘엿뉘엿 지기 시작했다. 담월은 소화가 아직 도착하지 않은 것을 확인하고 서둘러 남복을 하고 나왔다. 한섬은 대체 담월이 또 무슨 짓을 하고 다니는 것인지 걱정스러운 눈빛으로 그녀를 배웅한 후, 담월이 맡기고 간 옷을 태우러 아궁이로 향했다. 빠르게 옷을 갈아입은 그녀는 결들이 기다리고 있는 곳에 도착했다. 이렇게 입으니까 또 사내 같네, 유르지크가 농지거리를 하는 것을 무시하고 결이 담월에게 물었다.

"그래서, 어디로 가면 됩니까?"

"여기서 동쪽으로 한 시진은 걸어야 합니다."

담월도 정확한 지리를 아는 것은 아니었기에 그녀는 길을 조금 헤맸다. 하지만 물어물어 그가 사는 집에 도착할 수 있었다. 기와가 올라간 것으로 보아 양반의 집은 맞았으나 건물이 한 채뿐인 소박한 집이었다.

"계십니까!"

담월이 나서서 문을 두드리자 곧 문을 열러 오는 발소리가 들렸다. 하인이 아닌 양반의 차림을 한 이가 문을 열었다.

"이 밤중에 누가— 담원? 너 오늘 아파서 입궐도 안 한 녀석이 여긴 무슨 일이야?"

문을 연 사람은 강현이었다. 저 사내가 담월이 그토록 신뢰하는 이인가, 결은 그녀의 뒤에서 강현의 얼굴을 훑었다. 예문관의 검열이라 그도 얼굴을 알고 있었다.

"일단 좀 들여보내 주세요. 중요한 일입니다."

"어? 어, 그래. 아니, 대군마마 아니십니까!"

결이 미소를 지으며 검지손가락을 입술에 갖다 댔다. 그 손짓에 강현은 소리를 낮추고 담월의 일행을 집 안으로 들였다.

"뭐야, 대체 무슨 일이야?"

"이야, 집 좋네. 사내 혼자 산다고 했으니 방 한 칸은 내 줄 수 있겠는데?"

유르지크는 벌써부터 자신이 머물 방을 찾아 집을 이리저리 둘러보았다. 피부색이 짙은 그를 보고 당황한 강현은 담월에게 설명을 요구하는 시선을 보냈다.

"필요한 일이 있으면 말하라고 하셨었죠?"

"그거야 그랬지만…… 아니 대군마마까지 함께 이게 무슨…….'"

"늦은 밤에 미안합니다. 나라에 중요한 일이니 이자들을 잠시만 그대의 집에 머물게 해 주세요. 부탁입니다."

결이 나서서 부탁을 하자 강현은 당황하면서도 고개를 끄덕였다. 그는 사랑채를 쓰면 되겠다며 방을 정리하러 들어갔다.

"난 이만 들어가 보겠습니다. 형님 몰래 사신과 접촉하려면 며칠이 걸릴지도 모르니 서둘러야지요."

"조심해서 들어가세요."

"그대도 인정 전에 들어가세요. 밤이 늦었는데 데려다주지 못해서 미안합니다. ……그리고 이 일이 끝나면 저와 함께 나가기로 한 약속 잊지 마세요."

안방에 있는 이불을 가지러 나왔던 강현은 두 사람의 모습에 기이한 기분을 느꼈다. 연군지정이야 평범한 일 아니냐고 뱉었던 건 자신이었지만 두 사람에게선 단순한 사내 간의 정이 아닌 특별한 기류가 느껴졌다. 그는 기분 탓인가, 머리를 긁적이며 안방으로 들어갔다. 이 모든 상황을 유르지크는 재밌다는 듯 지켜보고 있었다.

담월은 우선 돌아간 후 이튿날 다시 강현의 집을 찾았다. 이른 아침부터 담월이 찾아오자 강현은 당황해서 서둘러 옷을 차려입었다.

"뭐야, 기별도 없이?"

"뭐 어때요, 동기간에. 대군마마께서 돈과 물건들을 좀 보내셨어요. 저들이 얼마나 머물지 모르니까요."

강현은 담월이 건넨 전낭을 받아 들었다. 꽤 많은 돈이 들어 있었다. 결이 돌려주면 안 받겠다고 했다는 말로 그녀는 머뭇거리는 강현에게 쐐기를 박았다.

"강 형 혼자 사시기는 적적하겠어요."

"뭐 그렇지. 그래도 사관 일을 하다 보면 보관할 문서가 많으니까 이 정도 크기는 되어야 해."

그녀는 강현이 사는 집을 쓱 둘러보았다. 어쩐지 지금 자신이 사는 집보다 더 편안하게 느껴졌다. 진짜 사람이 사는 살림집이어서 그럴까. 여인의 손이 닿은 것도 아닌데 집 주변이 정갈했다. 주인인 강현의 성격을 엿볼 수 있는 부분이었다.

"오, 친우가 왔나?"

담월의 말소리를 들은 듯 유르지크의 목소리와 함께 사랑방의 문이 열렸다. 담월은 고개를 갸웃했다. 분명 목소리는 유르지크였는데 그녀가 알던 그가 아니었다. 덥수룩한 수염을 깎고 머리를 잘 빗어 넘긴 그는 한껏 말끔한 차림이었다. 괜히 도성에 잘생긴 오랑캐의 왕자라 소문이 난 게 아닌 듯했다. 짙은 피부에 반짝이는 갈색 눈, 여진족 특유의 차림에 말을 제 몸처럼 부리는 모습이 딱 어울릴 쾌남이었다.

"하핫, 놀랐어? 우리 동네야 원래 수염을 기르긴 하지만, 분명 그때 차림을 기준으로 수색을 할 테니 싹 깎았지. 괜찮지 않아?"

"그러게요. 못 알아볼 뻔했습니다."

"다 좋은데 들어가서 얘기들 해. 누가 지나가다가 담 너머로 훔쳐볼지도 모르니까. 어찌 됐든 이 마을에 난 혼자 사는 걸로 알려져 있다고."

강현이 그들을 다시 사랑방으로 몰아넣었다. 방이 꽤 넓었다. 두 세 사람 정도는 편히 눕고도 남을 정도였다. 담월은 갓을 벗고 편히 앉았다.

"근데 저 수북한 사내는 도무지 어떻게 할 수가 없더라고. 세수를 시킨 게 고작이야. 유르지크에 대해서는 어제 본인에게 들었는데, 대체 저 사람은 누구지?"

멀끔해진 유르지크에 비해 그는 갈아입은 옷을 제외하고는 여전히 지저분한 몰골이었다. 그리고 여기서도 방구석 가장 어두운 곳에 처박혀 쪼그리고 앉아 있었다.

"저도 잘 모르겠어요. 그래도 분명 사정이 있는 사람일 테니까—."

"잘 돌봐 달라 이거지? 걱정 말라고. 그나저나 유르지크가 떠나면 저 사내는 꽤 남을 텐데, 일단 뭐라고 불러야 하나?"

"난 수염 형씨라고 불렀는데, 자네들도 그렇게 부르지 그래?"

"당신 몰골도 만만치 않았는데?"

"저 형씨는 처음 들어올 때부터 저 모양이었거든. 난 처음에는 멀쩡했다고!"

유르지크와 강현이 투닥거렸다. 고작 하룻밤 사이에 두 사람은 꽤 친해진 모양이었다. 강현도 결코 꽉 막힌 사람은 아니었으니까. 결론적으로 그에 대해서 수염 씨로 부르기로 합의한 두 사람을 보며 키득거리던 담월은 아직 사랑방에 남아 있는 강현의 책과 문방사우에 눈길이 갔다.

"저 여기 있는 거 구경해도 돼요?"

"뭐? 그러든가. 딱히 볼 건 없지만……."

담월은 바닥에 쌓여 있는 책들을 들춰 보다가 문득 선반 위에 놓여 있던 남색 상자에 시선을 뺏겼다. 이 허전한 방에서 유일하게 시선을 끄는 물건이었다. 그녀는 일어나 그 상자에 손을 뻗으려 했다. 그때,

"아, 잠깐! 그건—!"

"네? 앗!"

담월이 상자를 집으려던 걸 강현이 벌떡 일어나 막았다. 그 때문에 두 사람의 발이 엉켰다. 우당탕, 두 사람은 쌓여 있던 책 더미 사이로 요란하게 넘어졌다. 강현이 담월의 위로 넘어지면서 두 사람의 입술이 부딪쳤다. 때문에 강현은 화들짝 놀라 서둘러 몸을 일으켰다.

"아야야―. 말로 하지 왜 그러시는 거예요?"

담월은 바닥에 박은 뒷머리를 손으로 쓸며 몸을 일으켰다. 머리를 박은 아픔이 커서인지 강현과 입술이 스쳤다는 것은 모르는 눈치였다.

"어…… 어, 아니. 아냐. 미안하다. 미안……."

말까지 더듬으면서 미안하다고 하는 통에 담월은 수상쩍다는 눈빛으로 강현을 쳐다보았다. 그는 뒷덜미가 붉게 물들어선 서둘러 상자를 챙겼다.

"이건 이 봉교께서 잘 보관하라고 했던 물건이어서. 안방에 갖다 두고 올게."

강현은 아직 정신이 채 돌아오지 않은 얼굴로 후다닥 자리에서 일어났다. 그 모습에 유르지크가 씨익 웃었다.

안방으로 돌아온 강현은 상자를 한쪽에 내려놓고 자리에 털썩 주저앉았다. 누군가와 입맞춤을 처음 해본 것도 아닌데, 그것도 사내 녀석인데! 그 잠깐 사이에 닿은 입술이 왜 그리도 부드러운지, 단 향내가 나는지. 그 찰나의 스침이 어찌 그렇게 가슴을 뛰게 하는지. 강현은 한참 동안 뛰는 가슴을 가라앉히기 위해 심호흡을 하며 벽에 기대앉아 있었다.

"강 형, 저 이만 가려고 하는데요—."

밖에서 들려온 담월의 목소리에 그는 잠깐의 휴식도 허락받지 못하고 문밖으로 나섰다.

"뭐야, 벌써 가는 거냐? 조반이라도 들고 가지 않고……."

"사람이 이렇게 많은데 강 형이 번거롭잖습니까. 전 돌아갈 테니, 이 사람들 잘 좀 부탁드려요."

"그래. ……이 녀석들 일 아니라도 가끔 놀러 와라. 술이나 그런 것 안 권할 테니까…… 서책이나 예문관 얘기도 좀 하고."

강현의 제의에 담월은 알았다며 고개를 끄덕였다. 정말 아까의 입맞춤 아닌 입맞춤을 신경 쓰는 것은 자신뿐인 건가. 강현은 그런 것까지 신경이 쓰이는 자신이 한심해져 담월을 배웅하자마자 제 머리를 쥐어뜯었다. 방문을 열고 그 모습을 지켜보던 유르지크가 강현에게 물었다.

"너, 저 친구 좋아해?"

"유르지크!"

"어우, 왜 성을 내고 그래? 아까 실수로 입술 마주치고선 얼굴 빨개진 거 다 봤어."

"어찌 사내가 사내를 좋아한단 말이야?! 그, 그냥 당황해서 그런 거라고!"

아, 강현은 담월이 여자인 걸 모르나? 유르지크는 입을 다물었다. 담월이 여인인 걸 비밀로 해 달라고 한 그 범주에 강현도 포함인 모양이었다. 어지간히 신뢰하는 사람이라더니, 딱히 그런 것도 아니네. 꽤나 좋아하는 것 같은데 안됐군.

"뭐, 자네가 아니라면 아닌 거겠지—."

유르지크는 키들거리며 방문을 닫았다. 강현은 한숨을 푹 내쉬며 담월이 사라진 자리를 눈으로 쓸었다.

"내가…… 담원을 좋아한다고?"

그렇게 구체화된 말로 뱉으니 뱃속에서부터 화끈거림이 몰려왔다. 얼굴이 뜨거운 것이 여름이 되어 따가워진 아침 햇살 때문인지, 정말 속에서 무슨 열기가 흘러서인지 알 수가 없었다. 강현은 제 양 뺨을 손바닥으로 퍽퍽 때렸다. 강현, 정신 차려라! 도담원은 사내라고! 나랑 똑같이 고추 달린 사내!

담월은 초조하게 붓을 놀렸다. 그녀의 앞에는 무장을 한 여진의 사내들이 중희당의 내부를 살벌한 기세로 채우며 서 있었다. 그들과 대치한 익위사들의 등에서 긴장이 느껴졌다. 탄헌군은 턱을 괸 채 굉장히 불편하다는 심기를 감추지 않고 있었다.

"저하께서 약조한 시일이 벌써 열흘 넘게 흘렀습니다. 대체 내

조카의 유골은 어디 있는 것입니까!"

유르지크를 구해 온 지가 벌써 삼 일. 유르지크의 탈출을 알았는지 궁내 경비가 더욱 심해져서 결은 여진의 사신을 만나러 가지 못하고 있었다. 그래도 경원대군의 주영각에 직접적인 감시가 없는 것으로 봐선, 탄헌군은 그의 탈출이 결의 주도로 이뤄진 일이라는 것은 꿈에도 생각지 못한 듯했다.

"분명 그대들에게 내 의중을 전할 만큼 전했다고 생각했는데. 그것으로는 모자랐던가?"

"하, 기어코 피를 보길 원하신다는 말씀이오!"

중희당을 지키고 선 무장들이 앞으로 나서 칼 손잡이에 손을 얹었다. 일촉즉발의 태세였다. 담월은 불안한 눈으로 탄헌군의 옆자리를 흘낏 보았다. 원래 오늘 같이 번을 서기로 했던 강현의 자리가 비어 있었다. 아까 중희당에 들어오기 전, 그들은 달한과 여진의 사람들이 들어오는 것을 보았다. 무슨 사달이 나도 나겠다는 생각에 강현이 서둘러 경원대군과 유르지크를 데리러 간 것이었다. 하지만 강현의 집에서 궐까지는 꽤나 거리가 있었다.

제발 제 시간 내로 와야 할 텐데…… 하지만 지금 상황은 당장이라도 궐내에서 칼부림이 날 것 같은 분위기였다.

"경원대군 마마 드십니다!"

담월이 그토록 기다렸던 말이었다. 내관이 결의 입장을 알리자마자 그녀는 고개를 들었다. 모두의 긴장감이 당당하게 중희당으로 들어오는 경원대군에게로 쏟아졌다. 그 뒤를 따르는 유르지크에게도 마찬가지였다. 여진의 사신들은 지금 자신들이 보고 있는 바를 믿을 수 없다는 듯 눈을 부릅떴다.

"여ㅡ, 삼촌! 잘 지내셨어요? 칠 년 사이에 너무 폭삭 늙으셨는데?"

"유, 유르지크…… 살아 있었어……!"

좌중의 긴장은 순식간에 허물어졌다. 당장이라도 칼을 뽑을 것 같이 험악하게 굴던 이들이 눈에 눈물을 보이자 검에 손을 대고 있던 무관들은 머쓱하게 손잡이에서 손을 떼었다. 다들 탄헌군의 눈치를 보고 있는 중에 영의정이 용기를 내어 결에게 물었다.

"대군마마, 이게 대체 어떻게 된 일입니까?"

결은 영의정을 보고 미소를 지은 후 욱의 시선과 대면했다. 아우요 왕자가 아니었으면 당장이라도 목을 베어 버릴 것 같은 차디찬 시선이었지만 결은 결코 물러서지 않았다.

"세자 저하께서 특별히 제게 분부를 내리셨습니다. 유르지크를 귀양 보낸 지방의 관리가 일을 허술하게 한 것 같으니 직접 알아봐 달라고요. 가 봤더니 그 지방의 수령이 처음부터 유르지크의 감독을 허술하게 한 바, 전혀 다른 사람이 유르지크로 기록이 되어 있더군요. 마을 변방에서 혼자 살고 있던 것을 이제 막 데리고 온 참입니다."

결은 차분하게 미리 짜 놓은 거짓된 이야기를 늘어놓았지만

이 자리에 그것을 진실로 믿는 자는 아무도 없어 보였다. 이건 어디까지나 지금 이 나라의 조정을 이끄는 탄헌군을 위한 변명이었다.

"맞아요, 맞아. 저 왕자님께서 혼자 굶어죽을 뻔한 나를 구해주셨지! 그러니까 그만하고 여진으로 돌아갑시다, 삼촌."

달한은 결의 말이 못 미더운 눈치였지만 유르지크가 이렇게 말하니 뭐라 따지고 들 수가 없었다. 어찌 되었건 그들은 제일 목표로 했던 유르지크의 생환을 이루었다. 그러니 더 이상 문제를 일으킬 이유도 없었다. 그는 무릎을 꿇고 경원대군과 탄헌군에게 감사의 인사를 올렸다.

"우리 여진의 청을 좌시하지 않고 두 왕자 마마께서 이렇게 조카를 찾아준 데에 대하여 진심으로 감사드립니다."

달한의 인사는 두 사람을 향한 것처럼 보였지만, 누가 봐도 그것은 경원대군을 위한 것이었다. 그 순간, 하례를 받는 경원대군의 모습에서 무엇을 보았음일까. 화평을 주장하던 신하들을 중심으로 만세가 터져 나왔다.

"대군마마 만세! 만세! 만세!"

"세자 저하 만세! 만세! 만세!"

전쟁의 위험이 없어졌다는 것에 대한 기쁨의 만세였다. 전쟁을 주창하던 신하들도 어느새 그 대열에 합류했다. 탄헌의 이름도 물건 끼워 팔리듯 만세삼창과 함께 울렸다. 달한이 결에게 거듭 감사를 표하는 동안 탄헌군은 손짓으로 뒤에 시립해 있던 주원을 불렀다. 그는 욱에게 가까이 다가와 귀를 기울였다.

"주원, 대군의 뒤를 좇아라. 결이 유르지크를 빼돌렸다면 같은 곳에 있었던 그자도 함께 빼돌렸겠지. 샅샅이 뒤져서 결이 그자의 정체를 알아차리기 전에 데리고 와야 한다."

"만약 여의치 않으면 어떻게 할까요."

"그렇다면…… 죽여라. 아쉽지만 할 수 없지."

욱의 명령을 받은 주원이 뒷문으로 슬쩍 사라졌다. 좌중의 분위기가 정리된 가운데 결이 이만 물러나겠다며 욱에게 고개를 숙였다. 탄헌으로서는 그저 내리지도 않은 명을 잘 수행해 줘서 고맙다는 말을 전할 수 있을 뿐이었다. 자신에게서 고개를 돌려 밖으로 향하는 결에게서 욱은 아버지 형원의 얼굴을 보았다.

그래…… 너도 나와 같은 피를 이었었지. 영영 새끼 호랑이인 줄만 알았더니. 너를 만만히 본 것이 내 패인이구나.

그는 피가 통하지 않을 정도로 주먹을 세게 쥐었다. 무엇이 되었든 약간의 노력만으로도 욱이 성취한 모든 것을 가져갈 수 있는 자, 탄헌이 가장 아끼는 혈육이요, 유일한 형제인 그가 드디어 머리를 쳐들기 시작했다. 이것은 결코 예상치 못한 바가 아니었다. 그저 욱이 예상한 것보다 시일이 빨랐을 뿐이었다. 천하에 하나뿐인 옥좌를 두고서 두 사람은 싸울 수밖에 없는 운명이었으니까.

담월은 당당한 결의 뒷모습을 만족스럽게 지켜보았다. 주변의 신하들이 그를 찬양하면서 뒤따르는 모습이 보였다. 왕자로서 결의 모습은 어찌나 멋진지. 그리고 그를 도와 일을 성공했다는 뿌듯함이 담월의 가슴을 벅차게 만들었다.

그래, 이렇게 하면 되겠구나. 이렇게 나 담월의 자리를 대군마마께 만들면 되겠구나. 연심을 품은 여인으로서가 아니라, 그분의 가시는 길에 조금이라도 도움이 될 수 있는 신하가 되면 되겠구나. 그 길의 끝에 무엇이 있든, 결이 앞서 나가는 걸 보며 그 뒷모습으로도 충분히 만족할 수 있겠지. ……비록 남겨진 여인의 마음이 쓰라리더라도.

담월은 쓸쓸히 웃으며 오늘의 조회를 기록했다. 결이 유르지크를 데리고 들어오면서부터, 목소리와 걸음 하나하나, 이 관록 있는 조정의 대신들을 휘어잡았던 그 모습을 보고 느낀 그대로 적어 내렸다. 대리청정을 하는 세자 탄헌군의 말과 행동을 적어야 하는 사관이었지만, 오늘 그녀의 주인공은 경원대군 이결이었다.

중희당을 나선 그에게 좌의정 권율덕이 다가왔다. 그는 흡족한 미소를 띠고 있었다.

"대군마마. 참으로 잘하셨습니다."

"그렇습니까? 저는 조부께 크게 혼이 날 거라고 생각했는데요."

결의 목소리는 퉁명스러웠지만 율덕은 그에 아랑곳 않았다.

"실패하셨다면 그랬을지도 모릅니다만, 마마께서는 성공하셨으니까요. 솔직히 의외였습니다. 강무에 참석하지 말라는 소신의 말도 듣지 않으셨잖습니까?"

율덕의 말에는 다소의 비꼼이 있었지만 결은 여유롭게 그 말을 받아 냈다.

"자신이 믿는 바를 위해서는 스스로 뭔가를 해야 한다는 걸, 어떤 용기 있는 사람한테 배웠거든요."

결은 지금 자신의 뒷모습을 보고 있을 중희당 안의 담월을 떠올리며 말했다. 그녀가 아니었다면 그는 여전히 아무것도 변하지 않은 채 세상일에 나 몰라라 하고 있었을 것이다.

"강무는 그때 내가 참석하는 것이 꼭 필요하다고 생각해 나간 것입니다. 그리고 지금은 이 나라에 전쟁이 필요 없다고 여긴 것이고요."

물 흐르듯 이어지는 결의 말에 율덕은 입을 다물었다. 지난번의 일은 우연이 아니었단 말인가. 그의 외손자이자 그가 지지하는 왕자는 분명 성장해 있었다.

"그럼 이만 가 보겠습니다. 급하게 오느라 수업이 밀려서요."

결은 인사를 하고 율덕의 옆을 지나쳐 갔다. 이번 경원대군의 행동은 분명 그의 입지에 상당한 보탬이 될 터였다. 하지만 그가 점점 자신의 통제를 벗어나는 것은 신경이 쓰였다. 지금까지는 단순히 혈연으로 그를 묶어 왔지만 좀 더 그를 확실히 제 손아귀에 잡아둘 수단이 필요했다. 생각에 잠긴 율덕의 뒤로 각운이 다가왔다. 그들은 중회당 밖으로 걸음을 옮기다가 사람이 없는 한적한 곳에 멈췄다.

"대군마마가 세를 확장하는 데 힘을 쓰고 계시니, 우리도 좀 더 힘을 갖춰야겠지. 도담월에게 전해라, 신물을 찾는 데 속도를 더 붙이라고."

"열심히 찾아보고는 있다고 하는데, 지난번 먹을 찾은 이후로는 소식이 없다고 합니다. 좀 더 기다려 보시지요."

각운이 담월을 변호하자 율덕은 씩 웃으며 품 안에서 비단 주머니 하나를 꺼내 건넸다.

"마침 오늘 이것을 받았지. 몰래 빼돌리느라 힘을 꽤 썼다."

"……이것이 무엇입니까?"

각운은 주머니를 열어 그 안에 든 것을 꺼냈다. 그것은 낡은 열쇠였다.

"지금은 잠겨 있는 도규언의 집무실, 여산당의 열쇠다. 그 당시 규언에 관련된 모든 것들이 그곳에 봉인되어 있지. 하지만 걸쇠에 걸려 있는 자물쇠는 총 세 개. 의금부에서 깊숙이 보관하고 있던 하나는 찾았으나 두 개는 행방조차 묘연하지. 그 나머지는 담월에게 알아서 찾아보라 전해라."

"알겠습니다."

"서둘러 신물을 모아야 한다. ……일이 어떻게 될지 모르니 말이지."

각운은 열쇠를 다시 비단 주머니에 넣어 품에 보관했다. 그로서는 그녀가 가급적 신물을 늦게 찾기를, 그보다는 신물이 필요 없는 상황이 되기를 원했지만 이렇게 율덕이 나서는 이상 어쩔 도리가 없었다.

유르지크는 곧 떠났다. 탄헌군의 뒤통수를 치면서 빠져나온 것이니, 이 나라에 더 오래 머물다간 어떤 수작에 걸려들지 모르겠다는 판단에서였다. 담월은 결을 대신해 그를 배웅하러 나갔다. 몇 년 만에 집에 돌아가게 된 유르지크는 무척이나 신이 나 있었다. 담월은 그런 그가 부러웠다. 돌아갈 집과 가족이 있다니. 일을 잘 마무리하면 그녀에게도 그럴 기회가 주어질 거라는 생각을 하며 담월은 마음을 다잡았다. 유르지크가 아쉽다는 듯 인사를 건넸다.

"이대로 가면 다시 볼일은 없겠지?"

"그렇겠죠? 아마 다시 보는 일이 없는 것이 좋지 않을까요?"

"하핫, 그건 그래. 우리가 얼굴을 볼일이 있다면 그건 누구 하나는 목숨이 위험한 상황일 테니까 말이야. 그런 일은 없어야겠지."

두 사람은 화기애애하게 웃었다. 그 웃음의 끝에 유르지크는 지금껏 본 적 없는 진중한 얼굴로 담월에게 얘기했다.

"만약 그런 위험한 상황이면 북쪽으로 나를 찾아와. 목숨을 빚졌으니 담월 너는 내 친우이자 은인이다. 무슨 부탁이든 들어줄게. 그 빚을 갚기 위해서라면."

"알았어요. 기억하고 있을게요."

담월의 대답을 듣자 그는 다시 그녀가 알던 쾌활한 남자로 돌아왔다. 그는 이젠 정말 안녕이라며 그의 말에 올라탔다. 사신단이 유르지크를 기다리고 있었다. 그들에게로 말을 몰려던 그는 잊은 것이 생각난 듯 그녀를 향해 고개를 돌렸다.

"수염 형씨도 잘 부탁해. 그 사람에 대해서 아는 건 없지만 그래도 몇 년 같이 지낸 세월이 있다 보니 정이 들어서 말이지."

그 말을 마지막으로 그는 정말 담월의 옆을 떠나 사신단의 곁으로 말을 몰았다. 유르지크가 합류한 그들은 흙먼지를 일으키며 빠르게 도성을 빠져나가기 시작했다.

제4장
두 장의 예언

담월은 유르지크를 배웅하고 난 후 강현의 집에 들렀다. 그는 오전 당번이었기에 집에 없었다. 그녀는 안도하면서 대문 안으로 들어섰다.

일전에 실수로 입술을 부딪쳤던 이후로 강현을 보는 것이 조금 껄끄러웠다. 강 형도 그날 굉장히 당황한 것 같았고…… 그래도 엄밀히 말하면 사촌 오라버니인데 그런 것을 신경 쓰는 것도 우스운 것 같아 아무렇지 않은 척했더니, 강현도 더 이상은 신경 쓰지 않는 눈치긴 했다. 뭐 남자들끼리는 씨름하다 실수로 거시기도 만진다는데, 고작 입술 부빈 것 가지고 신경 쓰는 것도 웃기겠지? 괜히 이 집에 오니 그 기억이 다시 떠올라 담월은 고개를 휘휘 내저으며 생각을 떨쳤다.

"이봐요, 수염 씨. 안에 있어요?"

그래도 사내 혼자 있는 방을 들어가는 것이니 만큼 그녀는 그를 부르면서 강현의 사랑방에 들어갔다. 문을 열자마자 코를 찌르는 고약한 냄새가 났다. 담월은 코를 집게손가락으로 집었다. 강현이 귓속말로 저 사람 어떻게 목욕은 못 시키겠냐고 투덜거릴 만했다. 그녀도 도망 다닐 때 몇 달이고 못 씻었던 적이 있으니 익숙할 법도 했는데, 그새 좋은 생활에 길들여졌는지 눈살이 찌푸려졌다.

그러나 방에는 고약한 냄새만 가득할 뿐, 그 냄새의 근원일 수염 씨는 없었다. 그녀는 당황해서 그 작은 방 안을 이리저리 둘러보다가 밖으로 나왔다. 제정신도 아닌 사람이 대체 어딜 간 거지? 밖을 돌아다니다가 세자 부하들의 눈에 띄면 어쩌려고! 담월은 다급하게 밖으로 걸음을 옮기려고 했다.

"으어어…… 흐어어…… 그럴 리가 없어……."

담월은 대문을 나서려다 말고 멈춰 섰다. 이 집의 안방에서 수염 씨의 동물 울음소리 같은 소리가 들려왔다. 그녀는 서둘러 안방으로 다가가 문을 열었다.

"수염 씨? 여기 계세요?"

"흐어어…… 그럴 리가 없어…… 아버지는……."

벌컥 문을 열자 온통 엉망이 된 방 안에 수염 씨가 웅크린 채

벌벌 떨고 있었다. 유르지크의 말로는 고문의 후유증인지 발작을 일으킬 때가 있다고 했었다. 담월은 조심스럽게 그에게 다가갔다. 사람에게 해코지는 안 한다지만 제정신이 아닌 사람이었으니까.

"저기, 괜찮아요?"

담월의 목소리에 그가 천천히 고개를 들었다. 흐트러진 머리카락 속에서 안광이 번뜩이다가 잠잠해졌다. 그는 버림받은 개처럼 그녀에게 기어와 다리에 머리를 기댔다. 그녀는 한숨을 푹 쉬었다. 발작은 이제 다 가라앉은 모양이었다.

"큰일이네. 얼마나 더 여기 신세를 져야 할지도 모르는데……."

그녀는 자세를 낮춰 그의 머리카락을 슬슬 쓸어 정돈해 주변에 굴러다니던 끈으로 묶었다. 끈덕진 기름이 손에 묻었지만 그냥 산발로 두는 것보다는 훨씬 깔끔했다. 머리카락을 걷어 내자 드러난 얼굴은 온통 일그러져 있었다. 정말 심한 고문을 당한 듯했다. 괜히 괴물이라 소문이 난 게 아닐 정도로…… 그녀는 제게 꼭 붙어서 떨어질 줄을 모르는 사내를 얼러 사랑방으로 데려가려고 했지만 그는 움직이지 않았다.

"휴…… 일단 강 형이 오기 전에 좀 치워야겠다."

그녀는 수염 씨가 난리법석을 친 방을 하나씩 정돈하기 시작했다. 그동안 수염 씨는 그 자리에 가만히 웅크려 있었다. 그가 어지른 것들은 주로 서책들이었다. 마치 책을 보려던 것처럼 펼처 어질러져 있었다. 그 책 더미에서 그녀는 낯익은 상자를 발견했다. 그녀가 건드리자 강현이 놀라 벌떡 일어났던 그것이었다.

수염 씨의 발작에 상자도 떨어졌는지 뚜껑이 열려 있었다. 그리고 그 앞에는 상자에 담겨 있었던 것 같은 비단 주머니가 있었다.

"이게 뭐지?"

담월이 비단 주머니를 들어 올리자 그 안에 있던 열쇠 하나가 툭 떨어졌다. 입구에 아슬아슬하게 걸쳐 있었던 모양이었다. 바닥에 툭, 떨어진 것을 담월이 줍기도 전에 웅크려 있던 수염 씨가 네 발로 달려와 그것을 낚아챘다.

"앗, 안 돼요, 수염 씨! 주세요!"

담월이 그의 손을 붙잡고 그것을 빼내려 했지만 사내의 손을 펴게 하는 것은 힘든 일이었다. 몇 번 용을 쓰다가 포기하고 어쩌지? 고민하고 있자 수염 씨가 담월에게 가까이 다가왔다. 그리고 담월의 손목을 쥐었다. 순간 그녀의 온몸에 소름이 돋으며 온갖 생각이란 생각이 다 들었다. 아무리 그래도 이자는 사내요, 심지어 미친 인간인데! 뭘 믿고 단둘이 한방에 있었던 거지?!

"자, 잠깐만요! 수염 씨! 수염……씨?"

그는 담월의 손목을 잡고 그녀의 소매에 낚아챘던 그것을 넣어주고 손을 뗐다. 담월은 영문을 모르겠다는 얼굴로 소매에 들어온 그것을 꺼냈다. 열쇠였다. 낡은 열쇠에 비단 끈이 매여 있었다.

"이게 무슨 열쇠지?"

강현이 당황했었던 걸로 보아선 꽤 중요한 열쇠인 것 같았다. 그녀는 열쇠를 비단 주머니에 넣어 다시 상자 안에 놓았다. 하지만 수염 씨가 다시 달려와 잽싸게 비단 주머니를 낚아챘다. 그리고 다시 그녀의 소매에 쑤셔 넣었다.

"수염 씨! 이러지 말아요!"

하지만 소용없었다. 쳇바퀴를 돌 듯 몇 번을 똑같은 행동을 반복하자 담월은 지쳐 주저앉았다. 수염 씨는 그녀가 열쇠를 가져가기 전까진 포기하지 않을 모양이었다.

"할 수 없지…… 사정을 얘기하고 강 형한테 돌려줘야겠다."

그녀가 비단 주머니를 챙기자 수염 씨는 그제야 잠잠해졌다. 그녀는 마저 정리를 다 하고 안방을 나섰다. 그러자 수염 씨도 따라 나왔다. 혹시나 싶어 그녀가 사랑방으로 손짓을 하니 그는 말 잘 듣는 개처럼 엉거주춤 그 방으로 들어갔다. 이때다 싶어 안방에 들어가 열쇠를 두고 나오려고 했더니, 발걸음 소리로 그녀가 안방으로 향하는 걸 알았는지 수염 씨가 다시 쓱 얼굴을 비쳤다. 그녀는 하는 수 없이 대문 쪽으로 걸음을 옮겼다.

"수염 씨, 강 형이 오기 전까지는 나오시면 안 돼요. 알았죠?"

그녀는 걱정 어린 눈으로 일러둔 후 강현의 집을 나섰다. 오후부터 그녀가 당번이었기에 입궐을 준비해야 했다.

담월이 집에 돌아오자 소화가 맞이했다. 요새 부쩍 얼굴이 좋지 않아 걱정했는데 오늘은 화색을 띠고 있었다. 그것만으로도 집에 무슨 일이 생겼는지 담월은 짐작했다.

"주 좌랑이 온 거예요?"

"네. 담월을 기다리고 있으니 들어가 보세요."

각운은 심각한 표정으로 담월을 기다리고 있었다. 하긴 저 사람이 언제는 심각하지 않았던가.

"몸은 좀 괜찮은가 봅니다. 아침부터 돌아다닐 정도면."

"일이 좀 있었어요. 그러는 좌랑은 입궐도 안 하시고 여긴 무슨 일입니까?"

담월은 혹 꼬투리를 잡힐까 조금 퉁명스럽게 각운을 대했다. 각운은 바로 본론으로 들어갔다. 그는 제 품에서 좌의정이 준 비단 주머니를 꺼냈다.

"당시 도규언의 사건을 다룬 모든 것이 예문관의 여산당에 있다고 하더군요. 그 열쇠 중 하나입니다. 자물쇠가 총 세 개일 텐데, 나머지의 행방은 좌의정께서도 모른다고 하시더군요. 아마 관련자들이 하나씩 보관하고 있지 않을까 싶습니다."

담월은 주머니 속의 열쇠를 꺼냈다. 그녀가 강현의 집에서 가져온 그것과 크기도 생김새도 비슷했다. 또 하나의 열쇠를 갖고 있다는 걸 말해야 할까? 하지만 그걸 어디서 어떻게 얻었는지를 얘기하게 되면 유르지크와 수염 씨의 얘기까지 꺼내야 할지도 몰랐다. 유르지크의 일은 끝났지만 탄헌군의 뒤통수를 친 일이니 입조심을 하는 게 좋으리라.

"나머지는 제가 찾아볼게요."

그녀는 비단 주머니를 챙겼다. 강현의 집에 있던 열쇠가 여산당의 것이 맞다면 그녀가 찾아야 할 것은 하나였다. 신물도 신물이지만 그 당시의 자료가 전부 보관이 되어 있다니, 아버지의 일을 캐기에 더없이 좋은 기회였다. 왜 강 형에게 그 열쇠가 있었는지는 모르겠지만, 잠깐 빌려야겠는걸……. 그녀가 나머지 열쇠가 어디에 있을까 고민하고 있자 각운은 이만 입궐 준비를 하러 가야 한다며 일어섰다. 그는 문을 나서다가 돌아서 담월에게 당부했다.

"열쇠를 찾다가 힘이 필요하거든 말하시고…… 여산당에서 신물을 찾으면 반드시 내게 얘기하십시오. 아버님이나 다른 사람에게 먼저 얘기하지 말고. ……위험할지도 모르니까."

각운은 말끝을 흐렸다. 그의 걱정 어린 말에도 담월은 별말을 다 한다며 각운을 배웅했다.

"그 정도야 당연한 얘기죠. 어서 가 보세요."

대체 각운이 아니면 그런 얘길 누구한테 한단 말인가. 신물을 찾는 것에 대한 얘기는 결에게도 비밀이었다. 도규언의 일이 잘

못됐다면 그녀는 신물을 써서 역사를 바꿀 소원을 빌지도 모르니까. 그런 일을 이 나라의 왕자인 결에게 털어놓을 수는 없었다.

유르지크의 일이 끝난 후 결은 부쩍 멍하니 있는 시간이 많아졌다. 처음에는 날씨가 점점 나른해져서 그러려니 하던 소선은 결국 일침을 놓았다.

"여진의 일도 잘 해결하시고서 무슨 생각이 그렇게 많으십니까?"

"아. ……죄송합니다."

결이 사과를 했지만 소선은 영 마뜩찮다는 듯 책을 덮었다.

"더 이상 경서가 눈에 들어오지 않으실 것 같으니 오늘은 그만 하겠습니다. 무슨 고민이라도 있으신 게지요. 그 예문관 사관과 아직도 화해를 못 하신 겁니까?"

"아뇨. 그건 아닙니다. 소선께서 말씀하신 대로 진심으로 사과를 했더니 받아 주었습니다."

"그러면 대체 무엇이 문제신 겁니까?"

인자한 소선의 목소리에 결은 잠시 생각하다가 고민을 털어놓았다.

"……여인에 대한 고민입니다."

"호오, 여인이라. 대군마마답지 않은 고민이군요. 혜연 아씨에 대한 것입니까? 하긴 두 분의 혼례가 미뤄진 지도 꽤 됐지요. 이번에 전하께서 일어나셔서 이제야 두 분이 부부가 되나 했더니 또 쓰러지셨으니…….”

“아뇨, 혜연에 대한 얘기가 아닙니다.”

그 말에 소선은 심각한 얼굴이 되었다. 왕자의 신분으로 다른 여인을 마음에 품는 것이야 문제가 되진 않았다. 그러나 아직 본 혼례를 올리기 전이라면 구설수에 오를 수도 있었다. 딱히 여인에 관심도 없던 소년에게 혜연이 아닌 다른 여인이라니.

“처음에는 그저 제게 큰 은혜를 베푼 사람이었습니다. 하지만 알수록 그 처지가 안타깝고, 또 그 상황에 제가 마땅히 해 줄 수 있는 게 없어 속이 탑니다. 그녀에게 누구보다 힘이 되고 싶은데, 제가 아닌 다른 이를 믿고 신뢰하는 모습을 볼 때마다…… 제가 부족한 것 같아 견딜 수 없어집니다. 혜연을 아끼던 것과는 다른 기분이에요.”

“그분을 흠모하고 계시는군요.”

“……역시 그런 걸까요.”

“정 그러시다면 첩으로 들이시면 될 일이 아닙니까. 마마의 여인이라면 그 어떤 상황에 처해 있든 누가 감히…….”

“아뇨. 제가 왕자이기 때문에 더 불가해요. 그리고 그녀를 첩으로 맞고 싶지는 않습니다. 그렇게 제 마음대로만 휘두를 수는 없어요.”

대체 어떤 상황에 빠져 있는 이이기에 곁에게 이런 말을 하게 하는지. 설사 남의 여인이라도 바치라 명할 수 있는 이 나라의 왕자가 이런 말을 하다니 놀라운 일이었다. 곁의 그녀가 대역 죄인이기라도 한 것일까. 곁은 안타까운 미소를 지었다.

　"제가 할 수 있는 거라곤 그저 그녀를 마음에 두는 것밖에 없을 것 같네요."

　"아주 안 될 건 없지만, 그래도 신의는 중요한 것입니다. 혜연 아씨를 생각해서 천천히 마음을 접으십시오. 시간이 지나면 다 잊힐 것입니다."

　시간이 지나면 과연 잊힐까. 연모의 감정이 아니었을 때도 칠 년간 담월을 추억했던 곁이었다. 그 어린 시절 아련한 기억만으로도 마음에 피어나는 꽃송이들을 새기고, 적어준 한 글자를 매만지고, 사라지는 흰 옷자락들이 눈에 어른거렸는데.

　십 년이 지나도 그럴까. 밤마다 수줍은 미소를 띤 담월이 제게 걸어오는 꿈을 꾸고 있을까. 다른 여인의 손을 잡고 입에 턱턱 걸리는 연모의 말을 건네면서, 관복 속에 숨어 있던 그 가는 손목을 잡고 당신이 내게 도화를 피워 준 그대인가 물었던 그때를 떠올리고 있을까.

　내가 과연 그대를, 잊을 수 있을까.

　"하지만 스승님. 이 마음을 주체할 수가 없습니다. 아마 살아 있는 동안 영원히 그러지 않을까요. 그 사람이 제가 아닌 다른 사내를 마음에 둘까 두려워 잠을 잘 수가 없습니다."

대체 그 어떤 여인이 그를 이렇게 애타게 하는지. 소선은 어쩌면 그가 다시 공부를 시작한 것도 그 여인 때문이 아닐까 하는 생각이 들었다. 어떤 여인들은 소년을 사내로 만들곤 하니까.

"정히 그러시면, 진심이 통할 만한 곳에서 그 마음을 제대로 얘기하세요. 안 된다고 생각하는 건 마마의 생각이잖습니까? 직접 얘기해 보면 달라질지도 모르지요."

소선의 말에 결은 퍼뜩 생각나는 것이 있었다. 그는 소선에게 감사하다고 인사를 하고, 소선이 간 후 백지를 펴 편지를 적었다. 그리고 방 내관을 불러 그 편지를 담월에게 전하게 했다.

담월은 갑작스러운 전갈에 조금 놀랐다. 마마께서 도 검열에게 직접 전해야 한다고 신신당부를 하셔서 몇 시진을 기다렸습니다요. 내관은 확실히 전했으니 그만 가 보겠다며 담월에게 편지를 쥐여 주고 떠났다.

"대체 무슨 일이지?"

또 같이 나가자는 얘기를 하려는 건가 싶어 담월은 아무도 없는 곳으로 가서 편지를 열어 보았다.

'다음 보름에 소선당의 정원에서 뵙지요. 모시고 가고 싶은 곳이 있습니다.'

한섬은 걱정스러운 얼굴로 담월을 바라보았다. 담월은 빈 말로도 곱다는 소리 한 번 안 해 주냐며 그에게 핀잔을 주었다. 물론 곱기야 고왔다. 일전의 감빛 저고리 차림도 잘 어울렸지만 이번에 소화가 지은 조금 더 화려한 무늬의 자색 저고리와 연녹색 치마에 비할 바는 아니었다. 그야말로 작은 제비꽃과 같은 차림에 허리춤에 찬 향낭과 노리개까지 더하자 그 모습이 더할 나위 없이 어여뻤다. 하지만 한섬은 그것보다는 담월이 소선당에 간다는 사실이 신경 쓰였다.

"그럼 다녀올게요. 집 잘 지키고 있어 주세요."

담월은 쓰개치마를 쓰고 집을 나섰다. 저 멀리 사라지던 그녀의 뒷모습을 보던 한섬은 결국 소화에게 잠시 나갔다 오겠다고 말하고 그 뒤를 따라나섰다.

얼마 지나지 않아 담월은 조심스럽게 소선당의 문을 열었다. 한섬의 손에 이끌려 이 문을 나서던 때가 엊그제 같은데 벌써 그게 칠 년 전이라니. 이제는 제자를 받지 않는다는 것이 사실인지 소선당 안에는 사람이 없었다. 그동안 정체를 들킬지도 모른다는 생각에 이 앞으로 지나간 적도 없었다. 아마 결과의 약속이 아니었다면 끝내 오지 않았을지도 모른다.

"이 정자도 아직 그대로네."

약속 장소인 정자에 도착한 담월은 쓰개치마를 벗었다. 결의 모습은 보이지 않았다. 조금이라도 옛 추억을 더듬어 보고 싶어서 담월이 조금 일찍 나왔기 때문이었다.

"그땐 늘 여기 앉아서 글공부를 하곤 했는데."

그녀가 아니면 잘 찾지 않는 외진 정자였다. 어릴 적 그녀가 엎었던 먹물 자욱을 찾아낸 담월은 키득거리며 웃었다. 모든 것이 변했는데 이곳은 여전히 변한 것이 없었다.

그때, 담월이 등진 곳에서 누군가의 목소리가 들려왔다.

"거기 계신 게 누굽니까?"

귀에 익은 목소리였다. 낮고 부드러운 것이 다정함을 소리로 표현하자면 딱 그것이었다. 그녀는 그 목소리의 주인에게 글을 배운 적이 있었다. 소선은 그녀가 쓰개치마를 다시 뒤집어쓸 틈도 없이 정자로 다가왔다.

"처음 뵙는…… 아씨로군요. 소선당에는 무슨 일이십니까?"

소선의 시선이 담월의 얼굴을 훑었다. 분명 낮이 익은 얼굴이었다. 그녀는 당황하며 고개를 옆으로 제쳤다. 이렇게 여인의 얼굴을 빤히 보시는 분이 아니었는데……

"경원 대군마마와의 약속이 있어서 왔습니다."

"대군마마와?"

그 말에 소선은 더욱 눈을 동그랗게 뜨고 담월의 얼굴을 살폈다. 그러더니 어느 순간, 벼락을 맞은 것 같은 얼굴로 그녀에게 더욱 가까이 다가와 물었다.

"이름자가 어떻게 되십니까, 어느 집의 여인입니까?"

담월이 대답할 수 없는 질문뿐이었다. 이럴 줄 알았으면 각운에게 여인의 신분도 하나 만들어 달라고 할 것을. 하지만 그런다고 숨겨질 수 있는 것이 아니었다. 소선이 확신에 찬 목소리로 물었다.

"혹시 그대 아버님의 함자가 도규언이 아닙니까?"

더 이상 침묵으로 일관할 수 없는 물음이었다. 그녀는 고개를 바로 하고 조심스럽게 끄덕였다. 소선은 그녀의 어깨를 붙잡았다.

"……너였느냐. ……정말 너인 것이냐, 담월아."

"네, 스승님. 저 담월이옵니다."

경원대군이 말한 그녀가 칠 년 전 아버지의 죄로 인해 도망쳤던 도담월이라니. 소선으로서는 정말 상상도 하지 못했던 일이었다. 그들은 소선의 방으로 자리를 옮겨 이야기를 나눴다. 좌의정과 신물에 대한 얘기만 뺀, 결에게 얘기했던 그대로였다. 궁에 들어와 그간의 이야기를 들은 소선은 고개를 끄덕였다.

"그렇게 된 거였군. 분명 강무 때 널 봤었지. 그때는 설마 네가 남장을 하고 있을 거라곤 생각도 못 해서 그저 닮은 사람이라고만…… 그래, 마마께서 얘기하시던 예문관의 사관도, 그 여인도 너였구나."

어릴 적의 모습만 기억하던 소선에게 여인이 된 담월은 생경했다. 이렇게 여인으로 자라 경원대군과 그런 사연들이 있었다니. 결이 담월을 마음에 둔 것도, 또 욕심을 부리지 못하는 것도 이해가 갔다. 보아하니 담월도 결을 마음에 둔 눈치였다. 결과 있었던 일들을 얘기할 때마다 표정이 달랐다. 만약 이들에게 규언의 일이 없었다면 소선이 나서서 왕에게 이들의 인연을 이어 달라 했을 텐데. 참으로 안타까운 일이었다.

"규언의 일을 조사하러 궐에 들어갔더라…… 내게 왔으면 얘기를 해 줬을 텐데. 너무 빙 돌아갔구나."

"그 일의 내막을 아세요?"

"그래. ……그건 예언에 대한 얘기였다. 왕의 예언이었지."

두 장의 예언. 규언이 가짜 왕의 예언을 만들었다는 혐의로 처형되었다는 얘기에 담월은 몸을 떨었다.

"그럴 리가 없습니다! 아버지께서 가짜 예언이라니요!"

"그래, 나도 그렇게 생각한단다. 하지만 그때 전하는 대군마마를 세자로 만들려고 하셨으니까. 탄헌군 마마를 지지하던 규언이 가짜 예언을 올렸다면 그 파급이 엄청났을 걸 염려하신 거지. ……부모란 자식을 위해서는 그렇게 어리석어지기도 한단다."

담월의 가슴에 분한 마음이 차올랐다. 그녀가 결의 소원을 들어주어 왕을 살렸을 때, 그래도 그녀는 집안이 나라에 진 빚을 조금이나마 갚은 것이 아닐까 기뻐했었다. 하지만 그녀가 살린 것이 아버지에게 누명을 씌운 장본인이었다니……! 참담한 그녀의 표정을 살핀 소선이 좀 전부터 염려하던 바를 뱉었다.

"대군마마와 약속이 있다고 했었지. 아마 마마는 오늘 네게 연정을 고백하실 게다."

"그게⋯⋯무슨 말씀이신지⋯⋯."

담월은 당황해서 말을 흐렸다. 한 번 충격으로 쏠려 나간 생각을 다시 가다듬기도 전에 몰아친 소선의 말에 그녀는 머리가 어지러웠다. 결이 자신에게 연정이라니, 그는 그저 은인에게 다정할 뿐일 텐데.

"그리고 네게도 마마에 대한 마음이 어느 정도 있겠지. 아까 네 표정을 보고 알았다. 하지만, 규언은 경원대군을 왕으로 세우고자 한 전하에 의해 참수됐지 않느냐. 말하자면 그분의 존재가 네 집안에 닥친 불행의 원인인 셈이다. 넌 그런 마마의 마음을 받아들일 수 있겠느냐?"

그것이 결의 잘못은 아니지 않냐는 말이 담월의 목구멍에 걸렸다. 경원대군을 다음 대 왕위에 올리려는 왕의 과한 욕심이 아니었다면 벌어지지 않았을 일이니까.

그러나, 결의 잘못이 아니더라도 확실해진 것이 하나 있었다. 그는 담월의 아비를, 그녀의 인생을 송두리째 망가트린 자의 아들이라는 사실이었다. 담월이 차마 아무 말도 못 하고 입을 다물고 있자 소선이 한숨을 내쉬며 말을 이었다.

"개인적인 바람이라면, 네가 이제 원하던 진실을 찾았으니 그만 도성을 떠났으면 좋겠구나. 너도, 마마도 더 이상 마음을 다치지 않는 일은 그것뿐이라고 생각한다. 생활은 내가 돌봐 주마."

담월은 잠깐이나마 흔들렸다. 소선의 말대로 다 잊고 떠나 버린다면 그게 모두에게 좋은 결과를 불러올지도 몰랐다. 그녀에게도, 곁에게도.

하지만 그럴 순 없었다. 진실을 알았기에 더욱 그랬다. 좌의정의 약속과 어머니 때문이 아니라, 진실을 알았기에 물러설 수없었다. 소원을 빌어야 했다. 세 가지 신물을 찾아 그 어떤 대가를 치르더라도 역사를 바꿀 소원을 빌 것이라는 담월의 마음이 단단히 굳어져 갔다.

"스승님께서 제게 거짓을 말하실 리는 없지만…… 한 사람의 말만으로는 믿을 수가 없습니다."

그러기 위해선 당장이라도 도성을 떠나지 않을 이유가 필요했다. 이제 와 좌의정과의 거래를 털어놓을 수는 없었으니까. 소선은 담월의 말에 고개를 끄덕였다.

"그래. 직접 네 눈으로 자료를 보는 것이 믿기 쉽겠지."

그리고 그는 담월에게 잠시 기다리라고 말한 후 방을 나섰다가 다시 돌아왔다. 눈에 익은 비단 주머니와 함께였다.

"그 당시의 자료는 전부 여산당에 보관되어 있다. 자물쇠가세 개나 걸려 있지. 예문관과 의금부에서 하나씩 나눠 가지고, 전하께선 나머지 하나의 보관을 내게 맡기셨다. 나머지 두 개는⋯⋯."

"제가 갖고 있습니다. 열어 보겠어요."

담월의 말에 소선이 감탄을 뱉었다. 과연 아비의 일을 좇아 궐에 들어왔다고 할 만했다. 담월은 그 열쇠를 받아 품에 넣었다. 그때 밖에서 하인이 소선을 불렀다.

"대군마마께서 오셨습니다만, 어떤 여인을 찾고 계시던데요?"

"이만 가 봐야겠습니다. 다음에 다시 들를게요."

그래, 소선은 담월을 배웅했다. 좀 전까지만 해도 봄날의 꽃처럼 피었던 얼굴은 어디로 가고, 담월은 어느새 여름의 비 온 이튿날 굳어진 땅처럼 단단해진 얼굴을 하고 있었다. 소선은 그것이 못내 마음에 걸렸다.

"마마는 좋은 분이시다. 도 봉교의 일만 없었어도⋯⋯."

"알고 있습니다. 그랬으면 저와 마마가 이렇게 만날 일도 없었겠죠."

담월은 쓰게 웃으며 소선에게 인사를 올렸다. 밖으로 나가 약속 장소였던 정자에 도착하자 결이 그녀를 기다리고 있었다. 좀 전의 이야기를 들은 탓에 결의 얼굴을 보자 담월은 가슴이 답답했다. 결이 나를 좋아한다는데 결코 기뻐할 수가 없다니. 하지만 그녀는 애써 내색하지 않고 결에게 다가갔다.

"죄송해요. 간만에 이곳저곳 둘러보다가 늦었습니다."

"아닙니다. 그러면 정원도 잠시 들렀다 갈까요?"

"괜찮아요. 다음에 또 오면 되죠. 그런데…… 칼을 차고 오셨네요?"

결의 차림을 훑어보던 담월은 그가 허리춤에 차고 있는 검을 발견했다. 팔뚝 길이만 한 것으로 양반들이 흔히 호신용으로 들고 다니는 것이었다.

"아, 이거요. 호위도 없이 둘만 다니는데 담월이 위험하면 나라도 검을 들어야 하지 않을까 싶어서요. 무예 수련도 열심히 하는 중입니다."

"팔을 다친 지 얼마 되지도 않으셨잖아요."

가슴이 먹먹해도 걱정은 별개였다. 담월의 염려에 결은 다친 팔을 다른 손으로 짚으며 말했다.

"바로 그것 때문입니다. 지난번 강무에서 제가 다쳤을 때, 실수를 했던 몰이꾼이 형님의 손에 목숨을 잃었단 얘기를 들었거든요. 제가 범에게 덤볐을 때 처리를 했다면 형님도 과하게 손을 쓰시진 않았을 텐데…… 그게 계속 신경이 쓰여서요. 저 하나의 목숨에 수없이 많은 것들이 달려 있다는 걸 이제야 알았습니다."

결의 말에 담월은 말없이 고개를 끄덕이며 긍정했다. 그는 모르겠지만, 담월의 아버지 또한 결을 위해 희생된 자가 아닌가. 담월의 얼굴이 흐려진 것이 자신이 무거운 얘기를 한 탓이라고 생각했는지 결은 어서 가자며 먼저 움직였다.

마마는 오늘 네게 연정을 고백하실 게다, 소선의 그 말이 진실일까. 그 말을 듣게 된다면 어떻게 해야 할까. 벌써부터 마음도 머리도 복잡해져 왔다. 발이 차마 떨어지지 않았다. 그녀가 따라오지 않자 결이 뒤돌아 그녀를 불렀다.

"어서 가요, 그대에게 꼭 보여 주고 싶은 것이 있습니다."

하지만 자신을 향해 환하게 웃는 웃음을, 담월은 거부할 수 없었다. 그녀는 무거운 마음을 애써 떨쳐 버리고 결의 뒤를 따랐다.

소선당을 나서는 그들의 뒤를 한섬이 몰래 뒤따르기 시작했다. 한섬은 담월과 함께 있는 사내를 대번에 알아보았다. 한섬이 소선의 하인이던 시절 소선당을 찾은 어린 결을 본 적이 많았으니까. 어릴 적 모습 그대로 자랐기에 그가 경원대군 이결이라는 것을 아는 것은 어렵지 않았다. 그런데 왜 저 둘이 함께 다니는 것일까. 이런저런 생각으로 머리가 가득 찬 한섬은 자신의 뒤에 그들을 뒤따르는 누군가가 있다는 것을 눈치채지 못했다.

거기에 두 사람이 가는 길은 한섬에게 제법 익숙한 길이었기에 더욱 혼란스러웠다. 앞서 가던 담월도 그것을 눈치챘는지 걸음이 더뎌지고 있었다.

그것은 옛 담월의 집으로 가는 길이었다.

그 시간 강현은 도성 북촌의 한 곳을 헤매고 있었다. 평소에는 잘 오지 않는 곳이다 보니 어디가 어딘지 감을 잡을 수가 없었다. 길을 물으려고 해도 지체 높은 양반가만 가득한 동네라 그런지 거리에 지나다니는 사람 하나 찾기 어려웠다.

"이거 원, 수염 씨의 정체를 찾는 것보다 그 집이 어디 있는지 찾는 게 문제로군."

그는 자신의 집에 머물고 있는 수염 씨의 정체를 수소문하던 중이었다. 세자 탄헌군의 비리에 얽힌 인사일지도 모른다고 하니 사관으로서 계속 마음이 쓰이던 차였다. 자신의 이름자 하나도 기억 못 하는 그가 어떤 사람인지나 알아야 그 비리에 대해 알 수 있겠다 싶어 나선 길이었다. 그런 그에게 이 북촌에 어울리지 않는 낡은 저택이 눈에 들어왔다.

"여기가 바로 도씨 가문의 집인가……."

그는 낡아서 바닥에 떨어져 있는 명패를 주워 대문에 걸어 두었다. 집은 온통 폐허가 되어 있었다. 비구름으로 흐려진 날씨에 걸맞은 우중충함이었다. 그는 손에 쥔 찢어진 종이들과 도가의 문을 번갈아 보았다.

수염 씨는 계속해서 강현의 방에 들어와 서책을 어지럽히곤 했다. 날마다 벌어지는 일이라 깔끔한 그도 결국 포기하다시피 했는데, 어느 날 이상한 점을 발견했다. 서책의 몇 군데가 찢어져 있던 것이다. 사랑방으로 들어가 보니 그 찢어진 종이들이 바닥에 널려 있었다. 그 종이에 적혀 있던 것은 지금까지 예문 관 사관을 맡아 왔던 도씨 가문 사람들의 이름이었다.

수염 씨가 도규언의 난의 관련자인 걸까? 그렇다고 하기엔 강현도 저런 친척에 대해서는 들은 적이 없었다. 자신과 육촌 간인 도담원도 수염 씨를 보고 별다른 얘기를 하지도 않았고.

"거기에 이 집은 사람이 하나도 없어 보이니 누구 하나 물어 볼 사람도 없겠군. 심지어 문도 잠겨 있고…… 영 허탕이네."

강현은 돌아서 집을 향했다. 길의 꺾어지는 모퉁이로 들어가 려다가 그는 문득 고개를 돌렸다. 도가의 앞에 선 두 사람이 시 야의 끝에 들어왔다. 사내와 여인이었다. 사내는 익숙한 얼굴 이었다. 궁중에서의 복장이 아니었지만 그건 경원대군 이결이 었다. 그 옆에 있는 여인의 얼굴은 가려져서 잘 보이지 않았다. 그것만이라면 그가 걸음을 멈출 이유가 없었다.

"걸쇠를 따고 들어가잖아……? 경원대군이 여긴 왜?"

이미 폐허가 되어 흉가나 다름없는 집이었다. 설마 탄헌군처 럼 경원대군에게도 뒤가 구린 구석이 있는 건가. 강현은 미간을 찌푸리고 잠시 고민하다가 다시 도가의 문으로 향했다. 역사를 기록하는 것이야말로 사관의 일, 그것은 궁궐의 밖이라고 해도 예외는 없는 것이었다.

담월은 쭈뼛거리며 옛날 그녀의 집이었던 곳에 들어왔다. 언제나 깨끗하던 마당은 나뭇잎과 흙먼지가 가득했고 사람의 손이 닿지 않은 지 오래된 건물은 황폐해질 대로 황폐해져 있었다. 결은 그녀를 기다려 주겠다는 듯 가만히 서 있었다.

그녀는 천천히 도가의 내부를 둘러보았다. 저곳은 아버지가 계시던 사랑채. 들어가면 아버지께선 읽던 책도 덮으시고 담월을 맞아 그날그날의 얘기를 지겹지도 않은 듯 웃는 낯으로 들어주셨다. 때론 경서에 흥미를 보이는 담월을 무릎에 앉히고 조곤조곤 이야기를 들려주듯 경서의 해석을 들려주시기도 했었는데.

저 너머의 안채에서는 언제나 어머니의 밝은 목소리와 하인들의 활기찬 움직임이 가득했었다. 길쌈이며 옷 짓기, 수놓기는 자신 없어 하던 여인이었지만 그것을 뺀 나머지 집안의 일은 어찌나 야무지게 해내시던지. 도가를 찾은 손님들이 어머니의 음식 솜씨며 후원의 아름다운 화초들을 칭찬하는 것은 어린 그녀에게 큰 자랑거리였다.

그리고 오라버니, 담건은 낮에는 집에 붙어 있는 것을 보기 어려웠다. 경서보다는 내가 살아가고 있는 이 세상을 보고 싶다며 그는 언제나 밖으로 나돌아 다녔다. 뜻이 맞는 양반 사내들부터 저잣거리의 평민 아이들까지. 어머니를 닮아 유쾌하고 활기찬 그를 모두들 좋아했었다. 그러면서도 사람을 대하는 예의는 어긋나지는 않아 하인과 노비들도 밤늦게 들어오는 그를 위해 슬쩍 문을 열어 주고, 밤늦게까지 경서를 읽을 때는 간식을 밀어 넣어 줄 정도로 그를 아꼈다.

아씨, 도련님은 참 좋은 오라버니랍니다. 그들의 말에 그녀는 열심히 고개를 끄덕이곤 했다. 담건은 어린 그녀가 경서의 해석을 궁금해하는 것을 귀찮아하지 않았다. 오히려 쉽게 풀이한 해석에 곁들여 자신이 보고 들은 세상일을 재밌게 얘기해 주곤 했다. 그러다가 문득,

'이런 세상일들이 모여 하나의 흐름이 되고, 그게 바로 역사가 되는 거야. 담월아, 아버지께서 하는 건 그런 일이란다. 세상의 큰 흐름을 기록하는 거지.'

하면서 사관에 대한 꿈을 얘기하곤 했다. 그 별보다도 반짝이는 얼굴을 동경했던 기억이 났다.

하지만 지금 그 모든 것은 여기에 없다. 어두운 하늘과 싸늘한 바람이 어울리는 빈자리엔 가족들도, 그들이 노래하던 꿈과 희망도 사라졌다. 있는 것이라곤 오직 홀로 남은 담월뿐이었다. 그녀 혼자 이곳에 돌아와 무슨 의미가 있을까. 곱게 치장한 얼굴이 무색하게 눈물이 후두둑 떨어졌다. 멀리서 그녀를 보고 있던 결이 다가와 손수건을 꺼냈다. 그 흐르는 눈물을 직접 닦아 주려는 손을 담월은 밀어냈다.

"제게 이곳을 보여 주고 싶어 하셨던 이유가 뭐죠?"

웃음기 없는 담월의 얼굴에 결은 머뭇거리다가 입을 열었다.

그녀가 이렇게 굳은 얼굴을 할 거라고는 예상하지 못한 바였다.

"그대가 가장 그대다울 수 있는 곳에서 얘기하고 싶은 것이 있어서…… 사관 도담원이 아니라, 여인 도담월일 수 있는 곳에서 말입니다."

마당의 우물가에 바닥을 쓸 듯이 자라 있던 버드나무 가지가 요란하게 흩날렸다. 그 안에 숨어 있던 강현이 넘어지듯 주저앉은 탓이었다. 그는 자신이 지금 무슨 얘기를 들은 것인지 혼란스러웠다. 다행히 바람이 크게 불던 참이라 그는 담월과 결의 의심을 사지 않을 수 있었다. 하늘엔 짙게 비구름이 지고 빗방울이 조금씩 떨어지기 시작했다.

이때 도가의 대문 앞에서는 한창 실랑이가 벌어지고 있었다. 담월과 결의 뒤를 따라온 한섬, 그리고 한섬은 처음 보는 아가씨 사이에서의 작은 소요였다. 두 사람이 도가의 문을 열고 들어간 이후, 한섬은 그 앞에서 주저했다. 여기까지 오는 동안 두 사람은 다소 거리를 두긴 했지만 꽤나 다정했다. 때문에 저 안까지 들어가 두 사람의 얘기를 들어도 될지 확신이 서지 않았다. 그가 그 앞에서 보초를 서듯 머뭇거리고 있자 그의 뒤를 따라온 여인이 참지 못하고 그 안에 들어가려 했다.

"들어가시면 안 됩니다요—."

"안 된다니? 어차피 폐가인데 누가 있다고 못 들어가게 하는 것이야?"

잔뜩 표독스러워진 목소리에 한섬은 난처했다. 저 안의 두 사람을 방해해서는 안 될 것 같아 팔을 벌리고 한참을 막아섰더니, 그녀는 씩씩대다가 자신의 신분을 밝혔다.

"내 이름은 혜연, 방금 들어간 남녀 중 사내의 약혼녀다. 이제 알겠지? 난 들어가 봐야겠으니 제발 비켜 다오."

잔뜩 성이 났으면서도 그 눈은 곧이라도 울 것 같았다. 사내의 약혼녀라니, 그렇다면 대군마마의 왕자비가 될 몸이라는 건가? 한섬이 감히 막아설 수 있는 상대가 아니었다. 그녀는 한섬이 천천히 팔을 내리자 그 안으로 쌩하니 들어갔다.

"어쩌지…… 저 아씨에게 담월이 손찌검이라도 당하면……!"

돌아가는 정황을 정확히 알 수는 없었지만 혜연이라는 아가씨의 상태로 봐서는 능히 짐작할 수 있는 일이었다. 그는 길을 둘러보고 보는 사람이 없다는 것을 확인한 후 대문 안으로 들어갔다.

대문에서 벌어진 한섬과 혜연의 소란도 모른 채, 결과 담월은 자리를 옮겨 마저 얘기를 나누고 있었다. 도가의 후원에서 대나무 숲 속으로 깊이 들어간 곳에 있는, 담월이 쓰던 별당이었다. 그곳도 비바람에 낡아 온전한 제 모습이 아니었건만, 아버지가 좋아했던 대나무 숲은 여전히 울창한 모습을 자랑하고 있었다. 담월이 대숲에서 불어오는 바람을 쐬며 서 있자 결은 제게 등 돌린 여인에게 천천히 제 마음을 고백했다.

"처음에는 그저 닮았다고만 생각했습니다. 우리가 아주 어릴 적에 말입니다. 이 나라에서 여인의 굴레에 갇혀 있는 그대와, 왕자이지만 정해진 길 외에는 아무것도 할 수 없는 나의 모습이 비슷하다고 생각했죠. 하지만 그건 착각이었어요. 담월은 내게는 없는 용기가 있었죠. 자신에게 주어진 운명을 넘어서기 위한 용기요. 그 어린 나이에도 그 모습이 참 멋있다 생각했었습니다."

결은 그런 사람을 하나 더 알고 있었다. 어릴 적부터 언제나 자신에게 주어진 운명을 개척해 왔던 사람. 언제나 동경의 눈으로 바라보았던 그의 형님. 그는 담월과 욱이 닮아 있다고 생각했었다.

"다시 만났을 때도 그랬습니다. 내가 그 상황이었으면 자포자기하고 꿈조차 꾸지 않았을 텐데, 그대는 포기하지 않았어요. 남장을 하고 궐에 들어와 아무도 해내지 못한 일들을 했죠. 담월이 믿는 바를 위해서요. 그것만이었다면 난 그저 당신이 대단한 여인이구나, 하는 생각만 하고 말았을 거예요."

결은 담월에게 가까이 다가갔다. 하지만 담월은 고개를 돌리지 않았다. 여름 가랑비가 점차 떨어지는 빗방울을 더했다. 그 비에 마음이 젖어들 듯 결의 고백은 천천히 차올랐다.

"그러나 그대가 가는 길은 언제나 험난했죠. 결코 쉽지 않았어요. 그렇게 오해와 불신, 누명 때문에 힘들어할 때, 난 그대를 도와주고 싶었어요. 하지만 그럴 수 없었습니다."

자책이 가득한 말에 담월은 그제야 몸을 돌렸다. 그녀는 한껏 가까이 다가온 결에 당황하면서도 제 할 말을 또박또박 뱉었다.

"무슨 말씀이세요……. 대군마마께선 충분히 제 힘이 되어 주셨는데."

"아뇨. 난 내 힘으로 그대를 감옥에서 꺼내 주지도 못했고, 맹수의 위협에서 제대로 지켜 줄 수도 없었어요. 내가 힘이 있었다면, 더 강했더라면…… 그렇게 후회하면서 잠이 든 게 여러 밤입니다. 그래서 난 바뀌어야겠다고 생각했어요. 내 운명을 따르기만 하는 게 아니라 담월 그대처럼, 원하는 것을 위해서 변하기로 했죠. 공부도 무예도 다 그것을 위한 것이었습니다."

담월은 가까이 다가온 결의 눈에서 시선을 뗄 수 없었다. 그 애잔한 말에, 이 부드러운 눈빛에 사로잡힌 것 같았다. 도망치고 싶었지만 도망칠 수 없었다. 이 뒤에 올 말이 두렵고도 설레었다.

"지켜 주고 싶습니다. 내가 아직 많은 것이 미약하지만, 그 어깨에 진 짐을 내가 나눠 갖고 싶어요. 다른 사람에게 의지하지 말고, 내게 기대요. 그래 줬으면 좋겠습니다."

"……어째서 제게 이렇게까지 해 주시는 거죠?"

투둑투둑, 댓잎에 떨어지는 빗소리가 요란해졌다. 담월은 그 답을 알면서도 물었다. 심호흡을 하며 마지막 말을 준비하는 결을 보면서 그녀는 슬픈 표정을 지었다. 그녀는 그의 입에서 어떤 말이 나올지 알았다.

연모한다 하겠지, 은애한다 하겠지. 제 여인으로 만들어 지켜 주고 싶다고 하겠지. 감히 상상도 못 했던 말이었다. 아버지의 일만 생각하던 그녀는 사내의 앞에만 서면 계속 목적을 잊고 한낱 여인의 마음이 되어 버리곤 했다. 그런 사내에게서, 그토록 듣고 싶었지만 들을 수 있으리라 생각조차 안 해봤던 말. 혹시나— 하는 상상만으로도 마음이 설레 잠을 이룰 수 없던 말. 진실로 원했으나, 이제는 원치 않는 말.

아버지를 죽게 한 원인이 된 사람의 입에서는 결코, 듣고 싶지 않은 말.

그런 담월의 마음이 무색하게도, 결은 제 시선을 피하는 담월의 두 손을 잡고 매만졌다. 찬비에 젖은 손을 따뜻하게 쥐어 오는 그에게서, 담월은 더 이상 고개를 돌릴 수가 없었다. 손이 잡히는 것 하나만으로도 이렇게 마음이 따스하게 차오르는데…… 고인 것이 눈물인지 빗물인지 모를 담월의 눈이 결의 눈동자와 마주쳤다.

"그대를 연모합니다. 그대가 다른 이를 믿고 의지하면 부족한 나에 대한 자책보다 그 상대에 대한 질투가 앞서는 옹졸한 사내일 뿐이지만, 세상에 홀로 선 그대를 보면 내 모든 걸 버려서라도 그대를 지켜 주고 싶습니다. 그렇게, 그대가 나만이 지켜 줄 수 있고, 내 품에 오롯이 안긴 여인이었으면 좋겠습니다. 그래 줄 수는 없겠습니까?"

그녀는 아무 대답도 할 수 없었다. 그 어느 쪽을 말할 수 있을까. 나도 결을 마음에 품어 왔다고, 어쩌면 당신이 나를 연모하기 시작한 것보다 좀 더 일찍. 하지만 그보다 한참 전에, 우리는 혈육의 죄와 피로 얽혀 있는 사이라고.

그 어떤 말도 하지 못하고 담월이 묵묵히 서 있자 그것을 무언의 긍정으로 받아들인 결이 담월을 조심스럽게 끌어안았다. 가랑비에 젖어든 옷은 저들끼리 찰싹 달라붙었다. 차디찬 얇은 천과 천 사이로 몸이 따스하게 데워졌다. 두 사람의 마음이 서로 다른 열기로 벅차올랐다.

"정말, 내 모든 것을 다해 그대를 지켜 줄 것입니다."

결의 입술이 천천히 담월의 것으로 다가왔다. 그 언약에 마침표를 찍으려는 듯이. 찬 빗방울이 댓잎으로 떨어지는 요란한 소리 속에서도 그 목소리와, 긴장한 듯 떨리는 숨소리가 고스란히 들려왔다. 담월은 천천히 눈을 감았다.

혜연은 그 자리에서 털썩 주저앉았다. 결의 입술이 담월에게 다가가는 것을 본 후였다. 곁에 있던 한섬이 어이쿠, 하며 그녀의 팔을 잡았다. 괜찮으십니까? 묻기도 전에 혜연은 한섬의 손을 뿌리치고 자리에서 일어나 뒤도 돌아보지 않고 정신없이 대나무 숲을 빠져나갔다. 대나무에 부딪히든 말든 신경도 안 쓰는 눈치였다.

"아이고…… 저 아씨가 담월의 정체를 얘기하고 다니면 어쩐다—."

그는 결과 함께 있는 담월과, 혜연이 사라진 자리를 번갈아보다가 결심한 듯 대나무 숲을 빠져나갔다. 빗소리가 요란해 그들의 대화가 잘 들리진 않았지만 혹시나 모를 일이었다. 서둘러 대나무 숲을 빠져나갔지만 혜연은 이미 저만치 걸어가고 있었다. 한섬은 계속 뒤쫓아 갔다. 담월의 일을 실토할까 봐 염려된 것도 있었지만, 아까 혜연이 주저앉은 후 그 시체와 같이 창백해진 표정도 걱정이 되었다.

혜연은 도가의 문을 나서서 한참을 뛰듯이 걸었다. 평소 그녀답지 않은 행동이었다. 왕자비로 내정된 여인으로서 등 뒤에 불이 난다 해도 뛰지 않는 걸음걸이를 몇 년이고 교육받았는데, 마음에 천불이 난 것을 꺼트리기 위해서는 뛸 수밖에 없었다. 한참을 그렇게 달리던 혜연은 시냇가 다리에 다 와서야 걸음을 멈췄다. 따라오던 한섬도 그제야 멈춰 숨을 헉헉댔다. 한섬의 인기척을 느낀 혜연이 물었다.

"……저 여인이 너희 집 아씨냐."

"그렇습니다."

"어떤 사람이지? 권력에 욕심이 있는 양갓집 규수냐, 아니면 미모가 출중하고 교태로운 여인이냐?"

울음이 터져 나오지 않는 것이 이상한 목소리였다. 분명 까랑까랑하게 들릴 말의 끝들이 한풀 꺾여 있었다. 한섬은 세상에 홀로 선 듯 외로워 보이는 그 등이 참 가냘프다 생각하면서 답했다.

"아뇨, 그런 분이 아닙니다. 제가 칠 년간 봐 온 그분은 억울한 사람은 도와주지 않고는 못 배기고, 자신의 일로 폐를 끼치지 않으려 노력하는 분이지요. 따뜻하고 소박한 여인입니다. 모시는 사람의 입장으로서는 딱히 도와 드릴 수도, 힘이 되어 드릴 수도 없어 좀 허탈하지만요."

묵묵히 한섬의 말을 듣던 혜연은 참던 눈물을 흘렸다. 한섬의 말에 깃든 깊은 신뢰만으로도 혜연은 담월이 어떤 이인지, 왜 결이 그녀를 마음에 품었는지 이해했다. 괜히 결과 그 오랜 시간을 함께해 온 것이 아니었으니까. 그녀가 언급했던, 권력을 탐하고 미모를 자랑하는 여인이었다면 결은 눈길도 주지 않았으리라. 그런 여인이었으면 결의 한때 바람일 것이라 혜연은 웃으며 돌아갔을 것이다.

하지만 이미 벌써 담월은, 그녀는 결에게 지탱이 되는 여인으로 그의 마음에 우뚝 박힌 것이다. 그렇지 않으면 저 바탕이 진중한 소년이 그녀에게 다가갔을 리 없으니까.

빗물에 섞인 그녀의 울음소리에 한섬이 그녀에게 조금 다가갔다. 밝은 노랑의 저고리와 화려한 다홍색 치마가 빗물에 그

색이 어두워질 정도로 푹 젖어 가고 있었다. 저렇게 계속 비를 맞다간 고뿔이 크게 들 텐데, 그녀는 갖고 있는 쓰개치마조차 덮어 쓰지 않고 있었다.

"……그분께서 대군마마인 걸 압니다. 그러면 그 약혼녀인 아씨는 왕자비가 될 분이 아닙니까. 이런 데서 눈물을 보이시면 안 되지요."

한섬은 품에서 손수건을 꺼내 건넸다. 오래전 담월이 손수 만들어 준 것으로, 무척 낡았지만 늘 깨끗하게 빨고 다려 쓴 흔적이 있었다. 지저분하다고 처내진 않을까 했지만 혜연은 의외로 순순히 한섬이 내민 손수건을 받아 들었다. 그리고 그것으로 눈물을 찍어 냈다.

눈물을 닦으면서 혜연은 실없이 웃음이 나왔다. 이 얼마나 우스운 상황인지. 반평생 제 낭군이 될 거라 믿어 의심치 않았던 결은 다른 여인에게 연정을 고백하고, 자신은 그 여인의 하인에게 위로를 받고 있다니.

그녀의 삶은 결을 남편으로 맞이하기 위한 것, 그 이상도 이하도 아니었다. 물론 그녀도 이런 날이 올 것이라는 예상은 늘 해 왔다. 그녀를 교육하던 상궁이며 양반집 마님들이 늘 하던 소리니까.

"능력 있는 사내가 여러 여인을 취하는 것을 질투하는

것은 흉한 일이에요. 늘 마음의 준비를 단단히 하고 안주

인으로서 모범을 보여야 합니다, 혜연."

"괜찮으십니까?"

혜연은 괜찮다, 그렇게 말하려 돌아섰다. 손수건도 돌려주어

야 했으니까. 아랫것 앞에서 더한 추태를 보일 순 없었다. 하지

만 그 걱정 어린 눈이 자신만을 오롯이 담고 있는 모습을 보자

그녀는 결국 참았던 말을 뱉었다.

"······그는 내내 나의 것이었다. 이 나라가, 지엄한 전하께서

내게 주신 배필이었어. 내겐 그분이 운명이었다. 내 모든 것이

될 사람이었다. ─어째서, 너 같은 사내도 지금 나만을 걱정해

주는데, 결은 내게 왜 단 한 번도······."

한 번도 마음 곁을 내준 적 없이, 그대로 첫 마음을 다른 이에

게 준 남자. 그 어떤 때도 그녀가 첫 번째일 수는 없었던 그녀의

약혼자. 혜연은 결의 그 열렬한 시선을 받던 담월이 부러워 참

을 수가 없었다. 그녀는 다시 흐른 눈물을 닦아 내지도 않고 한

섬에게 손수건을 돌려주었다.

"가거라. 내가 너무 너를 오래 잡아 뒀구나. ······고맙다."

그렇게 말하면서도 혜연은 갈 생각이 없어 보였다. 저러다 영

영 가질 않으면 큰일이 날 텐데. 한섬은 조심스럽게 입을 열었

다.

"이렇게 비를 맞으셨는데 혼자 집까지 돌아가시면 고뿔이 크게 드십니다. 괜찮으시다면 제가 업어 모시겠습니다."

잘못하면 무례하다고 치도곤을 당할 수도 있는 말이었다. 평소의 혜연이라면 분명 거절했을 것이다. 하지만 빗물에 몸이 젖어 열이 오르는 탓일까, 아니면 큰 충격을 받아서일까. 그녀는 군말 없이 한섬의 등에 올라 쓰개치마를 깊게 덮어썼다. 어디로 가야 합니까, 아씨? 한섬은 작게 들려오는 목소리에 귀를 기울인 후 혜연의 집으로 걸음을 옮겼다. 비는 개기 시작했는데 왜 등이 더 젖어오는지 생각하지 않으려 애쓰면서.

혜연과 한섬이 떠난 자리에서, 결은 놀란 눈으로 담월을 보고 있었다. 그들의 입술이 흐르는 바람을 통해 그 온기를 느낄 수 있을 정도로 가까이 닿았을 때였다. 담월은 입술을 꾹 깨물고 결을 밀어냈다.

"죄송합니다. 소녀는 마마의 마음을 받을 수 없습니다."

거절을 예상하지 않은 바는 아니었다. 그들의 상황이 워낙 그러했으니까. 하지만 결은 담월이 제게 마음이 없어서라고 여기진 않았다.

"내 마음을 거절하는 게 그대의 여건 때문입니까? 아니면 내게 마음이 없어서 그런 것입니까?"

뱉을 수도 없는 한숨이 담월의 목구멍에 걸렸다. 그 숨을 삼

키자 속이 답답하게 뭉쳐 왔다. 여기서 마음이 있다 대답하면, 분명 그는 튀어 나가지 않고 그대로 부딪쳐 올 것이다. 사내와 여인이 서로 마음이 있는데, 그 무엇이 문제겠냐고. 그녀가 할 수 있는 말은 하나뿐이었다. 하고픈 말 그 모두를 마음속에 묶어 둔 채, 거짓을 말할 수밖에 없었다.

"원래의 저는, 사관으로 궁에 들어갈 예정이었습니다. 이 나라 최초의 여 사관이 되어 내실의 일을 기록하는 것에 몸을 바치는 것이 제 꿈이었습니다. 그러기 위해 어느 한 사내의 여인이 되는 것은 불가한 일. 생각조차 해 본 적 없는 일입니다."

진실이되, 마음을 벗겨 거짓이 된 말을.

"마마께서 제게 마음 써 주시는 것은 분명 감사한 일이고, 저 또한 마마를…… 좋게 생각하고 있습니다. 저를 그저 계집으로 보고 무시하지도 않으셨고, 늘 제 맹랑한 꿈을 응원해 주셨죠."

그것은 그녀의 아버지와 같았다. 누가 들어도 콧방귀를 뀔, 택도 없다 말 할 얘기들을 비웃지도, 그 가능성을 의심도 않고 들어 주었다. 아마 생에 다시없을 다정함이리라. 그런 사내의 연정을 제 손으로 잘라야 했다. 담월은 단호하게 말을 뱉었다.

"만약 마마께서 억지로 저를 취하겠다 하시면 저는 거절할 방도가 없습니다. 그리 하신다면 저도 어쩔 수 없겠지요."

"무슨 소립니까, 담월은 나를 그런 사내로 생각하는 겁니까? 그대가 원하지도 않는데 강제로 내 여인을 만들 사람으로요?"

결은 진심으로 화가 난 얼굴이었다. 담월은 그 얼굴에 지금이라도 미안하다, 진심이 아니었다 말하지 않기 위해 애를 썼다.

그래, 그렇겠지요. 당신은 부드럽고 다정한 사람이니까, 이렇게 말하면 차마 내게 다가오지 못하겠죠. 이렇게 나는 그대 마음을 잘라 내면서, 내 마음도 한 겹 한 겹 저며 내겠죠. 한 겹 마음조차 남지 않을 때까지요. 그리고 그 아픔은 당신도 아프게 만들겠죠.

"……저는 지금 한낱 계집이 되어서는 안 됩니다. 제 할 일은 그래서는 할 수 없으니까요."

결은 차마 더 화를 내지 못하고 고개를 숙였다. 그녀가 짊어지고 있는 짐을 알고 있었기에, 그는 납득할 수밖에 없었다. 자신에게 폐를 끼치고 싶지 않아서일까, 아니면 내게 그만한 힘이 없어서일까. 어느 쪽이든 자책할 수밖에 없었다. 그만큼 믿을 만한 사내로 보이지 못했다니. 담월은 꾸벅 인사를 올리고 별당을 빠져나갔다. 결은 그 뒷모습이 사라질 때까지 비를 맞으며 보고 있다가 한참 후에야 허탈한 얼굴로 도가를 나섰다.

경원대군까지 사라진 쓸쓸한 대숲 한구석에서 한 남자의 인영이 불쑥 튀어나왔다. 강현이었다. 그는 굵은 대나무를 겨우 잡고 서 있었다. 이걸 잡지 않으면 당장이라도 다리에 힘이 풀려 철퍼덕 주저앉을 것만 같았다. 그는 지금 너무나도 충격적인 일을 연속으로 겪어야 했다.

"원이가…… 도담월이었다니."

자신이 마음에 품은 이가 남자인 것이 나을까, 아니면 제 사촌누이인 것이 나을까. 그 어느 쪽도 나은 것은 없었다. 아니, 영영 사내인 줄 아는 것이 나았을지도 모른다. 그러면 이 차오르는 마음은 과한 우정이라 덮어 두고 막역지우를 나눴을 수 있을 것이다.

사내로서 도담원은, 뼈대가 가는 것이 남자 구실은 제대로 할까 싶은 인사였지만, 그 누구보다 강단이 있고 의기가 있는 자였다. 학문과 견문으로는 못지않은 적수요, 예문관의 사관으로서는 그 누구보다 믿을 만한 절개를 가지고 있었다. 그들은 나이를 떠나 좋은 친우가 되었을 것이다.

그러나 지금 이 모든 것이 무슨 소용일까. 그래도 담월이 자신을 특별한 지기로 여긴다는 것을 위안으로 삼았던 것이 아무 소용없어졌다. 모든 것이 거짓이었다. 그가 알던, 소중히 여기던 담원은 아무데도 없었다. 그리고 지금, 사내가 응당 마음에 품을 수 있는 여인이자, 강현은 사랑할 수 없는 여인 도담월이 있을 뿐이었다.

어디 가 소리 내어 한탄할 수도 없는 일에 강현은 대숲이 떠나가라 울부짖었다. 듣고 있는 것은 오직 내리는 비와 소스락거리는 잎사귀뿐인데도. 담월, 담월아. 내가 은애한 것이 너였구

나. 그는 그 말을 차마 입 밖에 낼 수 없었다.

도가에서의 고백 이후, 담월은 아무렇지 않은 듯 열심히 일을 했다. 시무룩한 모습을 곁에게 행여 보일까 봐, 애써 거짓말을 했다는 것을 들킬까 봐서였다. 그래도 기운이 없어 보이는 건 티가 날 수밖에 없는 모양이었다. 흐느적흐느적 서재를 정리하는 담월을 보던 유정이 책상 위에 엎어졌다.

"무슨 놈의 날씨가 해가 져도 이렇게 날이 더워?! 하아―, 원이도 기운이 없고, 현이도 며칠째 아프다고 입궐을 하지 않으니. 내 기력이 쭈욱 빠지네."

"잔사설하지 말고 어서 일이나 해, 유정. 현이야 곧 서책을 말리는 월례 행사가 있으니 어떻게든 털고 나오겠지."

"설 검열~ 너무하는 거 아냐? 현이가 사흘이나 안 나오는 바람에 그 녀석 번을 내가 다 뛰었다고!"

"그동안 네가 기방에서 술 먹고 쓰러진 걸 누가 집까지 다 날랐다고 생각해?"

태진이 핀잔을 주자 유정이 눈을 흘겼다.

"글쎄― 나와 동기동문인 설 검열이 아닐까?"

"내가 어떻게 네 덩치를 업어? 내 허리 부러질 일 있니?"

두 선배 검열이 전처럼 툭탁거리며 싸워도 담월은 웃음기 하나 흘리지 않았다. 전이었다면 계집애처럼 입을 손으로 가리고 쿡쿡대면서 웃었을 텐데. 괜히 민망해진 두 사람은 장난을 그만 두었다.

"원아, 너도 요새 어디 안 좋은 것 같은데. 이만 들어가렴. 나머지 정리는 우리가 할게."

태진이 걱정스레 그녀의 손에 들린 서책을 뺏어 들었다. 하지만 담월은 괜찮다며 고개를 저었다.

"강 형이 안 오시니까 저도 일이 늘어서 조금 힘든 것뿐이에요. 전 할 일이 좀 남았으니까 두 분 먼저 들어가세요."

"야~ 그러다가 너까지 쓰러지면 나랑 태진이랑 이 봉교님만 죽어난다고~."

유정이 핀잔을 주었지만 담월은 정말 괜찮다며 유정과 태진의 퇴궐을 독촉했다. 저렇게까지 말하니 괜찮은 거겠지, 태진이 탐탁찮은 표정의 유정을 끌고 퇴근을 준비했다. 두 사람이 예문관의 문을 탁 소리 나게 닫고 나가고, 두런두런 말소리가 저 멀리까지 사라지자 담월은 자리에서 일어났다.

그녀는 예문관 밖으로 나왔다. 하절기가 되어 부쩍 낮이 길었기에 이 시간에도 하늘은 아직 옅은 쪽빛이었다. 구름 한 점 없이 맑은 하늘에 별들이 반짝이고, 낮 내내 지면을 달궜던 열기를 달래러 밤바람이 고요히 불었다. 긴장한 담월의 식은땀도 싸늘하게 말라 갔다.

그녀는 여산당 앞에 섰다. 아버지 도규언의 집무실이자 그 사건의 모든 자료가 보관되어 있다는 그곳. 신물이 있을 가능성이 가장 높다 점쳐지는 그곳은 세 개의 자물쇠로 굳게 잠긴 걸쇠가 걸려 있었다. 걸쇠를 따지 않고 함부로 들어갔다간 누군가 들어간 흔적이 빤히 보일 터였다. 하지만 그녀에게는 그 세 가지 열쇠가 전부 있었다. 담월은 품에서 열쇠를 꺼내 하나씩 자물쇠에 맞춰 보았다.

"강 형이 안 와서 다들 늦게까지 일하는 바람에 오늘에서야 열게 됐네. 정말 여기에 신물이 있을까……."

찰칵. 찰칵. 찰칵. 몇 번을 돌려 맞춰본 후 담월은 맞는 짝을 찾아 자물쇠를 열었다. 자물쇠를 빼고 그녀는 빗장을 열었다. 덜컥, 빗장을 열자마자 오랜 세월 닫혀 왔던 문이 그녀를 맞이하듯 열렸다. 담월은 불빛 하나 없는 여산당의 어둠 안으로 천천히 걸음을 옮겼다.

소선의 말대로였다. 담월이 찾아 헤매던 규언의 일에 대한 모든 것이 바로 코앞에 있었다니. 착잡하고도 허탈한 마음으로 그녀는 가까이에 있는 문서를 집어 들었다.

"왕의 예언을 조작하려 한 죄로 도규언과 그의 식솔들을 처형하며…… 두 장의 예언에 대한 내용은 정국을 혼란에 빠트릴 수 있으니, 국문에 참여한 이들에게 이를 비밀에 붙일 것을 명한다…… 특히 예언의 내용이 두 왕자의 귀에 들어가지 않도록 말단 관원에게까지 신경을 써야 할 것이다……."

그것은 규언의 처벌에 대해 봉교 이문직이 남긴 그날의 기록이었다. 문서로 남겨 엄중히 비밀에 붙였으니 곁이 이 내용을 모르고 있던 것도 이해가 갔다. 담월은 그 국문 일지를 내려놓았다. 그리고 창호지 너머로 스며들어 오는 옅은 달빛에 의지해 자료의 산을 헤매고 다녔다. 소선의 말대로라면 이곳에 이 모든 문제의 근원인 예언부가 있어야 했다. 그녀의 아비를 죽음으로 몰고 간 두 장의 예언이.

"찾았다……."

그녀는 그 문서의 산에서 하나의 상자를 발견했다. 온통 종이와 종이, 그리고 종이밖에 없는 이곳에 유일하게 홀로 화려함을 뽐내는 함이었다. 그녀는 이 함을 규언의 방에서 본 적이 있었다. 칠 년 전 그때에 비하면 그 화려함은 빛을 바랬지만, 그녀는 그 상자를 알아보았다.

담월은 서둘러 그 함을 열어 보았다. 가장 위에 붉고 푸른 비단 주머니가 놓여 있었다. 길고 가는 것을 넣어 둔 모양이었다. 그 안의 내용물을 꺼내자 푸른 붓대와 붉은 모필을 지닌, 규언이 왕의 예언을 내릴 때만 사용하던 붓이 나왔다.

"세상에…… 역시 여기 있었구나. 아버지의 신물인 붓!"

규언이 이 함에 정리를 해 둔 것인지, 아니면 함을 몰수한 이들이 신물을 알아보지 못해 여기 있는 것인지는 몰랐다. 그녀는 붓을 품에 넣은 후 다시 그 아래에 있는 말려 있는 화선지들을 꺼냈다. 그녀는 그중 몇 장을 펴들었다.

"이거다. 두 장의 왕의 예언……!"

늦되어 자란 덩굴이 먼저 자란 자목련을 타고 올라
궐의 대들보 위에 오르리라.

북악산 중턱에서 웃자란 금송(金松)이 나라의 터전
에 드리울 그늘을 펴리라.

그녀는 곧바로 예언의 내용을 파악했다. 앞의 것이 경원대군
이결의 예언, 뒤의 것이 탄헌군 이욱의 예언이었다. 그녀가 모
든 일의 발단인 예언부를 찾아냈을 때, 분명 닫고 들어온 여산
당의 문이 덜컹, 소리를 내며 열렸다. 그녀는 소스라치게 놀랐
다. 분명 며칠이나 입궐하지 않았던 강현이 거기 서 있었다. 큰
병을 앓은 건지 무척이나 해쓱한 얼굴이었다.

"내가 이럴 줄 알았지. 문득 이상한 느낌이 들어서 상자를 봤
더니 열쇠가 없더라고. 대체 어디까지 나를 기만할 생각인 거
냐, 넌?"

그의 말은 싸늘했다. 마치 처음 그녀를 봤을 때 강현을 보는
것 같았다.

"가, 강 형……."

담월이 어찌할 바를 모르고 엉거주춤 일어섰다. 대체 어떤 변명을 해야 할지 몰랐다.

"날 형이라고 부르는 것도 이제 그만둬. ……다 알고 있으니까."

담월은 입술을 꼭 깨물었다. 대체, 무엇을? 두서없는 강현의 말에 담월은 골목에 몰린 작은 짐승처럼 몸을 떨었다. 설마 강현이 버티고 선 문 뒤에 의금부의 관군들이 있는 건 아닐까. 극비에 감춰진 문서를 빼돌리기 위해 자신의 열쇠를 훔친 범인이 여기 있다고.

체념한 눈빛으로 싸늘하게 담월을 내려다보던 강현은 깊게 한숨을 쉬었다. 그토록 냉정해지자 다짐했는데도 소용이 없었다. 아직도 저 눈이, 나를 봐 주길 원하고 있다니. 가슴에서 스며 나오는 슬픔에 강현의 목소리가 한결 누그러졌다.

"다 알고 있다고. 그러니까 더 이상 숨기지 마. ……제발."

"무, 무엇을 말입니까?"

"네가 여인이고, 도규언의 딸이자 내 사촌누이인 도담월인 것. 이미 다 알고 있다고."

담월의 손에서 예언부가 스르륵 빠져나갔다. 팔랑팔랑—, 떨어지는 종잇장을 따라 고개를 숙인 강현은 그녀에게 다가와 예언부를 주워 그녀의 손에 쥐여 주었다. 그리고 그 손을 꽉 쥐고, 뭐라 말을 꺼내지 못하는 그녀와 눈을 마주쳤다.

"말했잖아. 네 편이 되어 줄 거라고. 그러니까 얘기해 줘, 너에 대한 모든 것을. 왜 남장을 하고 다른 이름을 가지고 예문관에 들어왔는지. 어째서 의금부가 걸어 잠근 여산당의 문을 열고 여기에 있는지까지 말야."

그의 말은 무척 필사적이었다. 순간적으로 공황상태에 빠졌던 담월마저 그 말에 흔들릴 정도였다.

"강 형⋯⋯."

"난 알아야겠어. 내겐 정말⋯⋯ 중요한 일이다. 그러니 인정해 줘, 네가 도담월이라는 걸."

담월은 고개 숙인 강현에게서 영문 모를 애절함을 읽었다. 그 애걸에 그녀는 제 손을 잡은 강현의 손에 다른 손을 얹었다.

"네. 제가 강 형, 아니 현이 오라버니의 사촌 누이인 담월이에요. 그동안 속여서 죄송했습니다."

"─그래. 진짜구나. ⋯⋯진짜야."

허탈한 강현의 목소리가 여산당을 울렸다. 하지만 그는 담월의 손을 놓지 않았다. 탐할 수 없는 여인임을 알았어도 닿은 손에 가슴이 뛰고, 담월이 얹은 손에선 온기가 흘렀다. 달라지는 건 아무것도 없었다. 이토록 가까워도 그에게 담월은 닿을 수 없이 멀게만 느껴질 뿐이었다. 그는 애써 태연한 척 콧방귀를 뀌었다.

"흥, 그래 봤자 달라지는 건 없어. 넌 예문관 사관으로서 내

동료고, 그저…… 거기에 동기간이라는 사실만 더해졌을 뿐이
잖아."

그저 그뿐이야, 평이한 말인데도 강현은 입이 썼다. 소태를
한 사발 들이켠 것 같았다. 그런데도 제 앞의 담월은 그 말에 감
동이라도 했는지 제게 배시시 웃어 보여서, 그래서 그는 마음이
더 아팠다.

담월은 강현에게 그녀가 처한 상황에 대해 털어놓았다. 혹시
몰라 좌의정과 신물에 대한 얘기는 빼놓은 채였다. 두 사람은
가운 데 두 장의 예언부를 놓고 마주 앉았다.

"두 장의 예언이라…… 확실히 수상하네. 예문관의 몰락이
어떤 작자의 놀음이라면 가만둘 수 없는 문제야."

한 번 벌어진 일이 또다시 일어나지 말라는 법은 없었다. 이
일을 방조하면 언제 또 예문관이 정계의 손아귀에 놀아날지 몰
랐다. 강현은 심각한 얼굴로 두 예언부를 살폈지만 그는 도통
두 개의 차이를 알 수가 없었다.

"두 장 중 어느 쪽이 진짜 예언인지 알 수 있어? 필체는 거의
같아 보이는데."

"이쪽이 신물로 쓰인 예언이에요."

담월이 경원대군의 예언부를 짚었다. 정말 결이 왕의 예언을
받았구나, 그리고 그런 정치적 사정 때문에 아버지가 희생됐구
나. 담월의 얼굴은 도통 밝아질 줄을 몰랐다.

"그럼 다른 쪽은 확실하게 가짜인 거야?"

"네. 만약 아버지께서 진정 가짜 예언을 만들려고 하셨다면 그것에도 신물을 쓰셨을 거예요. 다른 누군가의 소행이 틀림없어요. 탄헌군 마마께서 가짜 예언을 만든 걸까요?"

"아니, 그랬으면 바꿔치기를 했겠지. 두 장을 남겨 일부러 분란을 일으킬 리가 없어. 아마 경원대군 쪽의 짓이겠지."

"하지만 대군마마는 그럴 분이 아니에요."

담월이 단호하게 결의 편을 들었다. 강현은 잠시 멈칫했지만 그녀에게 자신의 견해를 늘어놓았다.

"나도 알아. 하지만 그분을 지지하는 사람들은 충분히 그러고도 남지. 생각해 봐. 왕은 경원대군을 지지했잖아. 하지만 대군은 당시에 몸도 약했고 중전의 소생인 것과 좌의정의 세력을 제외하면 무엇 하나 탄헌군보다 뛰어난 게 없었어. 그런데 도봉교가 원래의 예언 대신 탄헌군이 왕이 된다 가짜 예언을 만들었다면? 감히 하늘의 뜻을 거스른 짓을 한 거지. 예언가로서 네 아버님의 위세는 절대적이었잖아. 탄헌군을 지지하는 기반 중 하나를 쳐내고, 보위를 이어야 하는 건 경원대군이다라고 주장하기 쉽게 만든 거야. 왕의 편애를 이용한 거지."

담월은 소선의 말을 떠올렸다. 철혈의 군주도 더 아픈 손가락이 있는 아버지일 뿐이었다는 말을.

"내 생각엔 이 정도의 일을 벌일 경원대군의 사람은 하나뿐이야. 좌상 대감이지. 젠장, 역시 그 일당은 마음에 안 든다니까!"

강현이 으르렁댔다. 좌의정 권율덕과 이조 좌랑 주각운을 떠올리는 것이 분명했다. 담월은 그런 강현을 보며 고민했다. 강현에게라면 좌의정의 요구와 신물에 대해서 얘기해도 되지 않을까? 그는 그녀에게 하나뿐인 가족이었고, 같은 예문관의 사관이었다. 그러면 신물을 모아 역사를 바꾸려 하는 그녀의 발칙한 소원을 이해할지도 몰랐다.

"사실 저, 말씀 안 드린 얘기가 남아 있어요."

그녀는 고민 끝에 입을 열었다. 정말 어떻게 궐에 들어오게 됐는지, 좌의정이 신물을 대가로 무엇을 걸었는지. 그리고, 그녀가 그 신물을 모아 율덕에게 주는 대신 무엇을 하려고 하는지에 대해서…… 굳어 가는 강현의 표정을 보며 그녀는 큰 꾸지람을 받을 각오를 했다. 아무리 그래도 그 역시 사관. 역사는 이미 정해진 바이니 바꿀 꿈을 꿔서는 안 된다는 말을 할까.

하지만 담월의 말이 끝나고 강현은 오히려 덤덤했다.

"나를 믿고 얘기해 줘서, 고맙다."

"그야 강 형은, 아니 오라버니는 제 곁에 있는 유일한 가족이니까요. 이 얘기는 한섬을 빼곤 누구에게도 한 적 없어요."

"―대군마마께도?"

담월이 고개를 끄덕였다. 그래, 그렇구나. 그 말에는 아련함이 묻어났다. 담월이 사내인 줄로만 알던 시절, 그에게 특별해지기를 원했던 강현의 마음에 아릿한 충족감이 찼다. 담월의 곁에 있는 유일한 혈육, 그것은 감히 그 누가 빼앗을 수 없는 강현만의 특별한 지위였다.

"우선 오늘은 이만 나가자. 그 예언부들은 어떻게 할 거야?"

"누가 들어오지는 않겠지만 일단 있던 자리에 두고 가야겠죠. 잠시만 기다려 주세요."

담월은 예언부를 돌돌 말아 원래 있던 상자에 넣었다. 함을 닫던 그녀는 수많은 예언부들 사이에서 자신의 이름을 발견했다. 담월(炎月). 그녀는 홀린 듯 그 예언부를 집어 들었다. 자신의 이름이 적혀 있는 것으로 보아선 규언이 쓴 담월에 대한 예언인 듯했다. 그녀는 무척 오래된 듯한 예언부를 조심스럽게 펼쳐 보았다.

하늘을 보고 피어날 붉은 꽃의 싹이 트니, 이내 북궐
(北闕)에서 피어나리라.

소녀가 자신의 운명과 마주하는 순간이었다.

그날 이후 담월과 강현은 시간이 날 때마다 여산당에 들어가 그동안 감춰져 왔던 낡은 문서들을 샅샅이 뒤졌다. 강현은 그중에서 한 권을 살피다가 담월에게 이것 좀 보라며 들이밀었다.

"마지막 신물에 대한 실마리라도 있는 거예요?"

"아니, 하지만 왜 너희 집에 갑자기 군관들이 들이닥쳤는지에 대한 이유를 찾았어. 승정원이 기록한 내용이야."

담월은 떨리는 손으로 강현이 내민 서책을 받아 들었다. 왕명의 출납을 담당하는 승정원에서 그날 왕과 좌의정의 대화를 기록한 내용이었다.

"운이 너무 나빴어. 왕의 예언이 내린 날 네가 소원을 빈 것이 겹쳤다니. 하루에 두 번 번개가 쳤으니 의심이 갈 법도 하지. ……근데 설마 진짜로 왕의 예언을 바꾼 건 아니지?"

강현의 말에 담월이 정색하며 소리쳤다.

"그럴 리가요! 강 형도 어머님이 도가의 여인이니 잘 아실 것 아닙니까? 소원에는 한계가 있어요."

"우리 어머니는 도가의 여인 중에서도 특히 소원의 힘이 약하신 편이었으니까. 그나마도 나를 낳고는 그 힘을 거의 다 잃어버리셨어. 아이를 낳으면 그 힘이 약해진다더군. 때문에 어머니는 내가 성인이 되기도 전에 돌아가셨지."

아마 우리 집과 너희 집이 왕래가 드물었던 게 그 때문이었을 거야. 강현은 무덤덤하게 말했지만 담월은 숙연해졌다. 고모가 돌아가신 건 담월도 무척 어릴 적이었다. 서신으로만 전해 들은 그녀의 죽음이 이제 와 크게 다가왔다. 아마 강현이 그만큼 담월에게 소중한 이가 되었기 때문이리라. 시무룩한 담월의 얼굴을 보던 그가 담월의 머리를 툭 쳤다.

"그런 표정 하지 마, 대체 언제 적 얘길 가지고……."

아, 강현은 풀 죽은 담월의 얼굴에서 낯익은 얼굴을 보았다. 언제나 병상에 누워 그를 걱정하던 어머니의 걱정 어린 얼굴이 담월과 겹쳐 보였다. 고모와 조카딸 사이니 당연한 건가. 그는 쓸쓸히 웃다가 화제를 다시 소원의 힘으로 돌렸다.

"내가 어릴 때 듣기론, 담월이 네가 역대 도가의 여인 중 가장 큰 힘을 타고 태어났다고 했어. 너라면 가능하지 않을까?"

강현의 물음에 담월은 고개를 가로저었다.

"작은 예언이면 모를까, 그런 큰 예언을 바꾸려면 목숨을 내놔야 할 겁니다. 그나저나 정말 아버지를 모함한 게 좌의정이었다니, 그러고도 잘도 저한테 거래를 제의했군요……!"

"일단 두 번째 신물을 찾았다는 얘기는 감추는 게 좋겠어. 어차피 좌의정이 준 열쇠는 하나였다며? 그자들이 대체 신물로 무슨 짓을 하려고 하는지 알아야 할 것 같아. 분명 뒤가 구린 짓을 하려는 걸 테니까."

담월은 알았다며 고개를 끄덕였다. 이렇게 믿고 터놓을 수 있는 사람이 생겨서 얼마나 다행인지. 자신뿐이었으면 분에 못 이겨 당장 좌의정의 집에 쳐들어갔을지도 몰랐다. 그녀가 강현을 향해 고마움 가득한 시선을 보내고 있을 때, 강현은 다른 생각을 하는 중이었다.

우연히 발생한 일을 교묘하게 이용해 도규언을 쳐 낸 좌의정이다. 그런 그가 어린 계집에 불과한 담월과의 거래를 공정히 처리하긴 할까. 강현은 담월의 어머니가 신경 쓰였다. 기회가 된다면 그녀가 진짜 안전한 곳에 있는지 캐 봐야 할 것이었다.

"아, 그래서 그날 빈 소원은 뭐였어? 앓아누울 정도였다니 궁금한걸."

"꽃을 피웠었어요. 아직 필 계절이 아닌 걸 무리하게 피워서 앓아누웠죠. ……그게 저와 대군마마의 첫 만남이었어요."

그 소원이 그녀 집안의 불행을 불러오긴 했지만, 그녀에게는 아련하고도 행복한 추억이었다. 강현은 뭔가 더 물어보려다가 애틋한 그 얼굴을 보고 입을 다물었다.

오랜만에 떠올린 어릴 적 생각은 쉬이 가시지 않았다. 여산당을 떠나 일을 하러 가서도 담월의 생각은 이어졌다. 결의 고백을 거절한 후라서 그런 걸까. 그때 피어나던 꽃과, 감동과 감탄이 어우러진 그 얼굴이 눈앞에 선명히 어른거렸다.

"꽃이라……."

그녀는 이어 꽃에 대한 다른 생각으로 넘어갔다. 아버지의 집무실이었던 여산당의 예언부 함에서 발견한 담월의 예언. 북궐에서 붉은 꽃의 싹이 튼다니, 그게 무슨 얘기일까 담월은 내내 고민해 왔다. 북궐이면 여기 창덕궁이 아닌 본궁인 경복궁을 말하는 걸 텐데. 그곳에 꽃이 피다니? 담월의 이름이 적혀 있는 것으로 보아, 그 꽃은 그녀를 가리키는 것이 틀림없었다. 꽃이 궐 안에서 피어난다라…….

'아버지께선 내가 사관으로 궁에 입궐하리라는 걸 알고 계셨던 걸까.'

그게 지금과 같은 상황이라고는 규언도 생각지 못했으리라. 그랬기에 그녀에게 여 사관이라는 자리를 제안한 것이겠지. 세상사에 통달한 아버지라도 감히 딸이 남장을 하고 궐에 들어와 사관의 일을 하고 있으리라고 짐작이나 했을까?

이런 생각을 하면서도 담월의 붓은 느려지지 않았다. 지난번에 탄헌군에게 한 번 지적을 받은 후로 딴생각은 딴생각대로, 할 일은 할 일대로 하는 버릇이 든 덕분이었다.

하지만 그 버릇이 너무 지나쳤는지, 세자의 수업이 끝나고 강사들이 전부 자리를 떴는데도 담월은 계속 붓을 놀리고 있었다. 자리를 일어날 생각을 안 하는 담월을 보며 욱이 어이가 없다는 듯 웃었다. 그녀의 마지막 글자가 꽃 화(花)였으니까. 아무리 생각해 봐도 맥락이 없는 글자였다.

"꽃이라니, 내가 여름의 향일화(向日花)처럼 보이기라도 하는 건가?"

"네? 아, 아니 그게 아니라……."

오늘의 수업은 담월 혼자만 입시했기 때문에 강사들이 떠난 비연각 내부에는 욱과 담월 단둘뿐이었다. 지난번처럼 정자여서 꽃을 봤다는 변명을 할 수도 없고, 머뭇머뭇하는 담월을 어떻게 골려먹을까 하는 욱의 시선에서 벗어나기 위해 그녀는 서둘러 변명했다.

"아, 아까 시강원의 강사 분들과 계절의 법도에 대해 얘기하셨잖아요? 동백꽃이 봄을 알리는 것처럼 다른 꽃들도 계절을 예언하는 종류가 있나…… 그런 생각을 했습니다."

자신이 듣기에도 너절한 변명이었다. 하지만 그녀의 입에서 나온 예언이라는 단어에 탄헌은 그녀를 골리려던 표정을 거뒀다.

"예언이라…… 그러고 보니 너도 도가의 사람이었지."

욱의 목소리는 무거웠다. 평소의 그에게서 느껴지던 위압감이나 살벌함과는 또 거리가 먼 소리였다. 탄헌군과 같은 사람도 제 속이 쓰린 소리를 내는구나, 담월은 말이 없어진 그를 바라보다가 물었다.

"저하께서는 예언을 싫어하십니까?"

그녀는 그런 사람을 본 적이 없었다. 어린 시절, 도가에 들르는 모든 사람이 규언의 예언을 칭송했으니까. 대 호우며 그 해의 흉년을 미리 예언했기에 큰 피해를 덜었다는 말에 겸손해하는 아버지를 보는 것은 그녀가 가장 좋아하는 일 중 하나였다.

탄헌은 담월의 물음에 딱 잘라 말했다.

"싫다. 예언이 있다는 것은 사람의 운명이 정해져 있다는 얘기, 난 그런 것은 믿지 않는다. 내가 이뤄 낸 것이 이미 정해져 있던 운명이라면 내가 극복했던 역경도 수없이 치러 왔던 희생도 이미 정해졌다는 것. 그렇다면 삶이 너무 무의미하지. 허탈할 게다. 그 때문에 도가의 사람을 유독 더 싫어했지."

"……그날 내려진 왕의 예언 때문이 아니고요?"

그녀는 조심스럽게 물었다. 처음 탄헌군을 만났을 때, 도씨 가문을 향한 그의 적대감은 단순히 운명이 결정됐다는 사실 때문은 분명 아니었다. 예언이 자신을 가리키지 않았기 때문이지 않았을까.

"비밀에 붙여졌던 일인데 그래도 집안의 일이라고 소상히 알고 있군."

담월은 움찔하며 몸을 떨었다. 그러고 보니 이 일은 결도 모를 정도로 극비에 붙여진 일인데……! 담월의 양손에 식은땀이 배어 나왔다. 하지만 욱은 신경 쓰지 않는다는 듯 말을 이었다.

"하지만 난 그날 누가 왕이 될 거라는 예언을 받았는지 모른다. 나일 수도, 내 아우일 수도 있지. 아니면 우리 형제가 아닌 제삼의 누군가일지도 몰라. 그것에 대해선 관심이 없다. 정해져 있다면, 바꿔 버리면 그만이니까."

탄헌의 말에는 굉장한 자신감이 배어 있었다. 왕의 예언을 바꾸다니, 정말 이런 생각을 하는 사람이 있다는 사실이 담월은 너무나 놀라웠다. 도가에서 자란 그녀에게 아버지의 예언은 절대적, 그중에서도 왕의 예언은 가장 으뜸가는 예언이었으니까. 소원의 힘을 가진 그녀로서도 왕의 예언을 바꾼다는 생각은 한 번도 한 적이 없는데.

저만한 힘을 가진 사람이 되면 어떤 불가능도 가능으로 바꿀 수 있으리라 생각하게 되는 걸까. 하긴 그렇게 생각해 왔기에 저 사람은 지금 저 자리에 오를 수 있었을 것이다. 두 번에 걸친 여진의 난도, 남도의 왜구를 소탕한 일도, 저런 얼굴을 하고 전 장에 나섰으니 사내들이 너 나 할 것 없이 목숨을 바쳤겠지. 담월은 그들의 심정이 조금 이해가 갔다. 탄헌이 갖고 있는 분위기는 그녀가 여인이기에 사내에게 가슴이 설레는 그런 종류의 것이 아니었다.

"나는 예언에 내 운명이 결정된다는 것이 싫다. 내가 어떻게 할 수 없는 강한 힘에 좌지우지되는 것은 내 어린 시절만으로도 족하니까. ……나는 그 누구도 나를 휘두르지 못할 삶을 살 거다. 스스로가 말하는 바가 곧 그 자신의 운명이 되는 왕이 될 것이다. 그것이야말로 왕이라는 자리에 적합하다고 생각하지 않나?"

왕인 형원이 깨어 있는 상황이라면, 아니 하다못해 탄헌군의 세력이 약했더라면 이 말 한마디로 역적이 될 수도 있었다. 하지만 그의 말에는 자신이 넘쳤다. 그야말로 이 나라 최고의 위세를 갖고 있는 세자다웠다.

"네게는 왜 이런 속내까지 털어놓게 되는지 모르겠군. 네 일이 모든 걸 듣는 일이기 때문인 건가?"

"그럴지도 모르지요."

그는 자신의 포부에 놀란 얼굴을 한 담월의 앞으로 다가와 앉았다. 작은 상 하나를 놓고 그는 천천히 담월의 얼굴을 뜯어보았다. 동그랗게 뜬 눈이 누군가를 많이 닮았다. 가지런한 콧날도, 사내라고 하기엔 지나치게 고운 입술도.

"……이래서 선대 왕들이 사관을 꺼림칙해하면서도 곁에 두셨나 보군. 적어라, 담원."

욱은 붓을 쥔 담월의 손을 잡아 벼루로 옮겼다. 그리고 붓에 충분히 먹이 들도록 그 손을 잡아 움직였다.

"저, 저하―! 왜 이러십니까!"

갑작스레 손을 잡혀 당황한 담월이 그만두라 애원했지만 욱은 그 말을 무시했다. 참으로 작은 손이었다. 대태도(大太刀)도 한 손에 들어오는 욱의 손으로는 두 손도 한 번에 겹쳐 잡을 수 있을 것 같았다.

"내 말 그대로 적어라. 세자 탄헌군이 금일, 예언과 운명에 대해 논하였으니, 그것은 스스로 개척해 나가야 하는 것이지 하늘이 감히 내게 주는 것이 아니라고."

담월의 손이 움직이지 않자 탄헌은 그녀의 손을 대신 움직여 글씨를 쓰려 했다. 하지만 그 작은 손에 무슨 힘이 났는지, 그녀는 젖 먹던 힘까지 다해 욱의 힘에 반항했다. 그는 어디까지 버티나 두고 보자는 듯 한참 동안 힘을 주다가 그녀의 손을 놓아주었다. 담월의 손에는 선명할 정도로 벌건 손자국이 났다.

"어째서 거부하지? 내 일을 기록하는 게 사관의 일일 텐데? 거짓을 적으라고 한 것도 아니고 말한 그대로 적으라 했건만."

"그렇다 한들 위정자의 권위와 강압에 의해 기록된 것은 제대로 된 역사가 아닙니다!"

그녀는 아픈 듯 제 손목을 다른 손으로 감아쥐고선 소리쳤다. 그 말에 탄헌은 멀뚱히 담월을 보다가 이내 폭소를 터뜨렸다.

"하하하하ー! 그래, 그래서 내가 너를 마음에 들어 했지. 내 앞에서 이렇게 제 의견을 펴는 이는 흔치 않으니까 말이다."

눈물이 슬쩍 나올 때까지 웃었는지 탄헌은 눈가를 한 번 훔쳤다. 그리고 만족스러운 얼굴로 자리에서 일어나 담월을 내려다보았다.

"넌 나를 닮았다, 담월. 주어진 운명과 죄에 마냥 순응하지 않고, 어떻게든 해 보려고 나서는 모습이 어릴 때의 나를 보는 것 같았지. 그래서 마음에 들었다. ー과연 네가 그 어디까지 네 뜻을 펼치려 드는지 한번 두고 보도록 하지. 그만 나가 봐라."

탄헌은 자신의 자리로 돌아가 앉은 후 담월에게 축객령을 내렸다. 하여간 제멋대로인 남자였다. 그래도 자신을 호의적으로 보고 있다는 것은 다행이었다. 그녀가 지필묵을 챙겨 비연각을 떠나려고 할 때, 탄헌의 목소리가 담월의 뒤를 따랐다.

"네가 영영 예언을 받지 않았으면 좋겠다. 안 해도 충분히 그 가치를 입증하고 있으니, 굳이 예언을 하려고 애쓸 필요는 없다."

안 그래도 도가의 사관인데 슬슬 예언 하나는 해야 하지 않냐는 대신들의 시선이 부담스럽던 차였다. 탄헌의 말에 담월은 마음이 조금 가벼워졌다.

"……소신 그러면 이만 물러나겠습니다."

욱은 자신에게 꾸벅 인사를 하고 물러나는 담월의 뒷모습을 눈에 담았다. 5척 5촌(160cm)쯤 될까, 사내치고는 확실히 작은 키였다. 그의 아우인 결도 키가 비슷했지만 담월과 달리 딱 보기에 사내의 골격이었다. 욱은 답지 않게 콧노래를 흥얼거리며 책상 밑 작은 서랍에서 돌돌 말려 있는 화선지 한 장을 꺼내 펼쳤다.

그것은 한 장의 초상화였다. 일전 유르지크의 탈주 후 주원이 가져온 것으로, 그곳을 지키던 군관들이 기억하는 못 보던 나인의 얼굴을 그린 것이었다. 그들의 말로는 그 나인의 키도 그 정도쯤 되었다.

"아무리 봐도 참 닮았단 말이지."

초상화 속의 그녀와 방금 비연각을 나간 담월의 생김새를 비교하던 탄헌은 입꼬리를 말아 올리며 씩 웃었다.

비연각 밖으로 나온 담월은 저 멀리 자신을 기다리고 있는 강현에게 가려다가 멈칫했다. 결이 이곳으로 오고 있었다. 그날 이후 애써 피해 왔는데 이런 곳에서 마주치다니. 물론 담월을 보러 온 것이 아니라 세자에게 볼일이 있어서겠지만…… 몰래 다른 길로 빠져나갈 수도 없이 탁 트인 곳이어서 담월은 어쩔 줄 몰랐다.

그녀가 비연각 문 앞에서 움직이지 못하고 서 있는 사이 결이 계단을 올랐다. 옆에 따르는 내관이며 궁인들이 있으니 별다른 말을 하지는 않겠지만, 지금은 그와 눈을 마주하는 것도 꺼려졌다. 아버지의 일이 좌의정의 흉계 때문이라는 것을 알고 나니 더욱 그랬다. 그 또한 경원대군을 왕위에 올리기 위해 수작을 부린 것이 아닌가.

그러나 그 모든 것에도 불구하고, 결의 눈과 마주치면 눈물을 흘릴까 봐. 소녀가 감히 거짓을 말했다고, 타는 마음을 꺼내듯 남들이 다 보는 이 자리에서 감춘 마음을 드러내 보일까 봐. 담월은 그것이 두려워 고개를 돌릴 수가 없었다.

"……오랜만입니다, 담원."

망설임 끝에 자신을 부르는 목소리가 들려도 돌아볼 수 없었다. 그런 그녀를 멀리서 지켜보던 강현이 서둘러 다가와 구해 주었다. 그는 담월과 결의 사이에 비스듬히 서서 경원대군에게 인사를 올렸다.

"저도 오랜만에 뵙습니다, 대군마마. 도 검열은 지금 예문관의 일로 제가 바빠 데려가야 해서, 이만 실례하겠습니다."

강현은 담월의 팔을 잡고 끌었다. 그녀는 겨우 이만 실례하겠다는 말만 남기고 결의 앞에서 사라졌다. 강현과 함께 사라지는 그 뒷모습을 결은 쓸쓸히 바라볼 뿐이었다.

한참을 걸은 후에야 강현은 담월의 팔을 잡은 손을 놓았다. 서둘러 걸어온 탓에 담월은 숨이 찬 모양이었다. 그들은 사람이 별로 지나다니지 않는 골목의 담에 기대어 쉬었다.

"빼내 주셔서 감사합니다. 좀 어색한 상황이었거든요."

담월은 쓰게 웃어 보였다. 지난번 얘기했던, 대군마마와 불편한 일이 있었던 것 때문에 그녀는 강현이 자신을 배려해 빼돌려 준 것이라고 생각했다. 하지만 강현은 팔짱을 낀 채 옆에 선 그녀를 흘겨보았다.

"내가 네 정체를 어떻게 알았다고 생각해? 도가의 별당 앞에서 나눈 대화, 대충은 들었어. 그런 일이 있었으니 대군마마를 피하고 싶어 할 것 같았거든."

담월은 대체 어떻게 그곳에 와 있었냐는 얼굴이었지만 강현은 우연이라는 말로 얼버무렸다. 그에게는 생애 가장 큰 충격을 받은 날이었다. 별로 떠올리고 싶지 않았다. 담월도 더 캐묻지는 않았다. 어차피 강현은 이제 그녀의 정체를 알고 있었고, 그 누구보다 든든한 제 편이 되어 주고 있었으니까. 담월은 안심하

고 깊은 한숨을 내쉬었다. 그녀를 보던 강현이 퉁명스레 뱉었
다.

"내가 보기엔 너도 마마한테 마음이 없는 건 아닌 거 같던데,
왜 거절했어? 그런 뻔한 거짓말까지 하면서."

"그렇게 티 났어요?"

"……뭐, 나라서 티가 난다고 생각한 거지. 두 사람의 뒤에 얽
힌 얘기를 다 알게 됐잖아."

강현은 뒷머리를 긁었다. 다른 사람도 아니고 왕자마마라니,
너무 상대가 안 되잖아. 접고 접어서 더 이상 접히지 않을 정도
로 뻑뻑해진 마음이 저리듯 아파왔다. 결코 나는 네게 그런 애
틋한 표정을 짓게 할 수 없겠지. 강현은 담벼락에 기대 하늘을
바라보았다. 그리고 혼잣말하듯 중얼거렸다.

"―나라면 부딪쳐 볼 거야. 너와 대군마마가 법적으로, 도의
적으로 금지된 혈연 간의 연정을 나누는 것도 아니잖아. 게다
가도 백부도 누명을 쓴 게 확실하고. 아무리 대군마마 때문에 벌
어진 일이라지만, 그분이 직접 한 일도 아니잖아?"

은근슬쩍 제 마음도 섞어 얘기했지만, 담월은 눈치채지 못한
듯 보였다. 그녀가 알면 무엇이 달라진다고 이런 모험을 하는
지. 제 자신이 한심해지는 기분에 강현은 애꿎은 땅을 벅벅 찼
다.

"말씀만으로도 고마워요. 마음이 좀 편해졌어요."

말은 그렇게 하지만 전혀 괜찮은 얼굴이 아니었다. 자신을 보는 것은 바라지도 않으니, 그냥 전처럼 웃는 얼굴이기라도 했으면…… 강현은 입을 삐죽거리다가 물었다.

"기분 전환해 줄게. 뭐 하고 싶은 거 있어?"

"하고 싶은 거요?"

"옛날 옛적에 나랑 내기한 거 있잖아. 그 소원 들어줄 테니까 말해 봐. 아주 무리한 것만 아니면 들어줄게. ……대신 다 하고 나면 네가 웃을 수 있는 거여야 해."

갑작스러운 제안에 담월은 고민에 빠졌다. 하고 싶은 거라니. 그녀는 그 내기에서 이긴 것도 잊고 있던 차였다. 곰곰이 생각하던 그녀는 문득, 강현만이 들어줄 수 있는 소원이 떠올랐다.

"정말, 아주 무리한 것만 아니면 들어주실 수 있는 거지요?"

"뭐야, 갑자기 왜 그렇게 무게 잡고 말해? 뭔데?"

진지해진 담월의 목소리에 강현은 당황했다. 그녀는 아랑곳않고 그의 앞에 공손히 손을 모으고 물었다.

"아버지와 오라버니가 참수당하고 그 시신은 강변에 버려졌다고 들었습니다. 누군가 수습해 묘를 만들지 않았을까 싶어…… 알 만한 사람은 강 형뿐인데 그동안 의심을 살까 봐 물어보지 못하고 있었어요."

강현은 아차 했다. 그녀가 담월임을 알았다면 당연히 바로 알

려 줬어야 하는 일이었는데. 그 일부터 규언의 사건까지 충격이
너무 컸던 모양이었다.

"우리 아버지께서 도성에 올라오셔서 수습하셨어. 거기에 가
고 싶은 거지?"

담월은 고개를 끄덕였다. 좋아, 그러면 다음번 쉬는 날에 다
녀오자. 남대문에서 말로 두 시진은 달려야 하니까 일찍 다녀오
자고. 담월의 얼굴이 화색을 띠었다. 이렇게 좋아할 줄 알았으
면 진즉에 얘기할 것을…… 강현은 조금 후회했다.

하지만 그녀의 그런 기분은 쭉 계속되지 않았다. 무덤에 가기
전 날까지, 담월의 표정은 하루는 흐렸다가 하루는 밝았다가를
반복했다. 강현은 말없이 그런 그녀를 도와주었다. 심란하겠
지. 목 베인 시신이나마 겨우 묻힌 자리를 알았다지만, 그건 제
가족의 죽음의 증거를 목전에 들이미는 것이었다. 그 심사가 마
냥 편할 리 없었다.

약속한 날이 되어 두 사람은 아침 일찍 한양을 나섰다. 그날
의 날씨나 어제 있었던 조정의 소소한 일들을 얘기하다가 그들
은 이내 침묵했다. 가끔 갈림길에서 방향을 잡아야 할 때만 강
현은 입을 열었다. 두 사람은 정오가 되기 전 야트막한 산 아래
자리 잡은 마을에 도착했다. 주막에 말을 매어놓고 국밥 두 그
릇과 술 한 병을 시켰지만 담월은 도통 숟갈을 들지 않았다.

"먹어 둬. 이따 돌아가는 길에 지쳐."

강현이 그렇게 말하고 난 후에야 그녀는 겨우 식사를 시작했다. 그래 봤자 고작 반 그릇을 비웠을 뿐이었다. 하지만 그는 더 먹으라는 말은 하지 않았다. 그 반 그릇도 위장이 뒤틀리는 와중에 겨우 삼킨 것이리라.

식사를 마친 후 강현은 담월 대신 술병을 손에 들고 앞서 걸었다. 처음에는 제대로 된 산길로 가다가, 그는 산 중턱에서 심마니들이나 다닐 것 같은 험한 길로 걸음을 틀었다. 죄인의 무덤이니까, 너무 눈에 보이는 곳에 있으면 안 될 것 같아서 아버지께서 여기 만드셨대. 자신이 한 일도 아닌데 강현은 애써 변명하며 담월을 이끌고 한참을 걸었다. 그리고 그들은 마침내 평평하게 잘 다져진 무덤가에 도착했다. 산골 깊숙이 마련된 묏자리인데도 햇볕이 잘 들고 따뜻했다. 그런데 이상한 점이 하나 있었다.

"무덤이……하나네요?"

담월이 먹먹한 목을 틔워 물었다. 분명 규언과 담건, 두 개의 무덤이 있어야 할 텐데.

"그날 큰 비가 내렸잖아. 담건의 시신은 강물에 휩쓸려갔는지 보이지 않았다고 하시더라. 네가 얘기를 꺼내기 전에 내가 먼저 말하고 데리고 왔어야 했는데, 미안하다."

담월은 파릇파릇하게 떼가 덮인 무덤을 쓸어 보았다. 이제 한창 무더워질 즈음이니 무성해졌어야 했는데 깔끔하게 정돈되어 있었다. 강현에게 물으니 적어도 두 달에 한 번은 와서 관리를 해 왔다고 답했다.

"너무하세요. 제 앞에서는 그토록 아버지를 폄하하셨으면서, 무덤은 이렇게 잘 관리하고 계셨다니."

"그야 그게 도리에 맞는 일이니까. 대체 언제 적 얘길 아직도 하는 거야?"

강현은 쑥스러움에 괜히 핀잔을 주면서 그녀에게 술병을 내밀었다. 제수 음식은커녕 술을 따를 잔 하나 없이 온몸이었기에, 담월은 병째로 무덤에 술을 돌린 후 그 자리에 세 번 절했다. 마지막 절을 올리던 담월은 기어코 엎드린 채로 울기 시작했다. 아버지…… 아버지…… 아무리 불러도 다시는 대답이 돌아오지 않을 이를 부르는 말이 메아리쳤다.

뒤에서 뒷짐을 지고 그 모습을 지켜보던 강현은 결국 참지 못하고 그녀에게 다가갔다. 그리고 그 옆에 앉아 한 팔로 그녀의 등을 감쌌다. 저를 부드럽게 달래는 팔에 담월이 눈물 젖은 얼굴로 고개를 들었다.

"오라버니…… 오라버니…… 흐윽……."

담월의 눈물은 그칠 줄을 몰랐다. 강현은 엉망이 된 그녀의 얼굴을 보았다가, 하늘을 보았다가, 다시 그 얼굴을 본 후 조심스럽게 담월을 끌어안았다. 이런 상황에서도 이리 엉망이 된 얼굴을 자신만이 볼 수 있다는 것에 만족스러워 하는 제 자신이 한심하게 느껴졌다. 그래서 제 품에 가두어 버렸다. 그리고 양팔로 그 작은 등을 도닥여 주었다. 그녀는 거부하지 않고 강현의 품에 안겨 목이 멜 정도로 울기 시작했다.

오라버니, 아버지. 계속해서 부르는 말들이 말이 아니라 하나의 울음으로 섞여 버릴 때까지, 그 울음이 잠잠해질 때까지 강현은 그대로 있었다. 담월의 울음만큼이나 깊은 곳에서 나오는 한숨을 푹푹 쉬면서.

담월아, 네가 부르는 그 오라비가 내가 아니라는 걸 알면서도, 그토록 애타게 부르는 이름에 조금이나마 내가 있지 않을까 생각해 본다.

담월아, 너의 어깨를 감싸는 내 이 두 팔을 어찌 믿고 내게 기대어 우는 거야. 도담월, 너라는 여인을 이 세상 몇 사람뿐이 모르니, 나 하나 인간된 도리를 저버리고 너를 취하면 어찌하려고 나를 이렇게 믿는 거냐.

가슴속 가장 어둔 곳의 한숨과 마음속 가장 깊은 곳의 눈물이 한참을 흐른 후, 강현은 떨림이 진정되기 시작한 담월의 등을 쓸며 나직이 얘기했다.

"이건 사촌 오라버니로서 마땅히 해야 할 일이었으니까, 소원은 들어주지 않은 걸로 치겠어. 너 말야, 그런 건 좀 더 큰 걸 비는 데 쓰라고. 도대체가 약은 구석이 없어서 어떻게 이 험한 세상을 살아갈는지……."

그 말에 담월이 강현의 품에서 빠져나왔다. 한참을 울어 눈가가 벌겋게 부어오르고 얼굴이 엉망진창이 되었는데도, 현의 눈에 담월은 여전히 어여뻐 보였다. 가슴 시릴 정도로.

"제겐 충분히 큰 소원이었는데요."

담월의 눈물 젖은 웃음에 강현은 할 말을 잃었다. 그녀는 옷소매로 눈을 닦으며 말을 이었다.

"현이 오라버니가 있어서 다행이에요. 가족이 아니면 이런 모습 볼썽사나워 보일 수나 있겠어요."

"……그래. 내가 네게 가까이 남은 유일한 가족이구나."

강현은 제 손수건을 담월에게 건네주고 일어났다. 가장 끝의 한숨까지 털어 낸 가슴이 허했다. 산속이라 벌써 공기 중에 어둠이 스며들기 시작했다. 강현은 그 싸늘한 바람을 폐부 깊이 들이쉬었다가 남은 한숨과 미련까지 더해 내뱉었다.

그래, 난 여기서 만족해야겠구나. 네가 내게 스스럼없이 안겨 올 수 있는 가족이라서 다행이다. 네게 그 어떤 사내보다 특별할 수 있어서. 네 아무리 사랑하는 정인이 생겨도 네게 줄 수 없는 평온함을 줄 수 있어서.

그래, 다행이구나. 내 너를 애틋이 여겨서.

강현은 마음이 미처 다 털려 나가지 않은 얼굴로 담월을 돌아보았다. 그리고 그는 그녀에게 손을 내밀었다.

"가자. 인정 전에 들어가려면 지금 일어나야 해."

담월이 그 손을 쥐고 자리에서 일어났다. 강현은 겨우 미소 지었다. 이렇듯, 그녀가 아무 거리낌 없이 제 손을 잡을 수 있게 된 것에 만족하자고 자신을 달래면서.

제5장
경원대군의 혼례

아버지의 묘소에 다녀온 후 담월은 삼 일을 앓았다. 그것도 간절한 소원이었다고 원열을 앓나 싶었으나 눈이 흐리진 않은 것을 보니 그건 아닌 모양이었다. 그동안의 긴장과 피로가 한 번에 몰려온 듯 그녀는 죽은 듯이 깊은 잠을 잤다.

결, 담월은 꿈속에서 내내 그를 생각했다. 며칠 밤을 고민했을 고백을 거절당한 뒤의 상처받은 얼굴. 감히 내가 그분께 그런 표정을 짓게 하다니…… 사람이 참으로 이기적이었다. 파스스 부서진 그 얼굴을 떠올리며 쓰린 가슴을 부여잡고도, 그의 마음에 그만한 파급을 일으킬 수 있는 것이 자신이라는 사실에 설레었다. 하지만 그것이 무슨 소용일까. 그녀는 이미 결을 거부했고, 그는 벌써 담월을 마음에서 접었을지도 모르는데.

아냐, 그럴 리 없어. 그토록 따뜻한 분인데…… 그러한 거절에 대번 마음을 접으실까. 그런 생각에 두려워하면서도 나 같은 건 빨리 잊으시는 게 마음이 편하시겠지, 생각하는 자신이 참으로 한심했다.

예전에 각운이 그랬다. 담월이 각운에게 말을 배우며 사랑에 대해 물었을 때다. 그때 그 얼음 같은 사내는 그렇게 말했었다.

"사랑이 없으면 어떻습니까. 마음이 없으면 어떻습니까. 사람이 살아가는 데 그런 것은 없어도 아무 지장이 없습니다. 오히려 살지 못하게 만들 때도 있지요."

그래요. 당신이 맞았네요, 주 좌랑. 사랑은 필요 없다 말한 당신이지만, 그대도 누군가를 향한 마음 때문에 그저 죽지 못해 살아가야 했던 때가 있었나 봐요.

따뜻한 볕을 쬐일 수 없는 마음이란 이렇게 썩어가는 거군요. 내 연모하는 분께서 나를 마음에 두신다 말씀해 주셨는데도, 그 손을 내칠 수밖에 없는 사람의 손은 그 손톱 뿌리부터 말라 가는 건가 봐요. 물을 잃은 나무뿌리처럼.

만약 우리가 다시 그 예전으로 돌아간다면, 누구도 그 무엇도 우리 앞을 가로막는 것이 없다면. 내가 우리 사이의 피와 죄의 역사를 바꿔 버린다면. 그땐 그대와 나…… 우리의 운명도 이보다는 낫지 않을까요.

머칠을 앓고 입궐하자마자 담월은 바로 조회에 들어가야 했다. 태진이 정말 미안하다는 듯 그녀에게 필묵함을 건넸다.

"앓다 와서 바로 일시키는 건 미안하지만 어쩔 수가 없네. 너 없는 동안 현이가 네 몫까지 전부 다 했거든. 그래서 오늘은 나오지 말라고 했어. 그러니까 오늘 현이 번만 원이 네가 채워."

한 달에 네 번, 나라에서 정말 중요한 일을 다루는 대 조회였다. 문무백관이 조복을 차려입은 엄숙한 자리. 아직 손에 힘이 덜 돌아왔는데…… 힘겹게 잡은 붓 끝이 파르르 떨렸다. 어차피 여기서 쓰는 사초야 돌아가서 다시 정리하면 된다지만 조회가 길어질수록 담월의 사초는 엉망이 되어갔다. 하필이면 또 대 조회여서 유독 회의 시간이 길었다. 몇 시진이나 지났을까. 실내에 있어서 시간을 가늠할 수 없었다. 그래도 이제 회의는 끝나 갈 조짐을 보이고 있었다.

"그렇다면 북진의 정세는 안정이 됐군. 더 이상 논의할 안건이 없으면 오늘 조참은 여기서 마치도록 하겠소."

탄헌군 이욱의 말을 끝으로 조회는 끝이 나려는 것처럼 보였다. 그때, 좌의정 율덕이 앞으로 나섰다. 모두의 시선이 그에게로 모였다. 중요한 일은 정말 다 끝났다. 이제 와서 그가 나설

만한 일이 없을 텐데…… 의아해하는 분위기가 좌중을 감쌌지
만 율덕은 아랑곳 않고 입을 열었다.

"내가 뭔가 빠트린 안건이 있나 보군요, 좌상 대감. 말해 보
시오. 무슨 내용이지?"

탄헌이 그에게 발언권을 주자 율덕이 미소를 지으며 입을 열
었다. 담월은 그 미소에 기이한 불길함을 느끼며 붓대를 꽉 잡
았다.

"경원대군 마마의 혼례에 대한 일입니다."

툭―. 담월이 붓을 떨어트렸다. 율덕의 말로 중희당 내부가
대신들의 말소리로 소란스러워졌기 때문에 붓이 떨어지는 소
리는 남들에게 들리지 않았다. 그리고 그 소란 또한 담월에게
들리지 않았다. 대군마마의 혼례, 그 말이 들리는 순간부터 손
에서 붓대가 미끄러져 내려가는 감각, 붓 끝이 뭉그러지면서
겨우 작성한 사초를 망가트리고, 붓에 남아 있던 먹이 얼굴에
튀기까지. 담월의 머릿속은 멍하니 정지했다.

무슨 소리지, 대군마마께서 혼례를 올리다니…… 누구와―?
누구긴 누군가. 결의 왕자비로 내정되어 있다는 여인, 혜연일
것이다. 하긴 그 여인이 누구면 어떠한가. 어차피 그 자리가 담
월의 것이 아닌 것은 확실한데.

그녀는 겨우 정신을 차렸다. 율덕의 말이 이어지고 있었다. 담
월은 엉망이 된 사초와 붓, 그리고 얼굴에 튄 먹을 수습하며 율

덕의 말을 귀 기울여 들었다. 그럴수록 손은 벌벌 떨려만 갔다.

"경원의 혼례라니, 국혼을 말하는 것인가?"

"그렇습니다, 저하. 대군마마께서 내자를 간택하신 지도 벌써 오 년여가 지났습니다. 그동안 궁중의 두 어른인 왕대비마마와 대비마마께서 서거하시고, 더불어 전하께서 몸져누워 계시기에 국혼을 미뤄 왔습니다만. 이제 마마의 나이가 약관을 바라보니 더 이상 미뤄서는 안 될 것이라 사료되옵니다."

그간 가례를 치를 수 없는 사건이 많아 몇 년이고 뒤로 미뤄져 왔던 결의 국혼이었다. 하지만 지금도 왕인 형원이 자리보전을 하고 있는데 혼례라니. 탄헌이 미간을 찌푸리며 율덕의 말에 일침을 놓았다.

"아바마마께서 정신을 잃고 누워계시는 이 때, 자식 된 도리로서 혼인이라니. 그 무슨 가당찮은 말인가?"

유학에서 가르치는 부모 자식 간의 도리를 으뜸으로 치는 나라였다. 탄헌의 말은 일리가 있었다. 이대로라면 좌의정의 주장은 어떤 표도 얻지 못하고 스러질 것 같았다.

"다 사안에 따라 다른 법이지요. 일전에 세자 저하께서도 도성에 호랑이가 들끓는다 하여 강무를 추진하지 않으셨습니까? 그것도 원래 대왕께서 누워 계신 이 때에 진행할 일은 아니었지요."

율덕은 탄헌이 지난날 여진의 사신을 압박하기 위해 사냥 연회를 벌였던 일을 끄집어냈다. 이미 세자가 왕의 병환을 무시하고 연회를 진행한 전례가 있었으니 결의 혼례에 대해서도 탄헌은 무어라 말을 할 처지가 아니었다.

"으음…… 그렇지만 그것은 사안이 중한 일이었지 않습니까. 벌써 몇 년이나 강무를 시행하지 않아 백성들의 피해가 컸으니…… 결의 혼례와는 분명 다른 일인데."

"왕자의 혼례가 늦은 것도 분명 중차대한 문제지요. 세간의 사내들도 스물이면 대체로 다 혼례를 올리고, 원래 왕실의 혼례는 열다섯을 넘기지 않는 법 아닙니까. 더군다나 세자 저하께서도 빈마마를 맞이하신 지 십 년이 넘어가도록 아직 후손을 보지 못하셨잖습니까?"

율덕의 말은 받아칠 구석 하나 없이 완벽했다. 처음에는 웅성웅성거리던 대신들도 그의 말에 설득되어 갔다.

"전하께서 앓아누워 계신 지가 벌써 삼 년이 지났습니다. 나라에 국혼 정도는 있어야 백성들도 시름을 잊겠지요. 대통을 위해 결단을 내려 주시지요."

좌상 대감의 말이 맞습니다, 옳습니다, 그의 편을 드는 이들이 많아질수록 담월의 얼굴은 희게 질려 갔다. 이 상황을 빠짐없이 기록해야 하건만, 그녀는 붓을 들 수가 없었다. 아니, 들고 싶지 않았다. 그녀가 기록하지 않으면 이 모든 것이 사실이 아니라 그저 흘러가는 나쁜 꿈으로 끝날 것만 같았다. 하지만,

"……좋습니다. 예조에서는 경원의 가례를 위한 의식을 검토해 보도록 하시오. 이걸로 조회를 마치겠소."

욱이 예조 참판에게 명을 내리는 것으로 조참은 끝이 났다. 대신들이 일어나 사라지고 담월은 아직도 떨림이 가시지 않은 손으로 겨우겨우 사초와 필묵함을 챙겨 들었다.

"왜 그래? 아직도 아픈 거니? 하여간 너도 참 자주 아프다니까. 안 그래도 사람도 적은데……."

태진은 투덜거리면서도 담월의 필묵함을 대신 들어 주었다. 그녀는 거듭 미안하다고 사과했다. 하지만 한번 멍해진 정신은 쉬이 돌아오지 않았다. 두 사람이 예문관으로 돌아가던 중, 담월은 꺾어지는 골목에서 들려오는 목소리에 걸음을 멈췄다.

"왜 갑자기 좌상 대감이 마마의 혼례를 걸고넘어지는지 모르겠군."

"그야 뻔하지. 좌의정이 대군마마를 제대로 자신의 말로 삼겠다 선언한 거 아닌가."

분명 오늘 일에 대한 얘기였다. 그녀가 우뚝 멈춰 서 있자 태진이 물었다.

"왜 그래?"

"아…… 저 잠시 들를 곳이 있으니 먼저 가시겠어요?"

"음? 그래. 이따 또 나가야 하니 너무 늦지는 마."

태진을 보낸 후 담월은 벽에 가까이 붙었다. 살짝 고개를 빼

꼼 내밀어 보니 화려한 조복을 입은 이들이었다. 그들은 제법 심각한 얼굴로 경원대군의 혼례에 대한 뒷얘기를 하고 있었다.

"어차피 마마는 좌상의 종손이 아니었나? 간택된 왕자비가 든든한 뒷배가 있는 것도 아닌데, 이제 와서 혼례를 서둘러 무슨 득이 있다고······."

"이 사람아, 왕자비로 간택된 여인도 권 대감 외가의 먼 친척 집안의 여식이라네. 요 근래 대군마마께서 좌의정 대감과 행보를 달리하는 모습을 많이 보였지 않나. 혼례를 통해 확실하게 고삐를 틀어쥐려는 게지."

"하기야 그렇지. 마마도 참 이상하다니까. 좌의정 대감을 떠나면 그분은 세자 저하한테 찍 소리도 못 할 입장인데, 왜 그리 대척을 하려 하는지."

"사내란 무릇 자신의 세력을 만들고 싶어 하는 법이지. 그래도 지난번 여진의 일 이후 대군마마를 지지하는 사람이 조정에도 꽤나 늘었어. 우습게 볼 일은 아니네."

"슬슬 우리도 줄을 탈 준비를 해야 하는 건가······ 세자마마께서도 윤허를 하였으니 혼례는 결국 진행될 테고, 대군마마의 인기에 좌의정의 세력이 더해지면 탄헌군 마마에 못지않을 것 같은데."

"흠, 더 깊은 얘기는 다른 데 가서······."

속닥거리며 얘기를 나누던 두 사람은 담월의 인기척을 느끼기라도 한 건지 이만하고 가자며 자리를 떴다. 담월은 담벼락에 머리를 기댄 채 움직이지 않았다.

사람이 참 간사했다. 제가 거절한 사람이니 누구와 혼례를 올리든, 또 다른 누구와 정분을 나누든 그녀가 상관할 일이 아닌데. 어째서 남의 사내가 되리라는 얘기를 듣고 나서야 그때 그 거절을 후회하게 되는지…….

"―아냐, 차라리 잘됐어."

마음 한편에 있던 작은 욕심마저 털어 버리려는 듯 담월은 고개를 세차게 저었다. 과거를 바꾸지 않고서는 떳떳하게 마주할 수 없는 두 사람이 아닌가. 차라리 이렇게 되는 게 나을지도 몰랐다. 그녀가 탐할 수 없는 존재가 되어 버리면 미련인지 후회일지 모를 감정도 고개를 수그리겠지.

원래도 욕심내지 않기로 한 사람이었다. 가진 것도, 줄 수 있는 것도 없어서, 그보다는 그 사람을 탐낼 만한 여인이 되질 못해서. 그랬던 담월의 마음이 원점으로 돌아온 것뿐이었다. 그렇게 생각하지 않으면 견딜 수가 없었다.

그날 담월은 되레 빠릿빠릿하게 일을 처리했다. 오전에는 아직 아픈 사람 같더니 오후 되곤 사람이 다르다며 태진이 감탄을 했을 정도였다. 그녀는 태진의 말에 힘없이 미소를 짓고는 다시 손을 놀렸다. 이미 한번 마음을 정했으면 다신 돌이킬 수 없으니까. 처음으로 누군가를 은애하게 된 마음을 저버릴 정도로 그녀에겐 중요한 일이 있었으니까. 그러려면 예문관의 일도 똑 부러지게 해내야 했다. 그녀는 있는 힘을 다 그러모아 밀린 일 처리를 다 하고 저녁 늦게야 집에 돌아왔다.

"왜 이리 늦게 오셨어요. 좌랑이 여태 기다리고 있어요. 얼굴이 심상치가 않던데, 조정에 무슨 일이라도 있나요?"

"일이라면 있었죠…… 근데 좌랑이 신경 쓸 일은 아닐 텐데. 하아……."

안 그래도 힘들고 기운 없어 죽겠는데, 그녀에겐 아직 고난이 끝나지 않은 듯했다. 여산당의 열쇠를 건네받은 지도 꽤 시간이 지났다. 언제까지 나머지 두 열쇠를 찾지 못했다는 변명을 할 수 있을까. 그녀는 노심초사하며 사랑방의 문을 열었다.

소화의 말대로 각운의 표정은 썩 좋지 않았다. 담월은 애써 태연한 척 자리에 앉았다. 거짓말에는 영 소질이 없지만 그녀는 두 번째 신물을 찾았다는 사실을 각운에게 가르쳐 줄 수 없었다.

"이렇게 늦게 무슨 일입니까? 좌랑도 참 한가하시네요."

그녀는 갓 끈을 풀며 여유로운 척 너스레를 떨었다. 하지만 이어지는 각운의 말에 그녀는 놀랄 수밖에 없었다.

"여산당의 문을 연 것 같더군요. 왜 말하지 않았습니까?"

"무, 무슨 소립니까? 열쇠는 아직 하나밖에 없는데ㅡ."

담월은 당황했지만 최대한 천연덕스럽게 굴었다. 하지만 각운은 모든 것을 알고 왔다는 듯 한숨을 푹 쉰 후 그녀를 추궁했다.

"그대의 방에 못 보던 붓이 나타났다는 얘기를 들었습니다. 붉은 모필과 푸른 붓대, 말로만 전해지던 도가의 신물이 틀림없더군."

낭패였다. 예문관에 두기는 불안해 집에 들고 온 것이었는데. 잘 싸서 넣어 뒀던 것을 누가 보고 말한 모양이었다.

"……대체 어떻게 아신 겁니까?"

그러고 보니 각운이 그렇게 말했었다. 아무도 믿지 말라고. 설마 소화가……?! 각운은 눈을 가늘게 뜨더니 담월의 생각을 읽은 것처럼 말을 이었다.

"소화는 아니니 의심은 덮어 두시오. 그대 방을 치우는 계집종한테 들었지. 둘 다 내게 정기적으로 그대의 행방을 보고하고 있으니까."

"그렇게까지 하고 있었단 말입니까?"

"그보다 더한 일을 할 수도 있소. 그러니까 주의하라는 얘기를 하러 온 겁니다. 내가 이번 일은 소화가 아닌 다른 이에게 들었지만, 그녀였다고 해도 이상할 건 없지. 담월 당신이 신물을 찾고 있다는 건 소화도 알고 있는 사실이니까."

그래도 각운은 그녀가 왜 신물을 찾은 사실을 숨겼는지는 묻지 않았다. 이유는 알 수 없었지만 담월은 또 다른 거짓을 짜내지 않아도 된다는 사실에 안도했다.

"더욱더 주의를 하는 게 좋을 겁니다. 언제 어디서 말이 샐지 모르니까. ……내가 알았으니 혹시라도 좌상 대감께 직접 신물을 찾았다는 얘기는 하지 마십시오. 요새 상황이 복잡해져서 괜히 대감과 친분이 있다는 모습을 보이면 일에 방해가 될지도 모르니까."

이렇게 주의를 주어 둔다면 실수라도 담월이 좌의정에게 직접 신물을 찾았다 고하는 일은 없으리라. 어차피 각운에게도 여산당의 문을 연 것을 감춘 걸 보면 담월도 따로 생각하는 바가 있는 모양이었지만, 조심해서 나쁠 건 없었다.

"알겠습니다. 이만 볼일이 끝났으면 가 보세요. 무척 피곤해서 어서 쉬고 싶네요."

거짓은 아닌 것 같았다. 지난 휴일에 어딜 나갔다 온 후 며칠을 아팠다는 얘기는 들었다. 원래도 저렇게 몸이 약한 것인지, 아니면 지난번 소원의 여파가 아직도 몸에 남은 건지. 그런 생각을 하며 몸을 일으키던 각운은 문득 잊었던 볼일 하나가 생각났다. 곧 나갈 것 같던 이가 다시 돌아와 제 앞에 앉자 담월은 얼굴을 찡그렸다.

"또 뭔가요?"

"잠시, 눈을 보아도 되겠습니까."

담월은 불만스러운 듯 입술을 오물거리다가 고개를 끄덕이며 승낙했다. 각운이 그녀의 얼굴에 손을 뻗었다. 어디를 쥐어야 할까 잠시 머뭇거리던 길고 마디가 뚜렷한 손이 턱 끝을 가볍게 쥐었다. 그 손에 조금만 힘이 실려 있었어도 담월은 뒤로 물러났을 것이다. 그만큼 그 손길엔 읽어내기 어려운 복잡한 감정이 깃들어 있었다.

그리고 그가 다가왔다. 한 뼘도 되지 않는 거리, 각운의 눈이 담월의 시선을 쫓았다. 눈을 본다 했으니 시선을 돌려 도망칠 수도 없다. 힘을 뺀 손가락이 턱 끝에서 얼굴가로 뻗어가며 입술을 스쳤다. 각운은 잠시 시선을 내려 앙다물고 있는 그 입술을 보았다. 이대로 입술을 취해도 반항도 못 할 거리다. 하지만, 그는 다시 집중해서 그녀의 눈 속의 아롱아롱 타오르는 촛불과 같은 흔적을 찾기 위해 집중했다.

담월은 각운과의 이토록 가까운 거리에서 결을 생각했다. 이보다 더 가까이 다가왔던, 그녀의 입술을 탐하고자 하는 욕구를 숨기지 않았던 숨결에 그대로 눈을 감아 버렸던 기억. 왜 각운과의 사이에서 그때를 떠올리게 되는 건지. 눈을 본다 했으니 차마 감지도 못한 채, 그녀는 속눈썹만 파르르 떨었다.

그 짧은 시간이 서로에게 다른 의미로 무척이나 길게 느껴지고 난 후, 각운은 손을 떼고 담월에게서 멀어졌다.

"이제 소원부를 쓸 수 있을 만큼 회복은 된 것 같군요."

역시 좌의정의 속셈도 신물을 찾아 소원을 빌려는 것이 틀림

없었다. 신물은 예언을 받거나 소원을 빌 때가 아니면 쓸모가 없는, 평범한 지필묵이나 다름없는 것이었다. 중요한 것은 좌의정이 과연 그녀에게 무슨 소원을 빌려고 하는 것인가였다. 애써 신물까지 찾아 비는 소원이니 그리 단순한 것은 아닐 터. 역시 조정의 큰일에 대한 것일까? 그렇다면 경원대군에 대한 일인 걸까? 애써 잊고 있었던 생각이 곁에게 미치자, 담월은 나가려던 각운에게 참아왔던 질문을 던졌다.

"저, 오늘 아침에 얘기가 나온 안건은 어떻게 되어 가나요?"

"오늘 조례에 나온 내용이 많은데 어떤……? 설마 대군마마의 혼례를 말하는 겁니까?"

"네. ……정말 진행이 되는 건가요?"

흐음, 각운은 의미심장한 표정으로 담월을 바라보았다. 두 사람이 기이할 정도로 친분이 있어 보인다 했더니. 연모라도 하는 모양이었다. 그렇지 않고서야 담월이 이 일에 신경을 쓸 이유가 없지 않은가. ……하필 경원대군이라. 각운은 머릿속에서 수더분한 생각을 지우고 담월의 물음에 답해 주었다.

"경원대군 쪽에서 국혼을 거부했습니다."

예상 밖의 일이었다. 지금부터 간택을 하는 것도 아니고, 이미 정해진 상대와 가례를 올리는 것뿐인데 당사자가 거절이라니. 담월은 그게 무슨 말이냐며 물었다. 하도 놀라 말을 더듬을 정도였다.

"표면상으로야 전하가 아프신데 어떻게 자신이 가례를 하느냐는 거였지만…… 좌상 대감 말로는 뭔가 다른 속내가 있는 것 같다고 하더군요."

어쩌면 그 다른 속내가 다른 여인을 품고 있어서일까. 그리고 그 여인이 담월이라면…… 각운은 허황된 생각을 하다가 고개를 저었다. 하지만 그녀의 얼굴에 띤 희망과 기대의 빛을 보면 전혀 가능성이 없는 추측은 아닌 듯싶었다.

각운은 조회 이후 좌의정과 함께 경원대군이 머무는 주영각에 찾아갔을 때를 떠올렸다. 최근의 몇 가지 일을 빼놓고는 종조부인 율덕의 말을 잘 따랐던 왕자였다. 그랬기에 그 단호한 거절에 율덕은 꽤나 충격을 받은 모양이었다.

'혼례라니요. 그럴 수는 없습니다.'

'대체 무슨 말씀이십니까, 마마. 이미 정해져 있는 혼사, 혜연 낭자와 가례를 올리고 경운궁으로 출궁을 하시면 되는 일이 아닙니까.'

'……적어도 지금은 아닙니다. 필히 해야 한다면 좀 더 시간을 주세요. 최소한, 아바마마가 깨어나신 후에나 생각해 보겠습니다.'

하지만 좌의정이 밀어붙인 일이다. 요새 한껏 자신의 손을 벗어나려고 애쓰고 있는 경원대군을 손아귀에 확실히 넣고자 한 수였으니 조금 미뤄질지언정 예정대로 진행될 것이 뻔했다.

'마마가 원하지 않아도 이미 흐름은 시작되었다. 경원대군은 반드시 이 율덕의 손을 잡을 수밖에 없을 것이다.'

지난번 유르지크의 일 이후로 탄헌군과 경원대군의 대립 구도는 그 기틀이 잡혀가고 있었다. 두 사람이 원하든 원하지 않던 간에 그 흐름은 막을 수 없었다. 세자는 결을 경계하고 더 나아가 그의 뿌리를 뽑아 짓밟으러 나올 수도 있었다. 그걸 막기 위해서라면 경원대군은 좌의정의 손을 잡아야 하리라.

각운은 그렇게 생각하며 담월에게 인사 대신 마지막 말을 건넸다.

"어찌 됐건 국혼은 예정대로 진행될 겁니다. 좌상 대감이 작심하고 밀어붙인 일이니까요. ……그러니 너무 마음 쓰지 말고, 그대 할 일에 집중하십시오."

자신의 말에 그녀의 표정이 바스라지는 것이 눈에 빤히 보였지만 어쩔 수 없었다.

각운이 나가고 담월은 소화가 이부자리를 펴 주러 들어올 때까지 옷도 갈아입지 않고 그 자리에 앉아 있었다. 소화가 들어와 무슨 일이 있냐고 묻고 나서야, 아무 일 없다며 일어나 상투를 푸르고 옷을 갈아입었다.

"아무리 봐도 무슨 일이 있는 것 같은데요. 계속 한숨을 쉬고 계시지 않습니까."

소화는 담월의 머리를 빗어주며 걱정 어린 목소리로 계속 물었다. 담월이 면경 너머로 그녀의 얼굴을 살폈다. 그건 진심으로 담월을 염려하는 얼굴이었다. 각운은 계속해서 소화를 조심하라 일렀지만 자신을 이렇게 아끼는 것이 눈에 보이는 사람을 조심해야 하다니. 그녀는 고민하다가 입을 열었다. 이런 얘기를 털어놓을 수 있는 건 오직 같은 여인인 소화뿐이었다.

"……사랑이 참 사람을 어리석게 만드는 것 같아요."

눈을 내리깔고 나직이 내뱉은 담월의 말에 소화는 조금 놀란 얼굴이었다. 그러나 이내 알았다는 듯 미소를 지었다. 제아무리 남장을 하고 있다지만 몸이며 마음은 여인의 것이니까. 소화는 담월의 머리를 하나로 매어주며 그녀의 말을 받았다.

"어리석다 뿐이겠습니까. 한심하고 미련하게 만들기도 하지요. 매번 이렇게 아플 것이면 다신 안 하겠노라 마음을 먹지만, 그것이 마음대로 되는 것도 아니고요."

소화와 이런저런 얘기를 하긴 했지만 연모의 감정을 주제로 말해 본 것은 처음이었다. 담월은 여태 궁금했지만 실례가 될까 싶어 마음에 묻어 왔던 질문을 던졌다.

"소화는, 좌랑을 좋아하죠?"

그녀의 물음에 소화는 대답을 주저했다.

"글쎄요…… 이젠 이게 연정인지도 잘 모르겠어요. 처음에는 그저 호기심이었는데 말이죠. 눈을 빛내며 열심히 노력하는 그 사람이 신기했거든요. 그러다 보니 계속 눈이 가고, 눈이 가다

보니 사람이 메말라 금이 간 부분이 보이고…… 참 신기하죠.
내 상처도 아닌데 나보다 더 챙기고 보살피게 되는 걸 보면 말
이에요. 늘 좋으냐 하면 그것도 아니고, 때론 내 마음을 몰라주
는 것보다 더 밉게 굴 때도 있지만…… 미운 것도 정이려니 하
는 것이죠."

담월에 비해서 훨씬 세월이 오래된 마음을 소화는 무덤덤하
게 읊었다.

"제가 감히 탐낼 수 있는 사람이 아니니까요. 그저, 조금이
라도 제 존재가 좌랑에게 도움이나 힘이 되었으면 하는 마음만
남았다고나 할까요."

소화는 빙긋 웃어 보였다. 슬픔을 제쳐 두고 저렇게 웃기까
지 얼마나 오랜 시간이 필요했을까. 담월로서는 가늠하기도 어
려웠다.

"어쩐지 비슷하네요. 욕심낼 수 없는 사람인 것도…… 소
화, 나는요. 그분께 소화와 같은 말을 들었어요. 처음에는 열심
히 하는 게 신기했을 뿐인데, 이제는 힘이 되어 주고 싶다고요.
……하지만 난 받아들일 수가 없었어요."

그렇게 한 남자의 마음을 거부하고, 거절하고. 이제는 그 사
람이 다른 여인의 배우자가 되는 것을 지켜만 봐야 한다니. 시
무룩한 담월의 어깨를 소화가 도닥거리며 달랬다.

"담월의 사정이 사정인 만큼, 그럴 수밖에 없었겠죠. 하지만

내가 좋아하는 사람이 나를 좋아한다면, 그것만으로도 충분할지도 몰라요. 두 마음이 하나의 끈으로 엮이지 않아도요."

소화는 담월이 은애하는 것이 누군지 알기라도 하듯, 마지막 말을 덧붙였다.

생각이 많아 잠 못 드는 밤이었다. 좋아하는 마음만으로도 충분할지도 몰라요, 소화의 말이 계속 귓가에 맴도는 것 같았다. 결이 만약 혼례를 올리더라도 이 마음을 털어놓는 것이 좋을까. 괜히 그 마음에 짐만 더하는 게 아닐까. 하지만 이미 거절한 자신이 무슨 염치가 있어서…… 같은 문제로 계속 제자리걸음만 하고 있는 이 모습을 결이 알게 된다면 뭐라고 말할까. 자신이 마음에 두었던 여인은 그렇게 우유부단하지 않다며 일침을 놓을까.

하지만 결, 당신의 생각이라서 그럽니다. 함부로 나설 수도, 다가설 수도 없는 마음이라 그래요.

담월은 그렇게 밤새 뒤척이다가 겨우 잠이 들었다.

어제 하루를 쉬고 입궐한 강현은 유정에게서 어제 있었던 얘기를 들었다. 이 역사에 길이 남을 일을 놓치다니, 유정은 강현이 놀라 입을 떡 벌린 것이 그 아쉬움 탓이라고 생각해 더욱 신이 났다.

"진짜, 대군마마께서 혼례를 올린다고요?"

"그래, 네가 안 나왔던 어제 그런 엄청난 안건이 있었다고. 지금 궁내는 전부 그 얘기뿐이야. 전하가 쓰러지고 나서 쭉 분위기가 침침했잖아. 다들 오랜만의 행사라 신이 난 거지. 너도 예문관에 들어온 후 첫 국혼이잖아, 기대되지?"

유정이 강현의 옆구리를 쿡쿡 찔렀지만 그는 지금 그런 거에 일일이 반응할 정신이 아니었다. 담월이 어제 나왔으니 분명 이 소식을 들었을 텐데. 그녀의 충격이 이만저만이 아닐 터였다.

"아, 네. 네…… 권 형, 담원은 어디 있습니까?"

"원이는 오늘 세자 저하의 수업인 서연 담당이라 벌써 비연각에 갔지. 그 녀석은 언제나 먼저 가서 준비하잖아."

하여튼 후배들이 너무 부지런해서 이 선배가 부끄럽다니까. 유정이 마음에도 없는 소리를 하는 동안 강현은 안절부절못했다. 경원대군이 혼인을 한다고 그에게 기회가 주어질 거라는 발칙한 생각을 한 건 아니었다. 그저 담월이 걱정될 뿐이었다. 그도 그런 쓰린 실연을 겪어 본 바 있으니까. 하다못해 사정을 아는 자신이라도 곁에 있어 주면 그 속이 달래질까 싶어서였다.

그런 강현의 모습에 똥 마른 강아지냐고 유정이 한 마디 하려던 차, 예문관의 문이 열리며 내관 하나가 들어왔다. 세자를 모시는 동궁의 내관이었다.

"아니, 동궁전의 내관께서 예문관에는 어쩐 일이십니까?"

"오늘 세자마마의 서연이 취소됐으니 사관은 들지 말라는 분 부입니다."

"아―! 아쉬워라. 늦으셨네요. 오늘 번인 녀석이 워낙 성실해 서 벌써 비연각에 갔을 겁니다."

그 말에 강현이 벌떡 일어났다.

"제가 가서 데리고 오겠습니다!"

"뭐 하러 그래? 곧 오겠지. 넌 빨리 와서 책들이나 날라. 니들 이 요새 번갈아 빠지는 바람에 일이 밀렸단 말야. 서책에 곰팡 이 슬면 니들이 책임질 거냐?"

그 말이 거짓은 아니었는지 웬만하면 웃으며 다녀오라고 보 내 줬을 유정이 강현의 뒷덜미를 잡고 서재 쪽으로 질질 끌었 다. 하는 수 없이 그는 유정을 따라서 서재의 책들을 볕 좋은 마당으로 나르기 시작했다.

*　　*　　*

일찍 예문관을 나선 덕분에 담월은 서연 시간이 되기도 전에 도착했다. 아직 강사들이 도착하지 않았다는 말에 어쩔까 고민 을 하던 담월은 그냥 비연각 안으로 들어갔다. 미리 가서 준비 를 하려고 일찍 온 것이니까. 제대로 잠도 못 잤지만 요새 너무 일을 제대로 못 하는 것 같아 반성하는 의미이기도 했다.

탄헌군이 공부를 하는 방 앞에서, 그녀는 자신이 들어간다고 고하려다가 안에서 들려오는 목소리에 멈칫하고 말을 삼켰다.

"저하! 다시 한 번 생각해 보십시오! 지금 처리하지 않으면 저하께 큰 해가 될 것입니다!"

"박 상서, 여긴 내실이 아니라 서연을 준비하는 비연각일세. 누가 들으면 어쩌려고…… ―그 말은 못 들은 걸로 할 테니 그만 물러나시게."

"저하―!"

뭔가 심상치 않은 대화들이었다. 욱의 목소리가 평소와 달리 내키지 않는 투여서 담월은 더욱 호기심이 돋았다. 탄헌군 이욱은 그 어떤 것에 대해 얘기하든, 한다면 한다, 아니면 아니다라고 말하지 저렇게 말을 흐리는 경우가 없는 남자였다. 대체 무슨 일이기에 저 세자에게서 무딘 반응이 나오게 한 걸까?

안쪽의 사람들이 나오는 발소리가 들리자 담월은 도다다 뛰어서 저 구석에 숨었다. 여기에 있다간 엿듣고 있었다는 오해를 받기 딱 좋았다. 덜컥, 문이 열리고 사람들이 성난 걸음으로 안쪽에서 걸어 나왔다.

"저하는 안 되겠습니다. 어떻게 하지요?"

"다른 방도를 찾아봐야지요. 후, 꼭 대군마마의 일만 되면 저리 물러지시니."

탄헌군의 측근들은 자기들끼리 쑥덕거리며 비연각을 나서 어디론가 바삐 향했다. 그들이 저 멀리 사라지는 것까지 확인한 담월은 내관마저 없는 비연각 안으로 들어갔다. 한숨을 쉬며 머리를 짚고 있던 욱은 그녀가 들어오자 조금 놀란 얼굴이었다.

"오늘 서연은 취소한다고 했는데, 예문관에 전갈이 늦게 간 모양이군."

"제가 좀 일찍 나왔더니ー. 그럼 이만 물러가겠습니다."

"아니, 기왕 먼 걸음 했으니 와서 앉아라. 함께 차라도 마시지. 내 도 검열을 꽤 아끼면서도 단둘이 자리를 해 본 적은 없군."

그는 손을 까딱이며 담월을 제 앞으로 불렀다. 좀 전에 나간 사람들과 차를 마시던 모양인지 다기가 전부 갖춰져 있었다. 담월이 필묵함을 옆에 내려놓고 탄헌의 앞에 앉자 그는 빈 잔에 차를 따라 주었다. 욱이 따라 주는 찻잔을 받은 적은 여러 번이었지만, 그의 말대로 단둘이 있는 것은 처음이었다.

"조금 식었지만 마셔라. 아까 있던 이들은 내 잔을 받을 생각도 안 해서 원."

"감사합니다, 저하."

그 범과 같은 세자와 단둘이라니, 긴장이 될 법도 했지만 의외로 그렇지 않았다. 아마 그가 평소보다 누그러진 모습이기 때문이겠지. 그녀는 너무 오래 두었는지 쓴 맛이 우러난 차를 홀짝이며 욱의 모습을 살폈다. 늘상 갑옷처럼 두르고 있던 살기를 내려놓은 모습이 무척이나 낯설었다.

"조금…… 피곤해 보이십니다."

담월의 걱정에 탄헌은 다른 생각을 하다가 피식 웃었다.

"안 어울리는 모습이라고 생각하고 있는 모양이군."

"아, 아뇨. 저하께서도 사람인데 피곤하실 수도 있지요. 요새 정무도 워낙 바쁘시니……."

"그러는 도 검열이야말로 몸이 약한 것 같던데. 다른 사관에게 물으니 요새 자주 앓아눕는다고 하더군. ……지난번 손을 잡았을 때 차디찬 것이, 혈기가 통하지 않는 여인네들 같더군. 몸을 보하는 약 한 채 내릴 테니 건강에도 신경을 좀 쓰게."

웬일로 걱정까지 하다니. 세자마마야말로 어디 아프신 게 아닐까? 그런 무엄한 생각을 하면서 담월은 찻잔에 남은 찻물을 비웠다. 지금의 욱에게선 조금 식은 이 차의 온도만큼의 따스함이 느껴졌다. 이 남자가 다정하게 굴 때는 이런 모습이구나. 담월은 결이 왜 늘 형님, 형님하며 욱을 따랐는지 알 것도 같았다. 밤새 생각에 절여 노곤해진 머리가 개운해지는 기분이었다.

"갑작스럽게 국혼을 준비해야 하다 보니 신경 쓸 것이 많군. 내 아들도 아니고 아우의 혼례를 내가 준비해야 할 거라곤 생각도 못 했는데. 내겐 아직도 어린 갓난쟁이 같은데 말이지. 그런 녀석이 비를 맞는다라……."

지난번 여진의 일로 뒤통수를 맞았음에도 탄헌은 아직도 결이 그만치 자랐다는 걸 잊곤 했다. 결에게 욱이 한없이 태산과 같은 형이었다면, 욱에게 결은 늘 아이와 같았으니까.

"담원 그대가 생각하기엔 어떤가. 내 아우가 혼인을 하면 좋은 부군(夫君)이 될 것 같은가?"

갑작스러운 탄헌의 물음에 담월은 마시던 차를 뱉을 뻔했다. 애써 잊고 덮어 둔 생각이었는데 이렇게 떠올리게 하다니.

"그, 그걸 제게 물으시는 연유가……?"

"예문관의 도 검열이 아내에게 지극 정성이고 입궐하지 않을 땐 같이 시장도 돌아다니는 좋은 서방이라는 얘기를 들었으니 하는 말일세. 물론 왕자와 그 비의 관계가 일반 반가의 그것과 같지는 않겠지만."

그렇게까지 말하니 담월로서는 뭐라도 대답을 해야 했다. 하지만 그녀가 얘기할 수 있는 것은 그저 일반론적인 말뿐이었다.

"좋은…… 낭군이 되실 거라고 생각합니다."

머뭇거리며 말을 아끼는 모습에 탄헌은 답답하다는 듯 재차 물었다.

"내 앞이라고 그렇게 얘기하지 말고. 그럼 이건 어떤가? 자네가 여인이라 생각하고 결이와 같은 아이를 부군으로 맞는다면?"

다른 사내들이었다면 그게 무슨 희롱이냐며 한 번 정색이라도 했을 법한데. 담월은 그 말에 잠시 생각에 잠겼다. 그 잠시의 침묵을 욱은 여유롭게 기다려 주었다. 그리고 이내 그녀는 입을 열었다. 아까의 주저함은 어디에 뒀는지, 마치 몇 번이고 생각이라도 했던 것처럼 말은 거침없이 흘러나왔다.

"봄이면 아지랑이 피는 들녘에 데려가, 가장 먼저 핀 꽃을 꺾어 주실 것 같습니다. 그러면서 올해도 내자와 함께하게 되었으니, 다시 한 번 잘 부탁한다 인사를 하시겠지요. 날이 부쩍 더워지는 여름이 되면, 붙어 있으면 열이 오른다 멀리 떨어져 있어도 꼭 가까이 다가와 손을 붙잡고, 곧 비가 온다고 하니 잠시 붙어 있어도 되지 않겠습니까. 그런 말을 하는 낭군이 되실 것 같습니다. 성정이 자상하시니 아이를 좋아하실 것도 같네요. 가을이면 까치밥만 남겨 두고 아이가 따 달라는 대로 감이며 대추며 다 따 주고는 혼이 나실지도 모르겠습니다만, 그 화를 풀어 주겠다고 넘실거리는 살사리꽃을 끊어 와 한 다발 안겨 주실 테지요. 겨울이 오면 방은 함께 있는 것만으로 충분히 더워질 테니 땔감은 어려운 사람들에게 나누어 주자며 이불을 덮어 주실 겁니다. ……그런 부군이 되시겠지요."

흐음, 팔짱을 낀 채 듣고 있던 탄헌이 헛기침을 했다. 담월은 그제야 정신이 들었다. 잠을 잘 못 잔 탓인지 마음속 깊숙이 있던 제 상상을 너무 고스란히 입 밖으로 꺼낸 것이 아닌가. 부끄러움에 얼굴이 확확 달아올랐다. 그녀는 어색하게 웃으며 마무리를 지었다.

"어디까지나 반가의 얘기입니다. 아내에게 물어보니 그런 사람이 부군으로 참 좋다고 하더군요, 하하―."

그녀의 서툰 변명에도 욱은 별달리 트집을 잡지 않았다. 대신 그는 아까보다는 무거운 음색으로 다시 물었다.

"그렇다면 결이가 왕이 되면 어떨 것 같은가?"

"……예?"

"수신제가 치국평천하라 했으니, 집안에서의 모습을 보면 그 사람의 왕으로서의 모습을 볼 수 있겠지. 그대의 말대로라면 그 아이는 자상하고 다정한 남편이 되겠다만, 너무 제 자식을 아끼는 면이 큰 점이나 제집안보다 남을 더 챙기는 것이 문제가 되지 않겠는가?"

의미심장한 말이었다. 그러나 담월은 바로 답을 내놓았다. 좀 전의 대답이 고민 끝에 나온 것과는 다른 모습이었다.

"왕으로서는 조금 다르겠지요. 한 가정의 가장일 때는 다 챙기고 감쌀 수 있겠지만, 임금의 자리는 그럴 수 없는 법이니까요. 보다 기준을 엄격히 세워 어떤 것은 끌어안고, 어떤 것은 과감히 내치실 겁니다. 하지만 그 따뜻한 성정이 어딜 가겠어요. 자신을 미루어 보아 그 관용을 온 나라에 베푸시겠지요. 백성이 자식이라면 집안의 아이 한둘에게 아낌없이 베푸는 것처럼 할 수 없으니 그 분배의 형평을 고려하실 테고, 만백성에게 나누기 위해 궁이 검소함을 먼저 보이는 것은 그 무슨 문제겠습니까?"

이 자리가 과거 시험장이거나, 대신들의 배움을 논하는 경연이었다면 담월의 대답은 가히 으뜸을 받을 수 있을 터였다. 하지만 그녀는 때와 장소를 잘못 골랐다. 그리고 들을 사람도 그랬다. 욱은 기분이 상한 듯 낮은 목소리로 투덜거렸다.

"그대에게 지금의 자리를 준 것은 나인데, 그대는 내 아우를 나보다 더 임금의 자리에 어울린다 생각하는 것 같군."

그렇게 말하자 담월은 '그, 그런 게 아닙니다!' 하며 손을 내저었다. 그 당황하는 모양새가 탄헌이 예상한 반응 그대로였다. 하여튼 솔직하고 올곧아 더욱 놀리는 맛이 있었다. 이 난처함을 어떻게 해야 하나 머리를 굴리는 모습을 보니 그는 더욱 장난이 돌았다.

"질문을 바꿔 보지. 내가 그대의 낭군이라면 어떨 것 같은가?"

"그런 건 세자빈 자가께 여쭤 보시면 되지 않겠습니까?"

좀 전에 결에 대해서 물을 때는 진지하게 답하더니, 이제는 담월도 욱이 저를 골리려고 묻는 것임을 알아차렸는지 적당한 말로 도망쳤다. 순순히 바늘에 꿰이지 않는 고기를 보듯 욱의 시선이 나른해졌다.

"빈과 사이가 나쁜 건 아니지만 그녀는 나도 때론 한 수 접어 줘야 하는 여인이라, 부부라기보단 사내들보다 더한 동지와 같지. 그래서 가끔은 궁금하네. 내가 결이처럼 내자를 얻고, 평범한 왕자로 출궁해 오순도순 산다면 어떤 지아비일까, 자식에게는 좋은 아비일까. 그런 생각을 하곤 하지. ……그랬으면 지금보다는 마음 편한 삶이었을까 하면서."

다람쥐가 호랑이를 안쓰럽게 보는 격이겠지만, 담월은 그 순간 욱이 딱하게 느껴졌다. 임금인 형원에게서 미움을 샀다는 것에서 동병상련이라도 느낀 것일까.

그나마 나는 아버지가 그렇게 되기 전까진 평화로운 시절을 보냈지만 저분은…… 태어나면서부터 제 운명만 잘못된 길에 들어 있는 기분은 어떤 걸까. 어째서 이 남자는, 세상 그 누구도 거역할 수 없을 것 같은 풍모를 가지고 그 누구보다 가련해 보이는 상처를 제게 들이미는 걸까.

하지만 그녀가 그런 생각을 한 것도 잠시, 그는 원래의 탄헌군 이욱으로 돌아왔다. 그는 입가에 짓궂은 미소를 걸었다.

"기분이 나지 않는다면 그런 기분이 들게 하는 것도 좋겠지."

"네? 그게 무슨―"

그는 찻주전자가 올라와 있던 상을 옆으로 치웠다. 그리고 담월에게 다가가 그녀의 목을 끌어안았다. 귓가를 적실 듯 촉촉한 속삭임이 들려왔다.

"어떤가, 이러면 내 질문에 답할 마음이 드는가?"

"저, 저하……!"

너, 너무 가깝습니다! 앙칼진 목소리에도 탄헌은 아랑곳 않고 마치 정인을 끌어안듯이 담월을 더욱 품에 안았다. 흐음, 작은 감탄사와 함께 뱉어진 숨이 귀를 넘어 목덜미까지를 더듬었다. 욱은 그녀를 끌어안은 한 손으로 머리카락을 쓸어 올린 가장자리를 더듬었다. 파르르 떨리는 목선을 따라 손가락을 미끄러트리니 아직 보송보송한 솜털과 부드러운 살결이 고스란히 느껴졌다.

"상투를 튼 목도 이리 가지런하니, 쪽을 쪄도 그러하겠지. 살냄새도 사내의 것이라고 하기엔 너무 달구나."

목선에 닿을 것 같은 입술과 그 노골적인 말에 담월은 결국 참지 못하고 탄헌군을 밀어냈다.

"저하―! 장난이 과하십니다!"

마치 강제로 옷고름을 풀린 처녀 같군, 욱은 순순히 물러나 주며 못내 유쾌하다는 듯 웃었다. 오늘 밤 술안주는 두견화보다 더 붉게 물들은 저 얼굴로 충분할 듯싶었다.

"하하핫, 자네가 결이를 하도 칭찬하니 심술이 돋았군. 너무 화내지 말게."

"더 이상 볼일 없으시면 소인 이만 물러나겠습니다!"

담월은 화가 난 목소리를 애써 감추지 않고 자리에서 벌떡 일어났다. 옆에 누가 있었다면 저 예의 없는 것 좀 보라며 지적을 받았을 정도로 담월은 무례한 모습으로 자리를 떴다. 탁, 큰 소리를 내며 문이 닫혔다. 욱은 그 사라진 잔상을 오래오래 기억하려는 듯 눈을 감았다. 아우가 가진 것들은 왜 늘 매력적인 건지, 그리고 자신은 왜 그것들을 탐내게 되는 건지 참 알 수 없는 노릇이었다.

세자가 있는 비연각을 떠났던 탄헌의 측근들은 고민 끝에 동궁전인 중화당으로 향했다. 그곳엔 탄헌이 아닌, 자신들의 말을 들어줄 사람이 있었다. 중화당의 서쪽 방, 내명부에서라면 탄헌만큼이나 큰 권세를 가지고 있는 여인이 있었다. 몸이 약한 중전과 수많은 형원의 후궁들을 제치고 궐내의 실권을 가지고 있는 여걸, 세자 탄헌군의 세자빈 윤씨였다. 욱의 측근들은 탄헌에게 했던 말을 그대로 그녀에게 전했다.

"―빈궁마마, 부디 소인들의 말을 귀 기울여 들어주시옵소서!"

그녀는 가는 눈으로 제 앞에 고개를 수그린 신하들의 면면을 살폈다.

"그러니까 여러분께서 말하시는 바를 정리하자면, 대군마마의 혼사를 좌시해서는 안 되겠다…… 이 말씀이신가요? 정말 그것이 전부입니까?"

측근들은 고개를 들어 윤씨와 시선을 마주하곤 몸을 잘게 떨었다. 야심이 있는 여인을 그린다면 딱 그런 모습일까. 속내를 드러내지 않는 가는 눈은 결코 휘어지게 웃는 법이 없었다. 겉으로야 왕실 어른들을 공경하며 예의범절에 바른 모습을 보여주는 여인이었다. 주인 없는 내명부를 잡음 없이 이끌어 가는, 그녀의 부군처럼 완벽한 세자빈. 하지만 그것이 가면에 불과하다는 것을 욱의 측근들은 알고 있었다. 권세에 대한 야욕을 숨기지 않는 당당함과 탄헌에 맞먹는 위압감을 그 가면 밑에 얌전히 숨기고 있다는 것을.

더 할 말이 있으면 어서 털어놓으라는 그녀의 시선에 그들 중 하나가 머뭇거리며 입을 열었다.

"빈궁께서 결정을 해 주셨으면 좋겠습니다. ……경원대군을 제거하는 건에 대해서 말입니다."

"호오…… 마마의 목숨을 취한다라."

그녀의 반응은 그리 나쁘지 않았다. 용기를 얻은 다른 신하들이 나서서 그 행위의 당위성을 설명했다.

"좌의정의 세력은 결코 만만치 않고, 경원대군을 지지하는 분위기도 제법 거셉니다. 그나마 두 사람이 물과 기름처럼 한곳에 있으나 섞이지 않는 모습을 보였기에 그 세가 이 정도에서 멈춘 것입니다. 그런 그들이 혼사로 묶이게 되면 그 파가 얼마나 불어날지 가늠하기 어렵습니다."

"세자 저하께도 말씀드려 봤지만 그분은 경원대군에 대해서
는 너무 무르시다 보니…… 결정을 내려 주실 분은 빈궁마마뿐
이십니다."

그녀에게 책임을 종용하는 이들을 보며 윤씨는 웃었다. 말로
는 세자를 위한다 하지만 그것이 탄헌의 즉위 후 자신들의 세
력을 보장받기 위함임을 누가 모를까. 그러나 욱이 결을 아끼
는 것이 남다르니, 혹여 그에게 힘을 쥐여 주고도 미움을 살까
그 결정을 탄헌도 함부로 하지 못하는 윤씨에게 미루는 모습들
이 참으로 가당찮았다.

"혈육의 정 때문에 저하께서 마음을 다칠까 영 저어된다면
좌상을 치면 되는 것 아닙니까? 무릇 승냥이와 같은 떼는 그 무
리를 잃으면 쉽게 와해되는 법인데."

"좌의정에겐 주각운이 있지 않습니까. 그자를 뚫고 권 대감
을 해할 수 있는 자는 없습니다. 좌랑이 곁에 없어도 좌상 대감
은 언제나 호위를 겹겹이 두르고 있어 일이 어렵습니다."

"문관인데도 동년배에 적수가 없다는 이조의 좌랑 말이군요.
흐음―. 이보게, 주원. 자네 실력으로도 모자란가?"

측근들의 말미에 있던 세자 익위사 주원이 윤씨의 부름에 고
개를 들었다. 그는 어릴 적부터 모셔 왔던 아씨이자, 이젠 제
주인의 여인이 된 세자빈의 물음에 그렇노라 답했다. 그녀는

그 대답이 마음에 차지 않는 듯 야멸차게 쏘아붙였다.

"쓸모가 없구나. 듣자 하니 그 좌랑도 좌상의 양자라던데, 내가 주운 것이 주원 네가 아니라 그 사내였으면 좋았을 것을."

주원의 굳게 쥔 주먹이 떨려 왔다. 하지만 그가 윤씨에게 진 빚은 목숨을 다해도 갚을 수 없는 것. 제 실력이 부족해 받는 모욕이니 감내할 수밖에 없었다. 그녀는 다시 측근들에게로 시선을 돌렸다.

"그러면 마마의 일은 가능성이 있는 것입니까?"

"예. 요새 부쩍 아무도 대동하지 않고 저잣거리에 밀행을 나가신다고 합니다."

"하긴, 마마께선 소년 시절부터 호기심이 남달랐지요. 늘 궐 안에 갇혀 살아서 그런가, 저하가 정벌에서 돌아오시면 옷을 잡고 매달리며 바깥 얘기를 해 달라고 졸랐으니, 호호호."

그녀의 눈이 보기 드문 호선을 그렸다. 아직 자식이 없는 세자빈이니 설마 그녀도 결에게 욱만큼이나 애정을 갖고 있는 것일까. 사람을 잘못 고른 게 아닐까 하는 불안감이 신하들 사이에 퍼졌다. 하지만,

"그 호기심이 이제는 화가 되겠군요. 불쌍한 것."

윤씨의 눈이 사냥감을 발견한 뱀처럼 반짝였다. 그녀는 화색이 돈 얼굴들 중 여전히 어두운 얼굴인 주원을 옆으로 불렀다.

"세세한 계획은 경들께 일임하겠습니다. 주원을 빌려 드리

지요. 주원, 이번 일로 저하께 지난번 끼쳤던 누를 만회하길 비네."

세자빈의 명령에 주원은 고개를 깊이 숙였다. 욱이 얼마나 결을 아끼는지 보아 온 입장에서 내키지 않는 명이었지만 어쩔 수 없었다. 그런 그에게 쐐기를 박듯 윤씨가 제 배를 어루만졌다.

"네 검으로 구름을 걷어 나와 내 아이에게 맑은 하늘을 보여 주겠지?"

그녀는 주원도 한낱 어리석은 사내라는 것을 잘 알고 있었다. 윤 씨가 탄헌의 비가 되던 날, 쏟아지는 빗속에서도 자신을 향한 시선을 꺾지 못하던 그였다. 그러면서도 탄헌에 대한 충심도 접을 수 없던 불쌍한 남자. 그런 그에게 세자빈이 밴 탄헌의 아이란 그 어떤 주저함도 지우게 하겠지.

갑작스러운 회임 소식에 측근들이 경하 드린다며 호들갑을 떨었다. 그녀는 확실히 자리를 잡기 전까지는 비밀로 해 달라며 미소 지었다.

그 미소에 주원은 마음을 다잡았다. 그의 칼로 이 땅에 피를 뿌리리라. 자신의 죄가 주군과 새 아기씨가 뿌리내릴 토양에 밑거름이 된다면 그는 그것으로 족했다.

"신 주원, 동궁전의 두 분과 아기씨를 위해 임무를 완수하겠습니다!"

낮게 울리는 그의 굵은 목소리에 윤 씨는 만족스럽게 웃어
보였다.

비연각을 박차고 나온 담월은 한참을 씩씩대며 걷다가 구석
진 계단의 섬돌에 털썩 앉았다. 그러곤 울컥 치밀어 오른 화가
가라앉을 때까지 숨을 가다듬었다. 울고 싶었다. 곁에게 여인
이지 못한 것도 서러운데 그것을 갖다 희롱을 하다니. 욱에게
느꼈던 그녀의 아련한 감정을 걷어 그 얼굴에 던지고 싶은 심
정이었다.

그녀는 다시 한 번 아까의 일을 상기했다. 떠올리고 싶지 않
아도 계속해서 머리에 맴돌았다. 욱을 밀치지 않았다면 그는
더한 것도 할 기세였다. 눈을 마주쳤으면 관복은 물론이요 그
안의 속곳과 가슴가리개까지 발가벗겨지는 기분이었으리라.
그리고 그 와중에도 세차게 뛰었던 심장이라니. 마음에 둔 사
내가 따로 있으면서 어찌⋯⋯!

담월은 부끄러움과 죄스러움에 얼굴을 감쌌다. 설마 계집인
것을 들킨 건 아니겠지, 하는 생각도 묻혀 사라질 정도였다. 쉽
게 털어 낼 수 없는 목선의 감촉이 다시금 생경하게 떠올라 몸
을 떨고 있을 때, 멀리서 이쪽으로 다가오는 발걸음 소리가 들
렸다.

"여기 있었군요, 담월."

"결…… 아니, 대군마마."

그녀는 몇 번이고 속으로 불렀던 이름을 내뱉었다가 황급히 호칭을 고쳤다. 궐내에서 담월이라 부르다니, 반칙이었다. 하필이면 지금 이때 가장 얼굴을 들고 바로 볼 수 없는 사람이 오다니.

"예문관에 갔더니 그대가 비연각에 갔다 하고, 비연각에 가니 또다시 나왔다기에 이 근처를 한참을 돌았습니다. 근데 무슨 일이라도 있었던 건가요? 얼굴이 타는 듯 붉은데 고뿔이라도 든 건ㅡ"

결은 저도 모르게 손을 뻗었다. 찰싹ㅡ, 담월이 그의 손을 쳐냈다. 저도 모르게 나간 손에 그녀는 당황했다. 탄헌 때문에 달아오른 얼굴이라 죄를 지은 기분 탓이었을 것이다.

"ㅡ죄송합니다. 손 닿으셨다가 옮기라도 하실까 봐……."

옹색한 변명이었다. 하지만 결은 그 내침이며 변명을 다른 의미로 받아들인 모양이었다. 여름 볕을 등진 그 얼굴에 그림자가 짙게 드리웠다.

"요새 몸이 안 좋았단 얘기는 들었습니다. 예문관의 일이 너무 바쁜가 봐요. 몇 번이나 찾아갔지만 자리에 없더군요."

그런 매몰찬 거절과 구색을 끼워 맞춘 변명에도 그대는 왜 아직도 다정한 건지. 걱정했다, 그런 말은 하지도 않았는데 왜 목소리에 담긴 음색만으로도 마음을 젖게 하는지.

"인원수가 정원보다 적다 보니 어쩔 수 없는 일이지요. 그럼 이만 가 보겠습니다."

담월은 그대로 곁을 지나쳐 가려고 했다. 하지만 이미 한 번 쳐낸 손이 그녀를 다시 잡았다. 손이 잡힌 채로 뒤돌아보자 결이 굳은 표정으로 말했다.

"그대 뜻은 알겠으니 적어도 피하지는 말아 주세요. 아파도 내가 아픈 것이니 담월에게는 돌아설 이유가 없잖습니까."

잡힌 손은 아까 쳐냈던 그것처럼 쉬이 떨어질 것 같지 않았다.

"그리고, 나를 외면하는 당신의 뒷모습을 보는 것이 내 마음을 더 짓누르니까요. 조금이라도 나를 안쓰럽게 여긴다면, 그러지 말아요."

담월은 하는 수 없이 다시 돌아섰다. 무슨 말을 하려고 몇 번이나 그녀를 찾은 것인지. 어떤 말이든 듣고 싶지 않았지만 그녀가 피하고 싶다고 해서 피할 수 있는 상황이 아니었다.

"……알겠습니다. 하지만 바쁜 건 진짜니 어서 용무를 말씀해 주세요."

"내 혼사 얘기는 이미 들었겠죠."

듣다마다, 율덕이 주청하는 그 모습을 그녀의 눈으로 똑똑히 보았는데. 당사자인 그대보다도 먼저 듣고, 누구보다 세상이 무너지듯 놀랐는데.

"그대가 신경 쓰일 일은 아니겠지만, 제가 마음이 쓰여서요. 혹시라도 담월에게 말한 내 연정이 바람에 흩날리는 민들레 씨보다 가벼운 것처럼 보였을까 봐, 내내 그것이 신경 쓰였습니다."

제 눈치를 보는 결을 보며, 담월은 좀 전에 자신이 탄헌의 물음에 답했던 바를 떠올렸다. 어떤 낭군이 될 것 같냐니, 이제 와 생각하니 너무 잔혹한 질문이었다. 결코 제 사내가 될 수 없는 사람에 대해 아무리 생각해 봤자, 그 모든 것은 남을 위한 것인데. 이렇게 애타게 제 대답을 기다리는 모습도 결국 혜연의 것이 되어 버릴 텐데.

"그건…… 아닙니다. 아직도 제 안에 묵직한 돌처럼 얹혀 있는걸요. 아마 어떤 세월의 바람이 불어도 날아가지도 흔들리지도 않을 거예요."

결은 눈에 띄게 안도했다. 담월이 고르고 고른 말들이 그리 가벼운 것도 아닌데, 제 마음이 그곳에 가 닿았다는 것만으로도 충분히 만족한 얼굴이었다. 만약 그녀가 결을 연모한다고 솔직하게 털어놓으면, 겹겹이 발린 저 시름은 다 녹아내릴까.

"그러면 됐습니다. 바쁜 사람을 괜히 잡고 있었네요."

왕으로서는 대단할지 모르겠으나, 부모로서는 제 자식을 위해 어리석어질 뿐이었던 임금을 담월은 더 이상 욕할 수 없었다. 이렇게, 저 하나만을 위해서 쓰디쓴 진실을 결에게 털어놓고 싶은 마음이 앞서니까.

"드릴 말씀이 있습니다."

"네?"

그 말에 결이 황급히 몸을 돌려 다가왔다. 담월은 주변을 둘러보다가 지나가는 사람을 보고 목소리를 낮추었다.

"여기서는 좀 그러니, 소선당에서 뵈었으면 합니다."

결은 영문도 모르고 약속을 받아들였다. 과연 제 말을 다 듣고도 저 맑간 웃음이 흐려지지 않을까. 담월은 애써 마음을 다잡았다.

"오늘 마마께서 소선당으로 걸음을 하신다더군요."

율덕은 자신과 상관없는 일인 양 그 말을 혼잣말처럼 중얼거렸다. 그의 앞에 다소곳이 앉아 있는 여인, 혜연은 눈을 내리깐 채로 물었다.

"그 말을 소녀에게 하시는 저의가 무엇이신지요."

율덕은 바로 본론을 꺼내지 않고 수염만 매만졌다. 계집으로서는 이제 정점을 찍을 때여서 그런가, 지기 직전의 꽃이 가장 짙은 빛깔을 띠듯이 눈앞의 혜연은 참 고왔다. 얼굴의 깊은 수심을 꽃잎 깊은 곳 마른 주름 숨기듯 감춰 둔 것도 그랬다. 결에게 보내기는 아까운 계집이었다.

"마마께서 혼사를 한사코 거부하고 계시니, 가서 잘 설득을 해 보시지요. 내가 말하는 것은 도통 들질 않으셔서요. 무슨 별다른 사정이라도 있으신 건지."

"제가 무슨 힘이 있어 대감께서도 못 하신 일을 하겠습니까."

그녀의 말에는 내키지 않는 기색이 역력했다. 결이 혼사를 치르기를 거부했다는 말은 이미 들은 바 있었다. 아마 그 여인 때문이리라. 소년에게 사내대장부의 꿈을 갖게 한 여인.

혜연은 제대로 된 모습 한 번 보지 못한 담월의 모습을 조각조각 이어 맞췄다. 멀리서 들려오던 담담한 목소리로 얼굴을 빚고, 결의 고백에서 느껴지던 애틋함으로 표정을 입히고, 한섬이라 했던 하인의 말과 행동에서 전해지던 품성으로 그 자태를 상상했다.

윗물이 맑으면 아랫물도 맑다 했던가. 그런 아랫사람을 두었으니 그 아씨라는 여인도 감히 짐작할 만했다. 이만큼이나 나이를 먹고 남편으로 내정된 사람의 뒤를 밟기나 하는, 이런 치졸하고 치기 어린 그녀를 단 한 번도 탓하지 않았던 사내였다. 반가의 선비였다면 웃전이 될 몸으로 아량이 좁다며 대번 면박을 주었을 테다. 하지만 그는 그러지 않았다. 되레 그 빗속에서 남들 눈에 띄지 않는 길로 가겠다며 그녀를 업고 몇 개의 골목을 돌고 돌았더랬다.

그 잠시간만이라도 그토록 온전히 자신만을 생각해 준 사내가 그녀의 삶에 있었던가. 혜연은 한섬에 대한 생각이 가시질 않았다. 베이고 찢긴 상처에 빗물 새어 든 것처럼 계속 가슴이 따끔거렸다. 애써 그 여인은 좋은 사내종을 두었구나, 하며 머릿속에 밀어 둘 뿐이었다.

혜연의 생각이 꼬리에 꼬리를 물다가 율덕의 한 마디에 끊어졌다.

"그래도 그대가 왕자비 아닙니까. 그동안 두 분이 쌓아 온 정이 부부에 못지않을 텐데. 잘 설득해 보시지요. 이제 제게 빚을 갚을 때도 되지 않으셨습니까."

큰 화재로 부모도 재산도 다 잃고 친척집을 전전하다가 율덕의 집에 들어온 것이 그녀 나이 열 살 때의 일이었다. 그때 혜연은 율덕의 눈에 들었다. 그런 사정을 겪었는데도 어린 계집아이가 기품이 남달랐다. 집안도 이전부터 후궁을 여럿 배출한 집안이었으니, 그녀는 결의 내자가 될 사람으로 사는 대신 그 목숨을 부지했다.

따로 집을 얻어 주고 필요한 모든 교육을 지원했으며, 간택 이후 가례를 올리지 못했음에도 율덕은 계속 그녀를 후원했다. 가진 것이라고는 혼례도 올리지 못한 왕자비라는 사실뿐인 혜연이 율덕에게 이 빚을 갚을 수 있는 방법은 하나뿐이었다. 경원의 비가 되어 율덕의 말을 그의 귀에 흘려 넣는 것이 그것이었다. 내키지 않아도 어쩔 수 없었다.

"소선당에 가 보겠습니다. ……마마를 설득해 오지요."

"그래요, 그러서야지요."

혜연은 자리에서 일어나 문을 나섰다. 부스러질 대로 부서진 자존심의 파편이 걸음걸음마다 흩날리는 기분이었다. 결을 붙잡기 위해서는 대체 무슨 말을 해야 할까. 한 번도 그가 제 것인 적이 없었기에 그녀는 방도를 몰랐다.

한여름 소선의 정원은 그야말로 울창한 숲과 다를 바가 없었다. 한섬은 실로 오랜만에 돌아온 그의 옛 집을 둘러보며 감흥에 젖었다.

'스승님께 정체를 밝혔어요.'

담월이 그렇게 말한 이후로 한섬은 줄곧 소선당에 오고 싶어 했다. 담월에게 따로 말한 적은 없었지만 그에겐 나고 자란 곳이었다. 비록 종놈의 신세였지만 그는 이 사람 많은 한양 땅에서, 이토록 여유롭고 한적한 곳에서 살고 있다는 것을 자랑스럽게 여겼었다. 글공부에는 관심이 없었지만 주인인 소선과 그 제자들이 시문을 읊고 있는 소리가 그에겐 노동요와 같았으니까.

시절이 흘러 소선이 제자를 받지 않고 소선당의 하인도 줄어 정원의 관리가 옛적 같지 않았지만, 한섬은 충분히 즐거워 보였다.

"같이 나오길 잘했네요. 기분이 좋아 보여요. 그리고 생각보다 두루마기가 잘 어울리는걸요?"

아무리 그래도 하인의 차림으로는 소선을 만나기 어려웠기에 한섬은 나름 선비의 복장을 하고 있었다. 담월이 소화를 닦달해 후다닥 만들어 낸 옷이었다. 겨우겨우 모양만 잡았는데도 각종 일로 다져진 훤칠한 몸이라 그럴싸하게 맵시가 났다.

"이런 옷은 처음 입어 봐서 많이 어색한데……."

"괜찮다니까요, 오라버니. 아무도 모를 거예요."

"예끼, 무슨 소립니까!"

오랜만에 듣는 담월의 오라비 소리에 한섬이 식겁하며 소리를 질렀다.

"그런 차림을 하고 있으니 제게 오라버니 소리를 들어도 이상하지 않은걸요. 오늘만 전처럼 해 주세요."

한섬은 영 내키지 않는 눈치였지만 그녀가 재차 조르자 알았다며 고개를 끄덕였다. 도성에 온 이후로 한섬과 본의 아니게 거리를 둔 것이 못내 마음 쓰였던 담월이었다. 그게 이제야 시원히 속을 풀었다. 기왕 그렇게 됐으니 옛 주인인 소선을 뵙고 인사라도 드리고 싶다는 말에 같이 나온 것이 천만다행이었다.

"나리— 아니, 아니지…… 넌 어째 영 얼굴이 좋지 않은데. 아직도 몸이 안 좋은 건 아니지?"

한섬은 담월에게 버릇처럼 나리라고 하려다 다시 말을 바꾸었다. 치마저고리를 갖춰 입은 걸 보니 왕자 마마를 만나려는 것이 분명한데, 왜 저렇게 긴장한 얼굴인 건지.

"괜찮아요. 오늘 약속이 중요해서 좀 긴장한 것뿐이에요."

"그렇다면 다행이지만…… 그럼 난 이만 갈게. 소선당 쪽에 있을 테니 볼일이 끝나면 같이 돌아가자."

"알겠어요. 스승님께 제 선물도 잘 전해 주세요."

한섬은 어색하게 손을 흔들어 보였다. 담월이 저 멀리 정자로 걸어가자 한섬은 서둘러 소선당으로 돌아왔다. 뜰이 조용한 것으로 봐선 소선은 아직 돌아오지 않은 모양이었다. 그는 소선당 주변을 몇 바퀴 더 돌았다. 소선을 만나는 것 외에도 다른 속내가 있어서였다. 그 속내라는 것이 검다면 검었다.

'대군마마를 만나러 가는 것 같아서 지난번 그 아씨를 다시 볼 수 있을까 싶었는데…… 역시 헛된 생각이었나.'

그는 뒷머리를 긁으며 대문이 잘 보이는 곳에 있는 바위에 걸터앉았다. 평소보다 가지런하게 다듬은 상투가 영 거슬렸다. 그러나 그것도 잠시였다. 순간, 그는 뒤통수를 훑는 섬뜩한 시선을 느끼고 자리에서 벌떡 일어났다.

"누, 누구냐!"

그는 크게 소리치며 옆에 두었던 담월의 선물을 끌렀다. 소선에게 선물하기 위해 보자기에 싸들고 왔던 그것은 한 자루의 검이었다. 그는 다급하게 그 칼을 빼 들고 이리저리 사방을 살폈다. 그러나 그 시선의 주인은 찾을 수 없었다.

"착각이었나……? 이거 원, 안 맞는 옷을 입었다고 무척 긴장했나 보네."

그는 깊게 한숨을 내쉬며 칼을 검집에 집어넣었다. 하지만 착각이라고 하기엔 뒤통수에 꽂힌 살의가 너무 명백했다. 그는 다시 눈을 가늘게 뜨고 주위를 샅샅이 살펴보았지만, 그 시선의 주인은 이미 사라진 후였다.

결은 그들이 처음 만났던 그 정원의 정자에서 담월을 기다리고 있었다. 대체 그녀가 무슨 말을 하려고 자신을 불렀는지, 걱정이며 두려움, 그리고 기대가 혼잡하게 섞인 얼굴을 보며 담월은 두 장의 예언에 대한 진실을 전부 털어놓았다.

"왕의 예언이라니. 그것도 두 장이라니요. 저는 전부 처음 듣는 얘기입니다. 종조부께서 도 봉교를 모함하고, 그 때문에 아바마마께서 도가의 죄를 물으셨다니……."

결은 혼란스러움을 감추지 못했다. 담월은 미안함을 감추지 못했다. 어찌 됐든 그에게는 좋은 아버지였을 텐데, 그 치부를 낱낱이 고하게 되다니. 하지만 그보다 모든 비밀을 털어 버린 허탈함이 더했다.

"그것이, 소녀가 마마의 마음을 거절한 이유입니다."

"……제가 당신의 아버지를 참수한 임금의 아들이기 때문이군요."

담월은 고개를 끄덕였다. 그런 이유라면 결도 어쩔 수 없었다. 그 일로 인해 담월이 어떤 고초를 겪었는지도 들었고, 얼마나 마음고생을 했는지도 잘 알았으니까. 담월은 눈을 내리깔고 혼잣말처럼 뇌까렸다.

"결코 전하가 잘못된 판단을 하지 않으셨을 거라고 생각했던 때도 있었습니다. ……하지만 이제는 그저 밉고, 원망스러워요."

차마 담월의 이름조차 부르지 못하고 결은 그 자리에 섰다. 한이 서린 눈동자가 그를 향했다. 떨리는 말 만큼이나 눈동자도 파르르 흔들렸다.

"……왜, 왜 제게 주상 전하를 살리게 하신 거죠? 대체 제게 왜 그러셨어요…… 아무것도 모르고 아버지의 원수를 살린 제 자신이 정말 싫습니다……!"

그 말에 결국 담월의 눈에서 눈물이 흘렀다. 아무것도 모르던 결을 탓할 일이 아니라는 건 알았지만 어쩔 수 없었다. 결은 아무 말도 하지 못했다. 그들을 옭아맨 과거의 덫 속에서 그가 할 수 있는 것은 아무것도 없었다. 사랑하는 여인이 자신으로 인해 시작된 모든 일 때문에 가슴 아파 우는데, 저에겐 손을 뻗어 눈물을 닦아 줄 자격조차 없었다.

"……그보다 더 싫은 건, 이런 상황에서도, 당신의 마음을 거절하고도ㅡ, 당신이 다른 여인의 낭군이 된다는 말에 참을 수 없어졌다는 거예요."

눈물 젖은 속눈썹이 빗물에 젖은 붓꽃처럼 늘어졌다. 입가에 띤 자조의 웃음은 보는 사람의 마음을 애달프게 했다.

"담월……."

"이렇게 나약한, 연정에 흔들리는 여인이 아니라 사내여야 했습니다. 어째서 저는 계집이어야 했던 걸까요? 어째서…… 저는 마마를 만나야 했던 걸까요."

그 처연한 눈빛에 결은 더 이상 참지 못하고 그녀를 향해 한 걸음을 옮겼다. 전보다 더한 애원의 어조가 담월을 괴롭게 했다.

"나에 대한 마음을 놓지 못하겠다면, 극복할 수는 없겠습니까? 제가 정말 잘하겠습니다. 그대를 향한 내 마음이 나를 바꿨잖아요. 두 사람이 한 마음이면 더한 것도 넘어설 수 있지 않을까요?"

그녀는 고개를 저었다. 그리고 한 걸음 뒤로 물러섰다.

"아뇨, 마음만으로는 안 돼요. 그것만으로는 제 짐을 벗을 수 없어요."

그들의 거리는 다시 원점이었다. 서로를 마음에 품고 있는 사내와 여인이 두어야 할 거리로서는 너무 멀었다. 그 둘 사이에 소스라치게 찬바람이 불면 그대로 영원히 두 사람을 갈라서게 할 수 있을 만한 간격이었다.

"그러면 어떡하란 말입니까. 그대도 날 연모한다는 걸 들어

버렸는데, 나보고 서로가 서로에게 애틋한 걸 아는데도 다른 여인과 혼인하라고 하는 겁니까? 그런 말을 하기 위해 나를 부른 거예요?"

결의 말이 격해졌다. 성큼성큼 다가온 그가 담월의 팔을 붙잡았다. 팔이 부러질 듯 꽉 잡은 채로 그가 다시 물었다.

"정말, 나를 이렇게 대하려고 한 겁니까? 그게 담월에게는 연모의 정입니까?"

"……부디 저를 용서하지 마세요, 결. 욕심 부려선 안 될 사람의 마음에 한 점 흔적을 남겨야만 속이 편한, 이 이기적인 계집을 더 이상 마음에 두지 마십시오."

그 말에 담월의 팔을 붙잡은 손은 더욱 힘을 주었다. 그녀의 손이 얼마나 저리고 새하얗게 질려 가는지 시선도 주지 않았다. 대체 나에게 왜 이러는 거냐는 울음 섞인 목소리가 고개 숙인 그의 입에서 새어 나왔다. 담월은 피가 통하지 않아 차게 식어가는 손을 어떻게 할 마음도 없이, 묵묵히 제 생각을 뇌까렸다.

"저는 모든 걸 바꿔 버릴 겁니다. 전하께서 파멸로 몰고 간 제 가족을 되찾을 거예요."

"대체 그게 무슨 소립니까. 알아듣게 설명을 해 주세요."

"……마마는 여인인 제가 어떻게 궐에 들어왔는지 물어보신 적이 없었죠. 아버지의 죄상을 밝히기 위해 왔다는 말에도 의심하지 않으셨고요."

어떻게 아버지와 어머니를 살린 은인의 말을 의심할 수 있었을까. 결의 떨리는 눈이 자신을 바라보자 담월은 애써 태연한 척 말을 이었다.

"좌의정과 거래를 했습니다. 예문관에 숨겨져 있을 아버지의 세 가지 신물, 그것을 모아 오면 제 어머니를 찾아 돌려주기로요. 저는 남장을 했고 좌상 대감은 저를 예문관에 넣어 주었죠. 무엇인진 몰라도 신물을 모아 제게 큰 소원을 빌게 할 생각이었을 거예요. ……전 그걸 이용하려고 했습니다. 처음부터 생각했어요. 아버지의 일이 정말 잘못된 거라면, 소원으로 역사를 바꿔서라도 모든 걸 되돌릴 거라고. 그리고…… 그 새로운 역사에서 우리가 이렇게 만날 일은 없을 거예요. 아마 서로를 아끼는 마음마저 사라질지도 모르죠. 처음부터 없었던 일처럼."

아버지가 아신다면 크게 호통을 치시리라. 흘러가는 역사를 정직하게 기록해야 하는 예문관의 사관이 되었으면서, 제 마음에 들지 않는다는 이유로 역사를 뜯어 고치려 하다니. 그 어떤 죄보다 큰 죄를 저질렀다고 벌을 내리실 테다.

이 마음이 사라진 삶이란 어떤 걸까. 허전히 빈 가슴이 울려도 왜 그런지 영문도 모르고, 어쩌다 우연히 스쳐 지나갈 때 울어도 왜 우는지 알 수가 없을 것이다. 아버지, 어머니, 그리고 오라버니와 웃으며 시간을 보내다가도 가슴이 철렁 내려앉는 이유도 모르겠지.

담월은 어떤 말을 해야 할지 모르는 결을 보며 슬피 웃었다. 제 팔을 잡은 손아귀 힘이 점점 약해지는 것이 느껴졌다.

"이런 대역죄보다 더한 생각을 품고도, 결이 제 생각만 해 주었으면 좋겠습니다. ……전 이런 못된 계집입니다, 전. 저 같은 사람에게 소원을 이루는 재주는 주어지면 안 되는 거였는데. 그러니 이제 가세요. 도씨 가문의 담월은 감히 왕자의 마음을 거절하고, 그러고도 또 그 미련을 버리지 못하게 만드는 악녀라 여기시고 잊어 주세요."

담월은 다른 손을 뻗어 제 팔을 잡은 결의 손가락을 하나하나 떼어 내었다. 힘없이 풀어지던 그 손은 거둬질 듯하다 차게 식은 담월의 손을 다시 붙잡았다. 아까는 분노로 인해 힘을 주체하지 못했다면, 이번에는 보내지 못하겠다는 듯 결은 담월의 손을 부여잡았다.

"아니요, 그렇게는 못 하겠습니다."

"……네?"

"그대가 정말 악한 여인이었다면, 지금 제게 이렇게 모든 걸 털어놓으며 괴로워하지 않았을 겁니다. 그런 사람이었다면 그 소원부에 아바마마의 죽음을 적어 원한을 해소했겠지요. 아니면 제가 담월을 아끼는 것을 기회로 삼아 더한 복수를 했을 수도 있을 겁니다. 하지만 그대는 그러지 않았어요."

그것은 그대가 너무 곱고 어진 여인이어서입니다, 결은 잡은 손을 힘을 주어 담월을 제 품으로 끌어당겼다. 도 봉교께서 그대를 이렇게 정직한 여인으로 기르신 게지요. 그렇게 억울하게 죽어서는 안 되는 사람이었는데…… 결은 안타깝게 중얼거렸다. 그리고 그 말에 또 울음이 터진 그녀의 등을 쓸어 주었다.

"이렇게 무거운 짐을 지고도 나를 놓지 않아 줘서 고맙습니다, 복수를 위해 수라의 길을 걷지 않아 또 고맙습니다. ……아마 내 아버지였기 때문이겠지요. 아무 관계도 없는 이의 억울함도 살피는 담월이니까요. 그대가 느낀 부모를 잃은 슬픔을 내가 느낄까 봐, 그래서 아무도 죽지 않는 방향을 생각했겠죠. 그렇게나 나를 아껴줘서 감사합니다. 그러니, 내가 바로잡아 주겠습니다. 힘이 필요하다면 그 힘을 가지겠습니다. 왕이 되어야 한다면 그대를 위해 왕이 되지요. 역사를 바꾸진 못해도 바르게 고친 방향으로 나아갈 수 있도록—."

제 가슴을 눈물로 적시고 있는 담월의 귀에 결의 다짐이 들리고 있긴 할까. 하지만 결은 알았다, 그녀에게 제 마음이 전해졌다는 것을.

그들은 더 이상 말없이 하나가 되어 서 있었다. 바람 한 가닥도 새어 나가지 못할 정도로 견고하게 맞닿은 모습은 그 무엇에도 무너지지 않을 것 같았다.

한섬은 소선당에서 예고치 않은 만남으로 인해 당황하고 있었다. 혜연은 그의 차림을 의심스러운 눈초리로 훑어보았다. 그 와중에도 그녀의 낯빛이 좋지 않은 것이 한섬의 눈에 들어왔다. 무슨 일이라도 있으신 건지…….

"한섬……이라고 했지."

"예? 예, 아씨."

얼굴을 훔쳐보고 있었던 걸 들킨 기분이었다. 허리를 구부정하게 숙이고 있는 와중에도 한섬은 그녀가 제 이름을 불러 주었다는 사실에 가슴이 설레었다.

"대체 그 차림은 뭐지? ……생각보다 어울리긴 한다만."

"그게, 사정이 좀 있습니다. 한 번만 못 본 척해 주시지요."

한섬이 뒷머리를 긁으며 서글서글하게 웃자 혜연은 마음이 누그러졌다. 이 사내에게는 빚을 진 것도 있으니까. 평소라면 종놈에게 빚은 무슨 빚이냐 했을 텐데. 하지만 이내 그녀의 표정은 어두워졌다.

"네가 여기 있는 것을 보니 네 아씨도 여기 계신 거구나. 앞장서라, 대군마마를 뵈러 왔다."

"아씨……."

"드잡이질을 하려는 건 아니니 걱정은 말고. 네 아씨가 여기 계시리라곤 생각도 못 했지만."

차분한 혜연의 표정에 한섬은 어쩔 수 없이 그녀의 말을 따랐다. 소선에게 줄 선물을 두고 갈 수는 없었기에 한 손에 챙겨 들었다.

정원으로 들어가 그 복잡하고 큰 곳을 한섬이 제집인 듯 길을 찾아가자 혜연은 조금 놀랐다.

"사정이 있어 깊게 말씀 드릴 순 없지만, 여기 길은 제가 아씨보다 잘 알 것입니다."

"……그래, 사람 사는 것은 다 같구나. 누구나 말 못 할 사정 하나쯤은 있는 모양이지."

그녀는 한섬의 듬직한 등을 바라보며 걸었다. 담월과 결이 함께 있다니, 결은 대체 어떻게 할 생각인 걸까. 그 여인과 함께하고픈 거라면 정식으로 파혼을 했을 텐데. 결은 진심으로 사랑하는 여인을 첩으로 들일 사내가 아니었다. 그렇다면 오늘 만남은 그 마음을 정리하고 혼인을 받아들이기 위해서일까.

그렇게 생각하며 정자의 옆에 있는 큰 나무 가까이에 왔을 때였다. 결의 말 한 토막이 바람에 실려 혜연의 귀에 들려왔다.

"……왕이 되어야 한다면 그대를 위해 왕이 되지요. 역사를 바꾸진 못해도 바르게 고친 방향으로 나아갈 수 있도록ー."

그 순간 혜연의 사고는 멈췄다. 뭐ー? 방금 그건 분명 결의 목소리였다. 형님과의 우의를 저버리고 싶지도 않고 권력 같은 것에는 욕심도 없으니, 임금의 자리는 탄헌에게 넘기겠노라 누 누이 얘기하던 그였는데.

혜연은 믿을 수 없다는 표정으로 한섬을 제치고 나무를 짚고 돌았다. 두 사람이 마치 원래 하나였던 것처럼 서로를 끌어안고 있는 모습에 그녀는 생각을 잊었다.

"아씨―!! 안 됩니다!"

"안 되긴 뭐가 안 된단 말이냐, 이것 놓으래도!"

"혜연 아씨―!"

혜연은 성이 난 얼굴을 한 채 정자로 성큼성큼 다가갔다. 한섬은 어쩔 줄을 모른 채 그녀 뒤를 따랐다. 귀한 여인이니 팔하나 잡아 제지할 수도 없고, 곤란한 일이었다. 결은 혜연의 얼굴을 보고 올 것이 왔다는 듯 각오한 얼굴로 담월의 앞에 나섰다. 언젠가는 해결해야 할 일이었다.

"혜연, 내가 여기 있다는 건 어떻게 안 건가요? 설마 내 뒤를―."

"제가 마마에 대해 모르는 것이 있다는 게 더 이상하지 않겠습니까? 함께한 세월이 얼만데요. 하긴, 혼례도 전에 다른 여인을 마음에 두실 거라곤 상상도 못 했지만요."

"……미안합니다. 미리 말했어야 했는데."

"이미 한참 전부터 알고 있었습니다. 가례를 거부하셨다기에 거기 서 있는 여인 때문이려니 했지요. 하지만 제게 돌아오실 거라고 생각했어요. 한때의 불같은 장난이길 바랐습니다. 하지만 이렇게 뒤에서 몰래 만나실 거라면, 어째서 혼사를 파하지 않으신 겁니까? 정비를 들이기도 전에 첩부터 맞이하실 생각이었습니까?"

"혜연! 그런 것이 아닙니다!"

"그러면요. 그것이 아니면 무엇입니까? 저는 결이 이렇게 신의가 없는 사람인 줄은 몰랐습니다. 어느 한쪽도 제대로 선택하지 않고 그저 즐기실 요량이셨습니까?"

결은 난처했다. 혜연에게 담월과의 복잡한 사정을 다 털어놓을 수도 없었고, 이해해 줄지 확신도 없었다.

대답을 망설이는 결을 볼수록 혜연은 설움이 북받쳤다. 자신은 어린 시절의 빚에 매여서 저한테 마음도 없는 사내와 혼인을 해야 하는데, 책임져야 할 것이 많은 이 사내는 왜 자기 멋대로 구는지.

"이러시는 건 제게도, 저기 계신 아씨께도 못할 짓입니다. 제게 정식으로 파혼을 요청해 주세요. 안 하시면 제가 하겠습니다!"

"혜연, 일단 진정한 후에 얘기를⋯⋯."

"진정하면 무어가 달라지나요? 파혼을 하면 되는 일 아닙니까. 결은 나를 짐으로만 여기는데 내가 어째서 이 혼인을 계속해야 하죠? 저도 사람이고 여인입니다. 한낱 이 여인의 하인도 저를 위할 땐 저만 생각했는데, 결은 한 번이라도 그런 적이 있었나요?"

갑작스럽게 거론된 한섬은 얼떨떨한 얼굴이었다. 그로서는 도무지 끼어들 수 있는 대화가 아니었다. 그저 담월과 함께 갈 피를 잡지 못하는 눈으로 추이를 지켜볼 뿐이었다.

"그런 분께서 저 여인을 위해서는 생전 욕심낸 적도 없는 왕이 되시겠다니. ……제가 몇 년을 알아 왔던 결은 허상이었나 봅니다. 이 여인의 정인인 마마만이 진짜 결인가 보네요."

그 허탈한 체념에도 결은 나설 수 없었다. 그가 담월로 인해 변한 것은 사실이니까. 이제 와 무슨 말을 한들 혜연의 상처만 더 쑤셔질 것이 뻔했다.

이 상황을 지켜만 보고 있던 담월이 한 발짝 앞으로 나섰다. 어떤 상황이 되었든 결이 오해를 사고 공박 받는 것은 기분이 편치 않았다.

"혜연 아씨, 진정하세요. 이게 다 사정이……."

"벌써 미래의 왕자비가 되셨다 이건가요? 제게 훈계라도 하실 셈입니까?"

"혜연 아씨, 진정하셔요!"

담월에게 혜연이 다가서자 한섬이 결국 혜연의 팔을 붙들었다. 혹시라도 무슨 일이 날까 겁이 났다.

"놔라! 놓으라니까!"

그녀가 앙칼지게 소리쳤지만 그는 팔을 놔주지 않았다. 그리고 담월의 앞을 결이 막아섰다.

"얘기는 나와만 합시다, 혜연. 이건 그대와 내 일일 뿐입니다."

"끝까지 그렇게 얘기하시는 겁니까?"

"아씨, 진정하시라니까요!"

"결, 제가 혜연 아씨와 얘기를 해 볼게요. 비켜 주세요!"

네 사람의 말이 소란스럽게 얽혀 풀릴 기미가 보이지 않았을 때, 그들 사이로 비수 하나가 빠르게 날아들었다. 명백히 결을 노린 그것은 담월과 결이 티격태격 하는 바람에 목표물을 놓치고 결의 볼을 겨우 스쳤다. 명중하지 못해 아쉬웠는지, 그대로 날아간 비수는 혜연의 땋은 머리를 베어 냈다.

"꺄아아악─!"

비수에 잘려 갑작스럽게 올올이 풀려나간 머리카락에 혜연이 놀라 주저앉았다. 왕자로서 늘 이런 상황에 대해 훈련을 받아왔던 결은 담월을 제 뒤에 숨기고 주변을 살폈다.

"자객인가……! 거기 자네, 혜연을 부탁하네!"

결은 품에서 제 첨사칼을 꺼내 들었다. 짧은 칼이었지만 없는 것보단 나을 터였다. 한섬도 허둥지둥 소선에게 선물하려던 검을 꺼내 쥐었다. 두 여인을 가운데 두고 두 사내가 지켜 서 사위를 살폈다. 주위는 한없이 고요했다.

순간, 정자 옆 나무 위에서 칼을 든 검은 인영이 뛰어내렸다. 그는 얼굴 전체에 복면을 쓰고 있었다. 그는 다짜고짜 정자 위로 뛰어올라 결에게 칼을 휘둘렀다.

"결─!!!"

비명과 함께 담월의 눈앞에 피가 분수처럼 터져 시야를 가렸다.

주원은 경원대군을 향해 칼을 휘두르다 순간 멈칫했다. 대군의 뒤에 있는 자의 낯이 익었다. 치마저고리를 입고 머리를 땋아 내렸지만 저 여인은 분명 도담원이었다. 주군조차 자신을 버렸을 때 그를 포기하지 않고 누명을 벗겨 주었던 그의 은인.

"결ㅡ!!!"

갑작스럽게 경원대군의 앞으로 튀어나온 그녀 때문에 주원은 당황해 칼의 방향을 바꾸려 시도했다. 도담원이 왜 여인처럼 꾸미고 경원대군과 함께 있는지 이유는 알 수 없었지만, 자신에게 은혜를 베푼 이를 벨 수는 없었다. 그가 처리해야 할 것은 오로지 왕자 이결뿐이었으니까. 다행히 칼은 원래 노렸던 자리를 스치고 지나갔다. 피가 분수처럼 튀어 올랐다.

"크흑……."

결은 위기의 순간 자신의 앞으로 튀어나온 담월을 재빨리 감쌌다. 오른팔을 꽤 깊게 베였지만 그녀는 무사했다. 방향으로 봐선 팔이 잘려나갈 뻔했는데, 살수도 당황해 칼의 방향을 튼 모양이었다. 결은 담월을 다시 제 뒤로 보낸 후 오른팔에 피가 흐르는 것을 무시하고 칼을 들어 그를 견제했다.

"담월, 혜연과 함께 도망치세요!"

결이 소리침과 동시에 살수가 칼을 거꾸로 쥐고 달려들었다.

챙— 챙— 검과 검이 부딪치는 소리가 요란했다. 담월은 발을 동동거리다가 우선 물러나 주저앉은 혜연을 일으켰다.

"일어나세요, 혜연 아가씨! 가셔야 해요!"

"그, 그치만 결이……!"

"저희가 이렇게 있으면 위험할까 봐 마마는 더 움직이지 못합니다. 일어나세요! 사람을 부르러 가요!"

담월이 혜연의 손을 잡고 그녀를 일으켰다. 그녀는 후들거리는 걸음으로 담월에게 의지해 정자를 내려간 후 소선당 쪽으로 뛰었다. 두 여인이 정자에서 벗어나자 한섬은 버겁게 주원의 검을 막아 내던 결에게로 후다닥 다가갔다.

"마마, 뒤로 물러나십시오!"

한섬이 칼을 들고 앞으로 나섰다. 그제야 결은 피가 흐르는 오른팔을 쥐고 뒤로 물러섰다. 헉……헉…… 그의 숨이 거칠었다. 제아무리 수업을 게을리 해 왔다지만, 웬만한 반가의 사내보다는 오랜 수련을 거친 몸이었다. 그럼에도 결이 상대하기에 복면의 사내는 너무 버거운 상대였다. 고작 자객 일을 하고 있다고 하기엔 실력이 너무 좋았다. 특히 그 검을 다루는 모습은 전문 살수라기보다는 오히려 정식으로 훈련받은 무관에 가까워 보였다.

주원은 결을 대신해 앞으로 나온 한섬을 보며 눈살을 찌푸렸다. 자세가 전혀 되어 있지 않았다. 한 손으로 다뤄야 하는 검을 쌍수도처럼 쥔 것부터가 그랬다. 덩치가 제법 있는 것을 보니 힘은 세 보였지만 그것만으로는 주원의 상대가 될 수 없었다.

"무익한 살생은 하고 싶지 않다. 비켜라."

그는 평소보다 낮고 음산한 목소리로 그에게 경고했지만 한섬은 물러날 기미를 보이지 않았다. 오히려 제법 자신 있는 투로 검을 흔들며 그에게 다가갔다.

"안 그래도 요새 내가 모시는 아가씨에게 해 드릴 수 있는 게 없어서 답답하던 차였는데, 마침 잘됐지!"

"기어이 피를 보겠단 말인가."

"흥, 내가 죽어도 저분께는 손가락 하나 못 댄다. 그랬다간 내 누이와 같은 이가 피눈물을 흘릴 테니까! 흐랴앗!"

한섬의 기합과 함께 다시 싸움이 시작되었다. 주원은 한섬을 적당히 상대한 후 경원대군을 해치우려고 했지만 생각처럼 그렇게 쉽지 않았다. 그저 힘이나 센 자인 줄 알았더니 그 엉망인 자세로 어떻게든 제 칼을 막아 내고 있었다. 큰 키와 덩치에도 불구하고 제법 날랜 것도 주원을 애먹였다. 대체 이자는 누구기에, 세자 익위사인 자신의 검을 막아 내는 것인지……!

잠시 다른 생각에 빠진 사이 한섬의 검이 주원의 배를 뚫었다.

"크윽―!"

울컥, 피를 한 사발 토해 낸 그는 상처를 더듬었다. 그리 깊지는 않았지만 피를 토한 것을 보니 장기를 스친 모양이었다. 주원과 한섬이 접전을 벌이는 동안 결은 제 상처를 지혈한 후 싸움에 끼어들 준비를 마친 후였다.

"마마! 괜찮으십니까!"

"지금 가고 있습니다!"

담월과 혜연이 소선당의 하인들을 보낸 모양인지 몇몇 사내들이 이곳으로 달려왔다. 주원은 상황이 자신에게 불리한 것을 깨닫고 뒤로 물러섰다.

"에잇, 놓칠까 보냐─!"

한섬이 따라붙었지만 주원은 날랜 몸놀림으로 나무 위로 올라 사라진 후였다.

탄헌은 중화당의 문을 박차고 나와 경원대군의 처소인 주영각으로 향했다. 그는 결이 궐 밖에서 자객을 만나 다쳐 돌아왔다는 소리를 듣자마자 윤씨에게로 향했다. 그의 측근들은 욱이 허락을 내리지 않았는데 감히 배짱 좋게 경원대군을 해할 만한 인사들이 못 되었다. 분명 든든한 뒷배가 있는 것이 틀림없었다. 바로 욱이 함부로 대하지 못하는 유일한 여인, 세자빈 윤씨였다.

"예, 제가 그리했습니다. 저하의 그 아픈 손가락을 베어라 명했습니다. 저와 제 뱃속의 아이를 위해서요. 제게 보여주셨던 북쪽 하늘보다 더 넓은 야심은 대체 어디 가신 겁니까? 제 지아비는 이리 물러 터진 사내가 아니었습니다. 이제 부질없는 혈육의 정은 털어 내시고, 부디 저하의 아들에게 훌륭한 아버지가 되어 주세요."

"저하께서 계속 그렇게 대군마마를 감싸고도신다면, 신첩은 그 언제 계유정난과 같은 삼촌과 조카의 사달이 일어날지 불안해 살 수가 없을 것입니다. 이제 그만 결단을 내려 주세요."

아무것도 없었던 저를 그저 야심만 보고 선택했던 그녀였다. 제대로 된 국혼을 치르는 것조차 포기하고 탄헌을 따라왔던 여인. 그런 그녀가 제게 결을 적대하라 가르치다니. 그는 심사가 복잡한 얼굴로 주영각에 도착했다.

"세자 저하 드십니다!"

문을 열자마자 짙은 탕약 냄새와 자상에 바르는 고약 냄새가 진동을 했다. 결은 자리에 누운 채로 탄헌의 방문을 받았다.

"오셨어요?"

"그래, 군이 일어날 필요는 없다."

"아뇨, 이 정도는 괜찮습니다."

결은 몸을 일으켜 욱과 대면했다. 아직 한 팔의 상처도 아물지 않았는데 남은 한쪽 팔에도 상처를 입다니. 양팔에 천을 칭칭 감아 놓은 모양에 욱은 눈살을 찌푸렸다.

"그런 허술한 자객 하나 제대로 처리하지 못하다니. 아직 멀었구나."

말은 질책의 것이었지만 그 말에는 염려와 안도, 그리고 약간의 아쉬움이 배어 있었다. 탄헌이 말을 마치자 경원대군은 웃으며 답했다.

"처리하지 못한 게 아니라 안 한 겁니다. 목을 베었다면 그 뒤에 누가 있는지 알 수 없으니까요. 왕자의 피가 흘렀으니 누군들 감히 자객을 추포하는 일에 발 빼지 못할 거 아닙니까?"

"……뭐라?"

"제가 강무에서 이 왼팔을 다쳤을 때, 형님께서 그 피를 흘린 일에 책임을 물어 몰이꾼을 베셨다 들었습니다. 이미 선례가 있으니 다들 일을 소홀히 하지 않겠지요. 저를 해하려 한 것이 그저 평범한 사람은 아닐 테고, 필시 이 조정에서 저를 눈엣가시로 여기는 이의 사주일 겁니다. 그렇다면 제가 아무 상처도 없어서야 조사가 흐지부지되지 않겠습니까."

결은 나긋나긋한 목소리로 조목조목 제 상처의 연유를 대었다. 비록 그 상처는 담월을 지키느라 엉겁결에 입은 것이었지만, 그럴 의도가 아예 없었던 건 아니었다. 그런 그를 보는 탄헌의 눈이 가늘어졌다. 언제부터 이런 말을 할 수 있게 된 걸까. 살을 내주고 뼈를 취하겠다는 말을 아무렇지도 않게 뱉는 결은 어린 제 아우가 아니라 이제 함부로 할 수 없는 강자의 풍모를 하고 있었다.

"독이라도 발려 있었으면 어쩌려고 그런 무모한 짓을."

겉으로는 부드러운 목소리였지만 탄헌은 경계심 가득한 눈으로 경원대군을 내려다보았다. 두 사람의 사이에서 왕위 계승자들 간의 보이지 않는 긴장감이 느껴지기 시작했다.

"듣고 보니 그 또한 그렇군요. 다음부터는 주의하겠습니다. ……살수의 정체는 밝혀졌나요?"

탄헌은 고개를 저었다. 그는 의금부와 한성부에서 사람을 풀어 조사를 진행하고 있었지만 무엇 하나 실마리가 제대로 잡힌 것이 없다는 말을 전해 주었다.

"의금부에 그날 비번이었던 무관들을 중심으로 조사를 해 보라 일러 주세요. 분명 저와 구면입니다. 복면을 하고 목소리를 바꾸었지만 알 수 있습니다. 정확히 누구라 짚을 순 없지만…… 그리고 그 솜씨는 분명 훈련도감에서 정식으로 무예 수련을 받은 자의 것입니다. 평범한 자객의 것이 아니에요."

"그렇군. 내 두 부처에 네 말을 참고하여 조사하라 전하겠다."

욱은 태연한 척하며 결의 말을 흘려들었다. 주원이 한성부와 의금부의 조사를 받을 일은 없을 터였다.

"그러고 보니 오늘은 익위사와 함께 오지 않으셨군요. 형님의 그림자같이 늘 곁에 계셨는데요."

주원은 배를 뚫린 상처가 도져 도성 밖의 의원에서 몰래 치료를 받는 중이었다. 과연 결은 그 복면의 자객이 주원임을 알아차린 걸까.

"며칠 전 부모를 뵈러 가겠다고 하기에 거급 휴가를 주었다. 그보다, 너를 구한 자에게 내금위 종9품의 벼슬을 내렸다지. 신원도 확실치 않은 자를 호위무사로 두다니, 너무 위험한 짓이 아니냐."

탄헌은 은근슬쩍 화제를 한섬에 대한 내용으로 옮겼다. 담월에게서 한섬이 누군지에 대해 들은 결은 목숨을 구한 은인을 그냥 둘 수 없다며 그에게 양인의 신분과 함께 벼슬을 내렸다. 비록 그로 인해 담월과는 떨어져 새로운 삶을 준비해야 했지만 한섬으로서는 천재일우의 기회를 잡은 것이나 다름없었다.

"그자의 신분은 스승님께서 보증하셨습니다."

"소선께서?"

"예. 예전에 스승님을 모시던 호위무사의 제자라고 하더군요. 제 피에 그만한 죗값을 받아 내려면, 그 전에 제 목숨을 살린 자에게 상을 내려야 하지 않겠습니까. 그가 한 것에 비하면 종9품의 벼슬도 너무 부족한 게 아닌가 싶지만요."

"그렇군. 소선의 보증이라고 하니 걱정은 없구나. 그나저나 그곳에서 왕자비를 만났다지? 네 혼례 문제로 의견 차이라도 있는 게냐. 네가 가례를 올릴 마음이 없다는 풍문을 들었는데."

"실은 그것이 맞아요. 지켜야 할 약속과 지키고 싶은 약속. 그 어느 쪽도 저버릴 수가 없어 시름이 많습니다."

담월에게 맹세한 마음은 결코 거짓이 아니었다. 허나 혜연과의 혼사는 임금이 직접 정한 일. 결이 함부로 무를 수 있는 일이 아니었다. 더군다나 혜연은 왕자비로 간택된 후 가례만 올리지 못한 지가 벌써 수 해. 혼사를 파한다고 해도 이미 어딘가에 시집을 갈 수 있는 나이를 한참 넘긴 지 오래다. 여인으로서 사랑하지 않았다 한들 결에게는 남매와 같은 이었다. 파혼 후 그녀의 인생이 어떻게 될지 뻔히 알고 있는데도 그럴 수는 없었다. 누군가 그녀를 데려가 행복하게 해 줄 수 있다는 확신만 있었어도…….

고민 어린 결의 얼굴을 보던 탄헌이 나직이 뱉었다.

"자고로 군왕이란 대의를 위해 소를 희생할 줄도 알아야 하는 법이지."

그 목소리가 평소와 사뭇 달랐다. 아우를 대하는 것이 아니라 조정의 중신들을 대하는 것과 같았다.

"─형님?"

"지키고 싶은 것이라도 포기해야 하고, 지켜야 할 것이라도 저버릴 줄 알아야 하지. 그게 이 나라의 왕이 된다는 것이다."

그래, 포기하고 버릴 줄 알아야 했다. 그는 갑작스럽게 진지한 말을 내뱉는 자신을 향해 눈을 동그랗게 뜬 결을 내려다보았다. 자신이 왕이 되기 위해선 그를 아버지처럼 따라왔던 제 아우를 쳐야 하는 것이었다. 그렇지 않고서는 그가 다져 왔던 모든 것들이 사상누각처럼 무너질 수 있었다. 그 우애를 버려야 했다. 가족의 온기란 것을 모를 때 욱의 손을 잡아 온 고사리 손을, 이제 냉정하게 쳐내야 할 때가 온 것이다.

탄헌이 마음속으로 그 다짐을 새기는 동안, 결은 이해가 안 간다는 듯 제 생각을 입 밖으로 꺼냈다.

"제 생각은 좀 다릅니다, 형님. 소중한 것들을 저버려야만 얻을 수 있는 것이 그 얼마나 값어치가 있을까요. 그만큼 빛이 바랜 것이 아니겠습니까. 모두가 하찮다 여긴 것이 훗날의 대의를 이어 줄 수도 있다는 것을 아우는 여러 번 겪었습니다."

그의 저잣거리에 대한 호기심이 담월을 만나게 했고, 또 유르지크를 구하게 했다. 그것들은 결 개인이나 이 나라에 결코 작은 일이 아니었다.

"욕심이 지나치구나."

"천하를 군자 된 도리로 이끌고자 하는 마음도 욕심이라면 욕심이겠지요."

탄헌의 곧은 눈썹이 꿈틀거렸다. 천하라, 결이 그러한 말을 입에 담는 것은 욱의 기억으로는 단연 처음이었다.

"그렇다면 예를 들어 보지. 민생과 전선의 방비는 공존할 수 없다. 네가 국경에 가 보지 않았기 때문에 그런 말을 할 수 있는 게야."

"여진의 무리에게도 자비를 베풀어 관직을 내리고, 우리의 백성으로 받아들이면 군비의 낭비 없이 모두가 평화로울 것입니다. 그런 큰마음 없이 감히 군왕이라 칭하겠습니까."

"……네가 요새 대학을 공부한다더니 배움이 많이 늘었구나. 하지만 배움은 배움에서 끝날 뿐, 넌 왕좌에 오를 재목으로는 턱없이 부족하다."

탄헌은 단호하게 말을 맺었다. 이만 돌아가 보겠다, 몸조리 잘하거라. 그는 결의 배웅도 받지 않고 몸을 일으켜 주영각을 나섰다. 언제나 자신의 것이라고만 여긴 자리를 위협받기 시작한 것이 어지간히도 불편한 모양이었다. 결은 탄헌이 떠난 자리를 응시하면서 중얼거렸다.

"하지만 형님, 저는 배워 버렸습니다. 마음을 다해 원하면 이루어지리라는 것을요. 그렇다면 가장 이상적인 것을 원하는 것이 맞는 것 아니겠습니까."

그러나 그 말을 들어야 할 이의 자리는 식은 지 오래였다.

소선의 도움으로 도성에 작은 집 한 채를 마련한 한섬은 난

처한 손님을 맞이하고 있었다. 누가 볼세라 쓰개치마를 깊게 덮어 쓴 혜연이었다.

"아가씨, 이렇게 자주 오시다가 혹시 소문이라도 나 누를 끼칠까 봐 무섭습니다."

그는 난처한 표정을 지었다. 처음에는 자객과의 싸움에서 어디 다친 건 없냐며 찾아오는 혜연에 마냥 기뻐했으나, 그것이 하루에 세 번을 넘어가자 이건 아니라는 생각이 들었다.

그의 말에 혜연은 뾰족하게 소리쳤다.

"그래서, 내가 오는 게 싫다는 건가요?"

"아, 아니. 그건 아닙니다만……."

한섬이 머뭇거렸다. 그는 혜연이 좋았다. 담월을 모시는 입장일 때는 미처 깨닫지 못한 마음이었다. 담월이 누이와 같았다면 혜연은 그에게 여인으로 다가왔다. 오로지 한 마음 바치고 싶은 상대였다. 고작 종9품이라지만 꿈에도 생각해 본 적 없던 양반이 되어서일까. 하지만 그녀는 왕자비로 간택된 여인. 그에게 천지가 개벽할 만한 일이 일어났다고 해서 감히 넘볼 수 있는 상대가 아니었다.

"오늘은 부탁이 있어서 왔어요. 지금 입궐할 시간이지요? 오늘 궐에 갈 거니 함께 가 줘요."

"아가씨……."

"어차피 가는 길이잖아요. 내겐 아주 중요한 볼일을 보러 가는 거니까, 그동안 조금이라도 방해되는 일이 없어야 해요."

그렇게까지 말하자 한섬도 더 이상 거절할 수가 없었다. 그는 알았다고 고개를 끄덕였다. 궐로 향하는 동안, 정말 그녀에게 중요한 일인 건지 그녀는 답지 않게 잔뜩 긴장한 기색이었다.

담월이 주영각에 들어갈 수 있게 된 것은 자객의 습격이 있고도 한참이나 후였다. 대군마마는 필히 안정하셔야 합니다, 몇 달 사이에 두 번이나 큰 상처를 치료한 어의의 엄명이었다. 무사하다는 것을 전해 들었을 텐데도 그간 걱정에 시달렸는지 담월의 얼굴이 말이 아니었다.

"팔은 정말 괜찮으신 거지요?"

담월은 무거운 음색으로 물었다. 상처 위에 옷을 걸치고 나왔으니, 결이 괜찮다 말하면 그녀는 믿을 수밖에 없었다. 결은 시름 가득한 담월의 얼굴에 손을 올렸다. 결의 손이 그 뺨을 몇 번 부드럽게 쓸자 한창 걱정이 가득했던 얼굴이 빨갛게 타올랐다. 이젠 결의 그런 접근을 거절할 명분이 없었다.

"실생활에 움직일 수 있는 정도는 됩니다. 지난번부터 계속 걱정을 끼치게 되네요."

"그때도 저를 지켜 주다 다치셨었죠."

담월은 제 뺨을 훑는 손을 잡아 그대로 뺨에 대었다. 따뜻한 온기가 고스란히 전해져 왔다. 그녀의 대담한 행동에 결은 잠시 당황했다가 다시 입가에 미소를 지었다. 누가 언제 들이닥칠지 모르는 궐내라 저 사랑스러운 얼굴에 입 맞출 수 없는 것이 아쉬울 뿐이었다.

"오늘은 담월에게 줄 것이 있어서 불렀습니다."

"주실 것이라니요?"

결은 제 손을 잡은 담월의 손끝을 잡고 자신의 앞으로 끌었다. 결은 늘 붓을 잡아야 하는 그 흰 손을 쓰다듬었다. 가시지 않은 먹 냄새가 밴 손, 아무리 결이 그녀를 위해 많은 것을 하려고 해도 그녀 스스로 해결해야 할 일이 많은 손이었다.

"처음에 담월이 내 마음을 받아 주면 그대에게 언약을 상징하는 가락지를 선물할 생각이었어요. 하지만 언제까지 남장을 해야 할지도 모르고, 그 손가락에 맞을지도 모르겠어서 다른 가락지를 준비했습니다."

"가락지라니요, 그런 것은 없어도 괜찮습니다."

"내가 주고 싶어서 그래요. 정말 부담 갖지 않아도 돼요. 오히려 보고 실망할지도 모릅니다."

결은 잠시 담월의 손을 내려놓았다. 그리고 옆에 있는 서랍에서 작은 화선지 한 장을 꺼내 왔다. 손바닥만 한 그것에는 깨알같이 작은 글씨가 적혀 있었다. 결은 그것을 길게 접었다. 그러자 그것은 하나의 끈처럼 길고 가는 모양새를 했다. 결은 다시 담월의 손을 잡고, 왼손 가락지에 그 종이끈을 두 번 매어 매듭을 지어 주었다.

"결, 이게 무엇입니까?"

마치 가락지같이 제 손가락을 감싼 종이반지에 담월이 의아한 듯 물었다.

"담월은 계속해서 남복을 하고 궐에 있으려 하겠죠. 도 봉교의 신물을 찾아야 하니까요. 내가 아직은 힘이 부족해 담월의 억울함을 풀어 줄 수가 없습니다. 내가 그럴 만한 힘을 갖추는 것이 먼저일지, 담월이 신물을 찾아 소원을 비는 것이 먼저일지는 모르겠습니다만…… 여 사관에 대한 얘기가 진실이라는 것도 들었습니다. 내관에게 물어보니 칠 년 전 그때 궐내에서 가장 유명한 얘기였다고 하더군요. 정말 모든 것이 잘 풀려나가도 담월에게 제 여인임을 강요하는 건 아니란 생각이 들었어요. 이것은 그런 담월을 연모하는 마음을 담은 제 연서입니다. 소원부의 흉내를 내 보았어요. 원하면 이루어지리라, 그런 생각을 하면서 한 글자, 한 글자 정성을 다해 적었습니다. 만약 담월이 신물을 모아 역사를 바꾸어도 우리의 마음이 변치 않기를, 그리고 그대가 정녕 여 사관이 된다고 해도 그 마음만큼은 나를 향하기를 바라는. 그런 이기적인 바람을 담은 반지입니다."

담월은 그 종이 반지를 손가락으로 쓸어 보았다. 물에 젖어 찢어질 수도, 불에 탈 수도 있는 약하디약한 것. 어디 가서 그

가치를 자랑하려 해도 누구 하나 엽전 하나의 가치도 쳐 주지 않을 종이 한 장. 금과 옥에 비하면 너무나도 하찮은 그 반지가 그녀에게는 그 무엇보다 값어치 있는 것으로 다가왔다. 그 언제고 담월과 마음이 닿기를 원하는 진심, 그 진심이 가득한 반지를 고작 돈푼과 바꿀 수 있을까.

감사합니다, 정말, 감사해요. 잘 간직하겠습니다. 담월이 작게 소리 내어 말하자 결은 그녀의 두 손을 마주잡았다.

"그 반지와 더불어 다시금 맹세하겠습니다. 나 결은 그대가 가는 길을 지키는 검이 될 것입니다. 그러기 위해서 피를 보아야 한다면 피를 보겠습니다. 다시는 담월과 같은 억울한 일을 당하는 사람이 없도록 어진 임금이 될 것입니다. 그것이, 이런 부족한 나를 사랑한 그대에 대한 보답이 될 것이라 믿어요."

"결…… 저는 해 드릴 게 없는데……."

그를 위해서 가족을 되살려 역사를 바꾼다는 소망을 포기하는 것도, 결의 반려가 되는 것도 선택할 수 없었다. 이다지도 줄 것이 없는 사람에게 마음을 펴 주다니.

"이미 충분히 해 주었습니다. 그대의 마음도 나를 향한다는 것 이상은 바라지 않습니다."

연모하던 사내의 마음을 오롯이 얻었다는 것이 이렇게 가슴 벅찬 일이었는지. 그 어릴 적 소년의 얼굴에서 지금에 이르기까지, 담월은 그간의 세월이 주마등처럼 흘러갔다. 마치 그녀의 그 고단한 행보가 이 종착지에 머물기 위해서였던 것처럼.

"조만간 혜연의 말대로 파혼을 하려고 합니다. 이런 마음으로 가례를 올리는 것은 그녀에게도 실례가 되는 일이니까요. 비록 몇 년이나 왕자비로 간택이 된 채로 있었던 여인이라 과연 어디로 다시 시집을 갈 수 있을까 걱정이 됩니다만⋯⋯."

결이 이토록 혜연에 대한 걱정을 하는데도 담월은 아무 느낌이 들지 않았다. 지난날 결이 혜연을 입에 올리기만 해도 아랫배에서부터 천불이 올라와 속을 까맣게 그슬릴 정도로 질투가 일었던 것이 거짓 같았다. 오히려 결과 함께 혜연을 걱정하는 마음도 일었다.

두 사람이 혜연, 그리고 오늘 결의 호위무사로 첫 입궐을 할 예정인 한섬에 대한 얘기를 나누던 중이었다. 방 내관이 호들갑스럽게 결을 찾으며 뛰어들어 왔다.

"대군마마─! 큰일 났사옵니다!"

"무슨 일입니까?"

웬만큼 급한 일이 아니면 방해하지 말고 모두 물러가 있으라 명하였기에 결은 심사가 불편해 보였다. 하지만 방 내관은 아랑곳 않고 들어와 무릎을 꿇었다. 그리고 다급한 목소리로 말을 이었다.

"아기씨께서 정청에 드셨다 합니다!"

"⋯⋯뭐라고요?"

"아기씨라면, 혜연 아씨를 말씀하시는 겁니까?"

담월이 재차 묻자 방 내관은 빠르게 고개를 끄덕였다. 담월과 결은 믿을 수 없다는 듯 서로의 얼굴을 마주 보았다.

"아니 어떻게 여인인 혜연이 정청에…… 대체 무슨 일로?"

"일단 세자 저하께선 얘기를 듣기 전에 마마를 빨리 모셔 오라 하셨답니다."

"서둘러 가 보시는 게 좋겠습니다. 저도 가지요."

두 사람은 서둘러 자리에서 일어났다. 내명부도 아니고 조정의 대신들이 모여 있는 조회 자리라니. 심상치 않은 일이 벌어질 조짐이었다.

결과 담월은 서둘러 중희당에 도착했다. 한섬이 그 밖에 어쩔 줄을 모르고 서 있다가 그들을 발견했다.

"한섬 오라버니? 대체 왜 여기 오신 거예요?"

담월이 다가가 소곤거리며 묻자 한섬은 자기도 모르겠다며 당황스러워 했다. 혜연이 궐까지 같이 가자 청하였기에 오다 보니 여기였다는 것이었다. 이 앞에서 기다리라는 말까지 덧붙였다는 말에 결은 흠ㅡ. 침음성을 삼켰다.

'이 여인의 하인도 저를 위할 땐 저만 생각했는데, 결은 한 번이라도 그런 적이 있었나요?'

혜연이 절규하듯 외쳤던 말이 결의 머릿속에서 맴돌았다. 설마 혜연이 한섬을……? 그러나 그는 이내 말도 안 된다며 머리를 털어 그 생각을 지웠다. 아무리 한섬이 공을 세워 면천을 했다 해도 결이 아는 혜연은 왕자비라는 고고한 자존심 하나로 살아온 여인이었다.

"우선 들어가지요."

대군마마 듭시옵니다―! 내관의 알림과 함께 결과 담월이 차례로 중희당 안으로 걸어 들어갔다. 내부는 두 사람의 심정만큼이나 정신없이 소란스러웠다.

"그래, 이제 경원이 왔으니 얘기를 해 보시게. 곧 부부인이 될 여인이 이 정청까지는 무슨 볼일인 거지?"

탄헌이 묻자 혜연이 고개를 들었다. 제 옆에 다가온 결에게는 시선도 돌리지 않은 채였다.

"저와 대군마마의 혼사를 파하게 해 주십시오."

그 말에 좌중은 잠시 물을 끼얹은 듯 조용해졌다. 다들 자신이 들은 말이 사실인지 확인할 시간이 필요해 보였다. 왕자비로 간택을 받은 여인이 직접 파혼을 요구하다니……!

"원래대로라면 내명부에 뜻을 전해야겠지만, 중전 마마께선 편찮으시고 세자빈 자가께선 제 방문을 받지 않으셔서 하는 수 없이 이곳까지 왔습니다. 계집이 감히 정청을 어지럽히게 되어 송구할 뿐입니다."

"……우선 이유나 들어 보도록 하지. 아무 이유도 없이 예정되어 있던 국혼을 취소할 수는 없는 노릇이니까. 경원은 아무

할 말 없느냐?"

"혜연의 말을 들은 후 얘기하도록 하겠습니다."

좋다, 얘기하게. 탄헌의 허락이 떨어지자 혜연은 입을 열었다.

"실은 이번에 마마께서 다친 근본 이유가 제게 있기 때문입니다."

"뭐라……?"

"혜연, 그게 무슨 말입니까?"

자객의 실체를 알고 있는 탄헌도, 그리고 결도 당황해 그녀에게 물었다. 그 말에 한창 수군거리던 대신들은 이어지는 혜연의 말에 귀를 기울였다.

"제가 간택이 된 이후 계속 사가에 머물렀던 것은 이 자리에 계신 분들 모두 잘 아실 겁니다. 그런데 사가에서 지내던 중 저에게 계속 구애를 하는 청년이 있었습니다. 한사코 거절했지만 그 구애의 정도가 너무 지나쳐 고생하던 중, 드디어 혼례식을 거행하게 됐다는 말에 저를 윽박지르고 사라졌습니다. 저는 그 복면인이 그 청년일 거라고 생각합니다."

새빨간 거짓말이었다. 하지만 혜연은 마치 진짜 있었던 일인 것처럼 입에 침도 바르지 않고 태연하게 말을 이었다.

"제가 그 청년에게 여지를 준 것은 아니지만, 대군마마께서 피를 보신 것은 근본적으로 제게 문제가 있는 일입니다. 어찌 지아비가 될 자에게 상처를 입한 계집이 혼사에 욕심을 낼 수 있겠습니까. 대군마마뿐 아니라 왕실에도 큰 누를 끼친 것이나 다름없으니, 제 스스로 왕실의 여인이 될 자격이 없다 사료됩니다. 부디 파혼을 허락하여 주세요."

"흠…… 그렇다는군. 결이 네 생각은 어떠하냐."

빤한 거짓임을 알면서도 탄헌은 결에게 물었다. 결은 난감한 표정으로 제 옆에 선 혜연을 곁눈질했지만 그녀는 눈도 깜빡하지 않았다. 그녀와의 파혼을 결심하긴 했지만 이리 선수를 칠줄이야. 하다못해 그 이유를 미리 일러 말이라도 맞추어야 할 것 아닌가. 하지만 그가 할 수 있는 답은 정해져 있었다.

"아우의 뜻도 그녀와 같습니다. 다만, 그것이 온전히 혜연의 잘못이라고 보기는 어려우니, 혹시라도 벌을 내리시는 건 삼가주세요."

탄헌로서는 거절할 이유가 없는 일이었다. 어리석게도, 좌의정의 세력이 아니라면 결은 제게 덤빌 수 없다는 것을 이해하지 못한 모양이었다. 그들에게 합의된 얘기가 아니라는 것은 율덕의 표정만 봐도 알았다. 이렇게 자멸할 줄 알았더라면 세자빈도 구태여 자객까지 보내는 수를 쓰지 않아도 됐을 텐데.

"좋네, 그 청을 받아들이지."

"세자 저하—! 어찌 이렇게 국혼을 파한단 말입니까!"

율덕이 다급하게 외쳤지만 탄헌은 아랑곳하지 않았다. 이런 천재일우의 기회를 놓칠 수는 없었다.

"자세한 것은 빈궁에게 얘기를 해 둘 테니 내명부에서 일을 처리하도록 하지."

탄헌은 승지에게 명령을 내리고 혜연에게 나가도 좋다고 일렀다. 결은 서둘러 혜연을 따라 나갔다. 그녀는 도도하게 걷다가 결이 계속해서 자신을 쫓아오자 멈춰 서 고개를 돌렸다.

"무슨 일이십니까? 제게 더 볼일이 남아 있으셨나요?"

"괜찮겠습니까? 좌상 대감의 분노가 막대할 텐데. 적어도 파혼을 요구하는 것이 저였으면 혜연에게 피해가 가진 않았을 텐데요. 그것도 이렇게 갑작스럽게……."

좌의정은 혜연의 의식주 전반을 책임지고 있었다. 별다른 보복을 하려고 들지 않고 그 지원만 끊어도 혜연은 충분히 곤란에 빠질 터였다. 그런 결의 걱정에도 혜연은 덤덤했다.

"소녀의 길은 이제 소녀가 알아서 하겠습니다. 마마께서는 제게 미안해하지 마시고 마마가 정한 바대로 걸음하세요. 도중에 힘들다고 달려오시면 그땐 정말로 화를 낼 겁니다."

"혜연…… 고맙습니다."

"아, 그리고 마마의 호위무사를 잠시 빌려도 될까요? 지금 있는 집에서 나오려고 작은 집을 하나 샀는데, 간소한 짐이지만 오늘 다 옮기고 싶어서요. 도움을 청했으면 합니다."

결은 저 멀리서 담월과 함께 그들을 기다리고 있는 한섬을 바라보았다. 좌의정이 없으면 버팀목이 없을 것이라는 결의 생각은 아무래도 착각인 모양이었다.

"그러세요. 그렇게 해서 혜연의 마음이 조금이라도 편하다면."

"감사합니다."

결은 한섬에게 가 오늘은 혜연의 일을 도우라고 지시했다. 그의 표정을 보니 그 일이 싫지만은 않은 모양이었다.

내가 변한 만큼 혜연도 변했구나, 결은 한섬과 함께 사라지는 혜연의 뒷모습에서 허전함과 동시에 안도를 느꼈다. 왕자비가 되어야 한다는 책임감 때문인지 어린 시절 처음 만났을 때도 굳은 표정을 지우지 못했던 그녀였다. 하지만 지금, 멀리 사라지는 혜연의 뒷모습은 그가 봐 왔던 것 중 가장 가벼운 걸음 걸이였다.

혜연의 모습이 점이 되어 시야에서 사라질 때쯤, 결의 뒤에서 그를 부르는 율덕의 성난 목소리가 들려왔다.

"대군마마!"

결은 몸을 돌리며 한숨을 쉬었다. 자신과도 상의하지 않은 일이니 좌의정에게 얘기했을 리 없었다. 혜연이 큰 책임을 맡았으니 율덕을 상대하는 것은 결의 일이었다.

"좌상, 보는 눈이 많습니다."

결의 조곤조곤한 말에도 율덕은 흥분한 기색을 감추지 못했다. 그들의 혼례 뒤에 율덕의 입김이 있다는 것은 온 조정이 다 아는 사실. 그런데 경원대군도 아닌 혜연이 직접 가례를 거절하다니. 대신들 앞에서 톡톡히 망신을 당한 격이었다.

"일단 주영각으로 가시지요. 거기서 얘기합시다."

"……좋습니다."

화가 머리끝까지 났어도 그는 일국의 정승, 그 정도 분별력은 남아 있었는지 율덕은 입을 꾹 다물고 결의 뒤를 따랐다.

주영각의 문이 닫히자마자 율덕은 낮게 으르렁거렸다.

"제가 대군마마를 너무 몰랐나 봅니다. 제 발밑에 구멍을 파는 데 그리 일가견이 있으실 줄이야."

"많이 실망하셨다는 건 압니다."

"하, 이 율덕이 마마께 실망한 것이 하루 이틀 일이겠습니까? 이제라도 아시니 다행이군요."

"대감, 말이 너무 무례합니다. 나와 혜연이 상의 끝에 내린 결론입니다. 우리 둘 다 성년이 되었고, 자신의 일은 스스로 결정할 수 있을 때가 됐지 않습니까."

"그래서 무엇을 결정하신 겝니까? 왕위 다툼에서 세자에게 목덜미를 뜯겨 패배자로 전락하겠다 결정을 하신 겁니까?"

"좌상, 말이 너무 심하십니다!"

결의 호통에도 율덕은 아랑곳하지 않았다. 그는 험상궂은 표정으로 이를 갈며 말했다.

"그간은 나와 뜻을 달리해도 결과가 나쁘지 않았기에 가만히 있었습니다. 유르지크의 일은 아쉬웠지만 마마를 추종하고자 하는 이들이 늘었으니 잘된 일이었지요. 그걸 이번 국혼으로 쐐기를 박고자 했습니다! 그대가 완전한 성인이 되었고, 이 율덕과의 결속력이 단단하기 그지없어 하나의 세력이 되기에 부족함이 없다 알리려 했지요. 중립에 선 자들이 모두 우리의 세력이 되었을 겁니다. 거기까지만 됐어도 굳이 기다릴 필요 없이 금상의 자리는 마마의 것이었습니다. ……이 모든 걸 마마가 망친 것입니다."

파혼을 청한 것은 혜연이었지만 그 뒤에는 결이 있었을 것이라 율덕은 믿어 의심치 않았다. 분을 삭이지 못하는 그에게 결은 조금 미안함을 느꼈다. 어찌 됐든 이십 년이라는 세월 동안 한결같이 그의 편이 되어 준 외조부가 아닌가.

"……좌상께서 이때까지 제 힘이 되어 주신 것은 고맙지만, 나와 대감은 생각하는 바가 너무나도 다릅니다. 그간 감사했습니다."

축객령이나 다름없는 결의 말에 율덕은 허허, 하고 헛웃음을 쳤다.

"제가 떠나면, 마마께서 가진 게 무엇입니까? 저처럼 재물과 권세가 있으십니까, 아니면 탄헌군 마마처럼 무관들을 중심으로 한 조정의 압도적인 지지를 받으십니까?"

결은 아무 말 없이 잠자코 그의 말을 듣고 있었다. 사실 무어라 대꾸할 말이 없었다는 것이 옳았다. 율덕의 말이 사실이었으니까.

"아니, 마마께선 딱 하나 갖고 계시지요. 아주 중요하고, 이 율덕은 탐낼 수 없는 천부적인 것을 말입니다."

그 말에 결이 오히려 의아한 표정이었다. 재물이며 권세며 무엇 하나 빠지는 것이 없는 그가 탐낼 수 없고, 그러나 경원대군은 갖고 있는 것이라니. 율덕은 짐짓 무거운 목소리로 말을 이었다.

"이 나라 왕실의 적통을 잇고 계시잖습니까. 그대 몸에 지치지도 않고 흐르는 피 말입니다. 그게 아니었다면, 마마처럼 이렇게 어수룩하고 나약한 사내를 왕위에 올리겠다 그리 애를 쓰지도 않았을 겁니다. 제가 참으로 어리석었지요."

"어느 안전이라고 이리 말을 험하게 하시는 겁니까!"

"하하, 그래 봤자 마마는 누굴 불러서 이 율덕을 문책하지 못할 어린아이라는 것쯤은 알고 있습니다."

결이 침음성을 삼켰다. 그의 말은 사실이었다. 그것은 결의 마음이 여리기 때문이 아니라, 지금 이 얘기를 밖으로 새나가게 해 봤자 불리한 건 바로 결이기 때문이었다. 율덕은 그럴 줄 알았다는 듯 한탄조로 말을 이었다.

"그래요, 이미 다 알고 있던 사실입니다. 마마가 탄헌군만큼의 자질이 있었다면 굳이 내가 사병을 마련할 필요도 없었겠죠."

"사병이라니요. ……설마, 반역을 일으키려고 하신 겁니까?"

결은 믿을 수 없다는 듯 떨리는 목소리로 물었다. 반역이라니요, 그건 군사를 일으키고도 졌을 때의 이야기지요. 율덕은 고개를 가로저었다.

"큰 목소리를 낼 수 있는 세력을 형성하고, 탄헌군에게 임금 독살 누명을 씌워 탄핵하는 겁니다. 그건 결코 정치적인 논쟁만으로 가능한 일은 아니지요. 무력으로 이 도성을 장악해야 가능한 일입니다. 그대의 혼례는 그 계획의 시작이었습니다. 이렇게 그대를 위한 왕도가 눈앞에 펼쳐져 있는데 그것을 발로 걷어차다니. 왕의 피를 타고나 그 정도 야심도, 정세를 보는 눈도 없단 말입니까?"

목적을 위해 의견이 다른 이들끼리 뜻을 함께하는 일은 드물지 않다. 목적을 이룬 후 적을 위해 함께 갈았던 칼이 서로를 향한다고 하더라도. 이것은 정치의 기본이었다. 한낱 장기 말에 불과한 이라도 해도 이 전제를 받아들이지 못한다면 이 치열한 대국 위에 오를 준비가 되지 않은 것이다. 같은 상황이었다면 탄헌군 이욱은 뒤에서 비수를 갈지언정 좌의정의 제안을 받아들였으리라. 하지만 결은 그러지 못했다.

"야심이 대체 무엇입니까. 권력이 대체 무엇이기에 군사까지 동원하신단 말입니까! 설마…… 아바마마의 병환도……?"

임금인 형원의 병도 설마 좌의정이 손을 쓴 것인가. 결은 제발 그것만은 아니라고 말해달라는 듯 율덕을 바라보았다. 그는 긍정도 부정도 아닌 애매한 미소를 띠었다.

"후후…… 새로운 해가 뜨기 위해선 오늘의 해는 져야 하는 법이지요. 마지막으로 묻겠습니다. 소신이 모든 걸 바쳐 다져 놓은 길 위에 올라, 다시 이 율덕의 태양이 되시겠습니까?"

율덕의 말은 진중했다. 결의 주먹 쥔 손에 식은땀이 배었다. 그는 지금, 결에게 반정의 결단을 내려 달라 요구하고 있었다. 그의 말에 틀린 건 없었다. 율덕이 없으면 이렇다 할 세력이 없는 결로서는 왕이 되기는커녕, 담월에게 진상을 밝혀 주겠다고 다짐했던 약속의 티끌도 지킬 수 없을 것이 뻔했다. 하지만,

"싫습니다. 그런 방식으로 왕이 되지는 않을 것입니다."

그것은 오로지 율덕의 권력이요, 결코 그의 나라가 되지는 않을 것이었다. 규언의 일부터 아버지 형원에 이르기까지 모든 것이 그랬듯 오로지 율덕의 뜻에 의해 흘러갈 뿐이리라. 그렇게 많은 사람들을 슬프게 해서 얻은 권력이 무슨 의미가 있단 말인가.

"그렇게 해서 쥔 권력이 무슨 소용입니까. 혼자 남을 때까지 칼을 휘두르실 겁니까! 그런 식으로 이 나라가 유지될 거라 생

각하지 않습니다. 난 더 이상 좌상의 패가 되지 않을 겁니다."

짝─ 짝─ 짝─, 결코 꺾을 수 없는 강한 의지가 담긴 말에 율덕은 조용히 박수를 쳤다. 천천히 울리는 박수 소리에 결은 그를 의아하다는 듯 바라보았다. 심각한 언쟁이 오고갈 것을 예상했건만, 그는 홀가분한 표정이었다.

"됐습니다. 소신도 더 이상 싫다는 자에게 제 잔을 권하고픈 마음은 없습니다."

"좌상……?"

"대군의 피에 집착하던 내가 어리석었습니다. 그걸 깨달았으니, 이제 소신은 더 이상 마마를 뵐 일이 없을 겁니다. 마마가 원하시던 대로 되었으니 오늘 밤은 술잔을 들고 자축을 하시지요."

율덕은 그대로 자리에서 일어났다. 더 이상 노한 기색도 없었다. 그러면 이만 소인은 물러가겠습니다, 낮게 울린 목소리는 마치 사물을 대하듯 건조했다. 그의 갑작스러운 태도 변화에 결은 당황스러워 물러나는 율덕에게 아무 말도 하지 못했다.

비록 최근에 견해가 달라 부딪힌 적이 많았지만, 결이 부족할 때든 모자랄 때든 언제나 웃으며 괜찮다 말해 주던 조부였다. 저런 모습은 낯설기 그지없었다.

율덕은 주영각을 나와 그 앞에서 서성거리던 담월과 마주쳤다. 율덕이 먼저 그녀에게 아는 척을 했다.

"참으로 오랜만이네, 담월. 소화와 함께 오라고 몇 번 일렀는데 도통 오질 않더군."

"그동안 일이 바빠 찾아뵙지 못했습니다."

그녀는 경계하며 율덕에게 고개를 숙였다. 그는 담월의 말에 피식 웃었다.

"일이라―, 그래. 본분으로 인해 바쁜 것은 좋은 일이지. 충분히 잘되고 있다는 얘기는 들었다네. 조만간 한번 보도록 하지."

그는 담월의 어깨를 툭 치고 지나가려다가, 고개를 숙여 그녀의 귓가에 낮게 속삭였다.

"슬슬 그대와 나의 거래를 이행할 때가 되었으니, 보다 서둘러 주시게. ……어머니를 한시라도 빨리 뵙고 싶겠지?"

율덕은 말을 마치고 휘적휘적 그녀의 곁을 지나쳐 갔다. 방내관이 다가와 담월에게 안으로 들겠느냐 물었지만 그녀는 멍하니 있다가 이내 고개를 저었다.

"다음에 다시 오겠습니다. 드릴 말씀이…… 있으니까요."

담월은 주영각을 한 번 보았다가 그곳을 빠져나왔다. 결이 파혼의 얘기를 꺼내긴 했지만 그게 이렇게 빨리 성사될 거라고 생각지는 못했으니까.

담월은 그것이 적어도 자신이 이 복잡한 마음을 정리한 후일 거라고 생각했다. 그리고 어머니에 대한 일도.

신물과 어머니에 얽힌 약속, 그리고 벌어진 이 복잡한 모든 일이 마무리되고 나면 기필코 제 본심을 털어놓으리라. 담월은 그렇게 다짐하며, 아직도 손가락에 고이 끼워져 있는 종이 가락지를 쓰다듬었다.

율덕이 집으로 돌아오자 각운이 그를 기다리고 있었다. 파혼의 소식을 듣자마자 달려온 모양이었다.

"파혼에 대한 얘기는 들었습니다. 심려가 크시겠습니다."

그러나 각운의 생각과 달리 율덕은 밝은 얼굴로 자리에 앉았다.

"심려는. 오히려 오랜 시간 나를 옭아매던 족쇄를 집어던지는 계기가 되었다. ……군이 경원대군을 임금으로 모셔야 할 이유는 없지. 그렇게 생각하지 않느냐?"

"괜찮은 새 후보라도 발견하신 겁니까? 하지만 그 누구를 지원해도 정통성 면에서 대군마마보다 뛰어난 조건을 가진 이는 없을 텐데요."

각운의 지적은 정확했다. 그와 비견할 만한 상대가 있었다면 율덕은 진즉에 선을 갈아탔으리라. 하하핫, 율덕은 제 수염을 쓰다듬으며 웃었다.

"그래, 그것이 너와 나의 맹점이었다."

"예? 그게 무슨……."

"적자, 정통성. 그것이 중요한 건 이 씨 왕조일 때의 이야기지. 다른 왕실…… 예를 들자면, 권 씨 왕조라면."

율덕의 말에 각운의 표정이 굳었다. 율덕은 자신만만한 얼굴로 제 가슴팍을 툭툭 쳤다.

"그 누구보다 완벽한 임금이 바로 여기 있지 않느냐."

"……듣지 않은 것으로 하겠습니다."

각운은 눈살을 찌푸리며 한숨을 쉬었다. 오랜 세월 준비했던 일을 망쳤다고는 하나 충격이 생각보다 심한 모양이었다. 그런 각운의 모습에 율덕은 미간을 찌푸렸다.

"의외로구나. 너라면 내 생각에 찬동해 줄 줄 알았는데."

"현실적으로 무리이기 때문입니다. 지금 저희 편에 서 있는 자들은 어디까지나 대감의 신하가 아니라 이 나라 조선의 신하이기 때문이지요. 대감을 왕으로 모시고자 모인 이들이 아닙니다. 마땅한 명분도 없지 않습니까."

"명분은 하늘이 만들어 줄 것이고, 사람은 언제나 헌 것보다 새 것을 좋아하는 법이지."

"저 아래 지방에 숨겨 놓은 사병을 동원하실 생각이라면 더더욱 불가합니다. 도성을 지키는 도위군에 대적할 만한 숫자도 되지 않을뿐더러, 그런 역성혁명은 환영받지 못할 겁니다. ……무슨 수라도 있으신 겁니까?"

각운의 마뜩찮은 눈에 율덕은 그 입술을 가늘게 말았다. 양아들로서 그를 모셔 왔던 각운조차도 처음 볼 정도로 탐욕에 가득 찬 미소였다.

"도담월에게 소원을 빌라 할 것이다. 내가 새 왕조를 열게 해 달라는 소원을……!"

〈다음 권에 계속〉